KB236927

현대시의 자연과 모더니티

국립중앙도서관 출판시도서목록(CIP)

현대시의 자연과 모더니티 / 진순애 지음. -- 서울 : 새미, 2003
    p. ;   cm. -- (새비학술신서 13)

ISBN 89-5628-090-8 93800

811.609-KDC4
895.71309-DDC21   CIP2003001546

새 미 학 술 신 서 시 리 즈 13

현대시의 자연과 모더니티

진순애 저

새미

　자연이라는 말은 자연이 탄생한 이래의 세월만큼이나 비례해서 진부한 말일 것이다. 자연이 진부하다는 말은 바로 인간이 진부하다는 말이기도 할 것이다. 인간의 온갖 행위는 자연에서 비롯되고, 자연과 함께 하기 때문이다. 비록 자연 일탈일지라도 그 일탈의 근원에는 자연이 있어서, 인간인 우리는 자연에 묶여있는 것이나 다름없는 것이다. 그동안 자연을 배제시킨 일탈의 문학을 유영하면서, 자연도 인간도 점점 비자연화 되어감을 확인했다. 그 확인의 끝이 자연으로의 귀속을 권유했다. 특히 일탈의 문학에 나타난 정체성은 피로에 지친 삭막함으로 나타났고, 그 삭막함은 물의 필요를 말했다. 따라서 본 연구는 피로에 지친 인간이 만든 삭막한 문학에 물을 주기 위해서는, 자연을 찾을 수밖에 없다는 당위성의 확인이다.

　그런데 그 자연, 곧 현대의 시가 먹고 있는 자연은 살아있는 자연도 있고, 피로한 자연도 있고, 삭막한 자연도 있음을 확인한다. 인간이 지치고, 시가 지치고, 자연도 지친 것이다. 때문에 현대의 자연은 "모더니티"와 함께 다니는 자연이다. 인간에 의해 주관화된 자연이고, 의도된 자연이며, 원거리에 있는 자연이고, 추억 속의 자연이다. 그러나 이상적 자연이며, 동시에 의도된 자연일지라도, 근원으로서 자연이라는 점에서 양자는 차이가 있을 수 없다.

이성적 주체의 근원의식으로서 무의식을 형성시킨 것은 자연이다. 그러므로 근원일탈의 이성적 주체에게 자연은 무의식적으로 자연으로의 회귀를 권유하는 유인력을 행사한다. 이와 같은 자연은 전통세계를 상징할 뿐만 아니라, 모더니티를 분별할 수 있게 하는 현대의 중심에 있는 세계이기도 하다. 자연을 중심축으로 하여 우리는 과거를 깨우치고, 현재를 진단하며, 미래를 전망할 수 있다. 본 연구에서 자연은 의미의 세계를 상징하기 보다는, 물론 포함될 수밖에 없지만, 보다는 모티프로 설정하여 연구하였다. 그 자연모티프에 대한 시인들의 시선이 어떠한가에 따른 시적 태도가 중심인 연구이다. 이는 자연에 의한 시대진단이며, 동시에 자연의 현대적 존재성에 대한 의의를 규명하는 작업이다.

그동안 소월 시는 근대성 보다는 전통성으로 주로 연구되어왔다. 그러나 소월 시의 자연모티프는 전통세계의 상징성보다는, 소월의 주관적 세계가 투영된 근대적 자아 반영이 중심인 것으로 보았다. 소월은 상실의 근대인으로써 자연을 매개한 시를 통해 근대적 자아의 상실의식 및 동경의식을 표상하였고, 그로써 근대시의 교두보적 역할을 수행한 것이다.

정지용의 경우는 그의 동시를 중심으로 하여, 자연이 그의 시에서 지닌 의의를 설정하였다. 동심의 세계는 인간의 원형세계로서, 특히 자연과 함께 유년을 보낸 인간의 중심에는 자연이 원형으로 자리함을 인식의 출발로 하였다. 자연세계는 정지용 개인뿐만 아니라, 우리에게 상징계라는 사회적, 관습적 세계이기 때문에, 후기시에서 전통주의 혹은 고전주의를 표방한 정지용의 자연귀의의 씨앗을 그의 동시에서 찾았다.

<시문학파> 연구는 『시문학』지 1,2,3호에 게재된 시를 자연모티프를 중심으로 하여, 그들이 표방했던 순수, 혹은 순수성의 의미를 파악하였다. 자연은 <시문학파> 시인들이 지향한 순수의 세계로서 절대적 세계이다. 특히 "나와 자연"을 중심축으로 한 <시문학파>의 순수시는 시의 자율적 모습을 회복시킨 시라는 문학사적 의의를 지닌다. 더불어 현대의 개인주의와 현실부정의 자유주의 및 이상세계를 동경하는 낭만주의를 그 근간으로 하는, 현대시문학의 정신적 지주로서의 의의를 부여했다.

모더니즘 시로 알려진 김광균 시에서 자연은 수사학적으로 의도된 자연이다. 현대의 자연은 고전의 자연처럼 여백의 자연이고 일체적 자연이기 보다는 축소된 인위적 자연이다. 김광균은 자아정체성에 대한 자아확정 불가능의 현대적 징후를 수사학적 자연묘사, 즉 인위적 자연으로써 표방하였다.

백석 시는 주로 민속의 생활상이라는 소재주의나, 민족적 정서라는 내용중심으로 연구되어 왔다. 그러나 <심미적 모더니티>에서는 백석의 미학의식을 중심으로 연구하였다. 백석은 아이러니적 거리두기 및 전율의 모더니티에 그의 시쓰기의 미학적 토대를 둔 것이다. 이는 백석이 상실의 어두운 현실을 "가벼움의 시학"이라는 장치를 통해서 심리적 해방 및 극복을 의도한 것이다.

박목월 시의 시간구조를 신화적 시간으로 설정하였다. 자연과 동일체였던 인간의 언어는 근대와 더불어 근원에서 분리되고, 본질은 없고 역사만 있는 언어로 해체되어왔다. 때문에 원형세계인 자연은 신화적 시간대나 다름없는 상대적 의의를 지닌다. 특히 박목월 시의 자연, 고향, 어머니 기호를 우주적 생성을 위하는, 혹은 보편적 재생을 위하는 중심의 기호로 보았다.

박재삼 시는 세계와 교섭하는 낭만적 어조와 낭만적 공간인 자연, 그리고 낭만적 시간구조에 의해 현실극복 및 현실대응의 태도를 취한다. 창조를 위한 현상적 대상으로서 자연에 대한 박재삼의 태도는 현재극복의 대안이며, 현재대응의 대안이다. 상실의 주체가 치유의 주체로 전환하기 위한 내적 체험에서 발현된 자연이다. 나아가 자연과 분리된 근대의 주체가 자연몰입이라는 낭만적 태도에 의해 서정시의 위상을 새롭게 하고 있다.

박용래는 시적 모티프 및 시쓰기의 태도에 있어서 시종일관하다. 일관된 자연모티프에 의한 박용래의 시에서 인간이 있는 풍경은 자연이나 다름없는 인간상으로 묘사되어 있다. 이는 향토적 세계의 인간이 호모 사피엔스이기 보다는 자연으로 존재하는 것이다. 이는 또 그의 무기교적 기교로 보이는 묘사력, 곧 동일성의 시학이 생산한 풍경이다. 특히 한편의 시에서뿐만 아니라, 그의 시세계 전체를 이루는 계합적 이미저리의 자연풍경은 박용래 시의 동일성의 시학을 강화한다. 그것은 무의식을 형성한 자연의 상징성에 토대한 동일시의 의식이기도 하다.

릴케의 <가을날>은 우리에게 친숙한 시다. 그 <가을날>의 기도, 신, 자연의 모티프가 한국 현대시인들의 시에 변용된 창조성에 초점을 두었다. 30년대 박용철에 의해 수용된 릴케의 문학세계가 그 이후 김현승의 <가을의 기도>와 박남철의 <11월>에까지 미친 영향관계를 고려하였다. 현대에 이르러 변모한 신과 자연의 모티프를 비교의 관점에서 확인한 것이다.

이와 같이 본 연구는 소월 이래 한국의 현대 시인들에 의하여 다각도로 변용되어 나타난 자연의 얼굴이 중심이다. 전통세계를 상징하

는 자연은 흔히 도교, 불교, 유교의 세계관에 준한다. 그러나 본 연구
는 이와 같은 전통세계 상징성으로서의 자연의미가 아니라, 근원으로
서의 자연이 현대시에서 어떠한 구조로 변형되었는가가 중심이다. 곧
모더니티로서의 자연이라고 이름할 수 있겠다. 따라서 자연에서 탈출
한 현대의 양식이라고 하여, 자연과 무관할 수 없음을 위 시인들의
시에서 확인한다.

이 글을 쓰는 동안, 사랑을 남기고 아쉬움 속으로 표연히 가버린
식이의 영혼에 사죄하며!

2003. 10. 10

진 순 애

책머리에

Ⅰ. 소월 시의 자연과 근대성

1. 머리말
2. 자아실현의 주관주의적 자연
3. 주관적 객체로서 향토적 자연
4. 탈주관화의 즉자적 자연
5. 맺음말

1. 머리말

자연에 대한 논의는 연애시로서의 소월 시[1]에 대한 논의만큼 그의 시세계를 대표하고 있는 중심 논의이다. '전통적 정서의 심화와 확대'[2]라는 평가와 마찬가지로 소월 시에서의 자연은 그의 시세계를 특

---

1) 소월시에 대한 주요 연구는 다음과 같다.
　오세영, 『한국낭만주의시 연구』, 일지사, 1982.
　김현자, 『김소월 한용운 시에 나타난 상상력의 변형구조』, 이화여대박사학위 논문, 1982.
　김은자, 『한국 현대시의 공간의식에 관한 연구』, 서울대박사학위논문, 1986.
　조창환, 『김소월시의 운율론적 연구』, 서울대박사학위논문, 1986.
　강우식, 『한국 상징주의시 연구』, 문화생활사, 1987.
　윤석산, 『소월시 연구』, 한양대박사학위논문, 1990.
　이유식, 『김소월시연구』, 성균관대박사학위논문, 1991.
　이희중, 『김소월시의 창작방법연구』, 고려대박사학위논문, 1994.
　김대행, 「김소월과 전통의 문제」, 『한국현대시사연구』, 일지사, 1983.
　유종호, 「임과 집과 길」, 『동시대의 시와 진실』, 민음사, 1982.
　최동호, 「김소월시의 무덤과 부서진 혼」, 『평정의 시학을 위하여』, 민음사, 1991.
　김용직, 『한국 근대시사』, 학연사, 1994.
　이숭원, 『근대시의 내면구조』, 새문사, 1988.
2) 윤병로, 『한국근·현대문학사』, 명문당, 2000, p.116.

징짓는 중심 모티프인 것이다. 또한 '민중시의 원형·민족시의 요람'[3]
이라는 지적도 '전통적 정서'라는 소월 시의 특징 못지 않게 그의 시
세계를 함축하는 명명이다. 그러나 전통의 계승이라는 의의 못지 않
게 소월 시는 한국 근대시의 선두로서 근대성의 면모를 지니고 있다.
그것은 민족의 상실의 시대로서 소월이 처했던 역사적 상황뿐만 아니
라, 전통과의 결별이라는 근대의 범세계적 흐름과도 결부되어 있는
동시대성이 뒷받침하고 있다. 동시대성이라는 근대성 해명에 의해 소
월 시의 근대시적 성격을 규명함으로써, 그의 다성성의 시적 역량을
본 연구에서 확인할 것이다.

근대는 전통적 권위로부터의 해방을 본질로 하는 계몽철학을 근간
으로 하는 시대이다. 이성을 토대로 한 인간의 독자적 사유[4]를 해방
의 가장 중요한 전제조건으로 하였다. 독자적이며 자율적 사유의 주
체로서 개인적 자아의 탄생이라는 근대의 절대적 자유는, 그러나 그
이면에 외부 세계와의 단절이라는 저주, 곧 자아의 해방은 인간의 소
외라는 큰 대가를 치러야했다. 근원적 세계와의 조화와 균형의 관계
라는 전통의 세계에서 대립과 갈등의 관계라는 근대성에 직면하게 됐
던 것이다. '뿌리로부터의 단절에 대한 두려움과 탈출에 대한 안도의
한숨'[5]이라는 이중적 의미로서 계몽의 근대는 근대인들에게 분열과
상실을 겪게 했고, 그와 같은 시대에 대한 불만으로부터 동경과 그리
움으로 표출된 한 모습이 예술의 자율성이었다.

잃어버린 근원에 대한 근대인의 동경과 그리움의 중심 대상은 자
연이었다. 자연은, 특히 고전의 자연이나 중세의 자연은 숭배의 대상

---

3) 김재홍,『김소월대표시집』, 시와시학사, 1991.
4) 김수용,『예술의 자율성과 부정의 미학』, 연대출판부, 1998, p.31.
5) 김수용, 앞의 책, p.27.

으로, 이데올로기의 전범으로, 또한 향토적 터전으로의 친화적 자연이었다. 주객일치의 자연이었으며, 동시에 인간을 지배하는 자연이었다. 때문에 자연의 일부이며 자연의 지배를 받는 인간이라는 동양의 인간관은 '인간이란 우주를 구성하는 일부분이지만, 인간과 우주의 관계는 자유'[6]라는 서양의 인간관과 변별성을 지니면서, 우주로부터의 자유 및 분리라는 근대성에 직면한다. 자연계는 인간을 비롯한 지구위의 생물체가 존재하는 근본의 공동체이다. 이와 같은 공동체로서 자연 혹은 지구라는 생태학적 개념의 지구[7]에 대한 근대적 인식이전의 자연은 원초적 두려움의 세계로서 인간에게 적대적 세계이기도 했다. 그럼에도 근대이전의 인간은 우주와 분리된 주체가 아니라, 우주의 부분이며 지배를 받는 전일적 존재였기 때문에, 자연지배의 근대의 도그마적 주체와는 다르다. 그러므로 근대시에서의 자연은 단순히 전통적 개념을 전승하는 대상으로서 자연이 아닌 것이다. 세계로부터 분리된 근대의 자율적이며 상실된 자아가 상실극복을 위한 동경의 세계로서 귀의한 자연이다. 근대에 와서 자연은 인위적 규칙의 피안에 있는 절대적 자유의 영역[8]으로써 자신으로부터 소외되지 않은, 자신과의 일체감을 이룰 수 있는 공간이며 대상이 되었다.

따라서 「소월 시의 자연과 근대성」이라는 본 논고의 목적은 민족적으로 시대적으로 상실의 상황에 처한 소월이 자연을 모티프로 하여 추구한 내면화의 규명에 그 하나가 있다. 자연에 대한 소월의 구체적 대응양상을 통해서 근대적 개인으로서의 소월이 자아실현의 대상으로 자연모티프를 선택했음을 확인할 것이다. 상실의 주체가 상실의 정서

---

6) 옥타비오 파스, 『활과 리라』, 솔, 1998, p.257.
7) 남경희, 「생태주의 인문학 서설」, 『생태주의와 기호학』, 문학과지성사, 2001.
8) 김수용, 앞의 책, p.113.

를 부재중인 '님'그리는 태도로 구축하여, 오히려 상실극복의 건강성을 담고 있는 소월 시는 님과 자연이 접맥된 시학이며, 이에 따라 근대시로서의 의의를 지닌다. 자연에 대한 소월의 접근은 우선 주관주의적 자연으로 '나의 자연', 즉 감정이입의 자연이 중심이다. 다음으로는 향토적 자연에 대한 주관적 이입으로써, 민중의 생활상에 대한 소월의 사고가 이입된 자연이다. 이때 소월 시는 님과 접맥된 주관적 자연의 건강성과는 달리 민중적 생활상이 이입되어 비극적 정서를 내포한다. 이외에도 '나 혹은 우리'의 자연으로 의인화된 자연이 아닌, 즉자적 존재로서 자연에 대한 소월의 자연관을 찾을 수 있다. 그러나 즉자적 존재로서 자연에 대한 소월의 시적 태도일지라도 그것은 외형일 뿐, 소월의 상실의 정서 및 비극적 세계관이 시의 분위기를 지배한다. 따라서 주관화된 자연, 그리고 탈주관화된 자연이라는 「소월 시의 자연과 근대성」에 관한 본 연구를 통해서 근대시의 교두보로서 소월 시가 지닌 의의를 새롭게 할 것이다.

2. 자아실현의 주관주의적 자연

주관주의적 자연이란 객체로서 존재하는 자연이 아니라, 시인의 내면세계에 따라서 주관화되는, 즉 자아중심에 의한 자연이다. 그래서 자연은 '나'에게 종속되어 있으며, 외적인 자연이 시인의 감정의 산물처럼 내면화된 세계를 이룬다. 이때 자연은 대상으로 존재하는 고유권리를 상실한 채 하나의 '주관적 객체'가 되어버린 근대적 자연표상으로 존재한다. 자아표현의 도구9)인 것이다. 그럼으로써 상실의 시인은 인위적 규칙없는 자연속에서 자아실현의 조건을 마련한다.

---

9) 김수용, 앞의 책, p.165.

그런데 소월의 자아실현의 조건은 자연뿐만 아니라, 님이라는 부재 중인 대상에 대한 동경 혹은 그리움의 정서와 함께 한다. 소월에게 자아실현의 조건은 자연이 부차적 매개라면, 님을 향한 그리움은 오히려 그의 내면을 활력으로 이끄는 중심조건이 되어있다. 문제는 님은 언제나 부재중인 님이기 때문에 소월의 자아실현은 결국 동경의 상태에서 실현된다는 점이다. 님이라는 기표로서 대신할 수 있는 사랑에 대한 정의는 근대에 와서 변하지 않는 인간성의 구원이며 근원적 자연의 표출이기도 하다. 그러므로 소월의 절대적 자아추구와 동일시되는 대상으로서 님인 것이다. 즉 분리되고 상실한 근대의 주체에게 자연과 님이란 전통적 개념과 동일하면서도 동일하지 않다. 근대의 주체가 상실의 상태에서 추구하고 동경하며 그리워하는 자연이며 님이기 때문에 언표로서의 대상이며 의식의 대상이라는 차이가 있다. 근원으로부터 '멀어짐'으로써 시작되는 근대인의 불안[10]은 역설적이게도 탈출한 세계로 다시 환원하려는 내면화의 작용에 의해서 극복의 대안을 찾는 것이다. 그 한 방법이 시인의 주관주의적 수사학적 장치에 의해서, 즉 언어에 의해서 자연을 소유하며 님을 소유하는 방법이다. 소월의 님과 자연은 여기에 해당한다. 근대이후 인간은 언어에 의해서만 세계를 소유할 수 있게 되었다. 소외가 사라지면 언어도 사라질 것[11]이라는 옥타비오 파스의 말처럼, 언어로서 시는 근대를 넘어서 근원적인 것을 만나러 가기 위한 근대극복의 한 방법으로 존

---

10) '하눌로 나라다니는 제비의몸으로도/一定한깃을 두고 도라오거든!/어찌설지안으랴, 집도업는몸이야!'(<제비>전문)에서 '집도없는몸이야'라는 탄식은 근대인의 '집없음의 불안'을 드러내는 탄식이나 다름없다. 자유를 상징하는 새 일반이 아니라, 특정한 새로서 '제비'를 들어서 소월의 '집없음의 상실감'을 극대화시키고 있다.

11) 옥타비오 파스, 앞의 책, p.45.

재한다. 근대인의 뿌리로부터의 해방은 자연에서 분리되고 자신의 내부에서 타자가 된 대가이듯이, 분리와 타자라는 거리를 극복하기 위한 방법으로써, 소월은 부재중인 님을 향한 동경과 자연에 대한 주관주의적 감정이입을 선택했던 것이다.

우리집뒷山에는 풀이푸르고
숩사이의시냇물, 모래바닥은
파알한풀그림자, 떠서흘너요.

그립은우리님은 어듸게신고.
날마다 퓌여나는 우리님생각.
날마다 뒷山에 홀로안자서
날마다 풀을따서 물에던져요.

흘러가는시내의 물에흘너서
내여던진풀닙픈 엿게떠갈제
물쌀이 해적해적 품을 헤쳐요.

그립은우리님은 어듸게신고.
가엽는이내속을 둘곳업섯서
날마다 풀을따서 물에떤지고
흘너가는닙피나 맘해보아요.   〈풀따기〉 전문

'날마다 퓌여나는 님생각에 날마다 뒷산에 홀로 안자서 날마다 풀을 따서 물에 던진다'는 2연에서 물에 던져지는 풀은 심심풀이를 위함이 아니라 님을 대신하는 매개물이다. 님을 매개하는 '내여던진풀닙'이 떠갈 때 '물쌀이 해적해적 품을 헤친다'는 형상은 물쌀의 품과 헤쳐진 물쌀의 품속을 떠가는 풀닢이 하나되는 형상이다. 이는 곧 물

쌀의 품에 안긴 풀 닢으로, 님의 품에 안기기를 동경하는 소월의 내면이 투영된 세계이다. 4연의 '가엽는이내속을 둘곳업섯서 날마다 풀을따서 물에떤지고'는 2연의 반복이다. 물론 '날마다'의 반복처럼 소월시의 수사학적 특징중의 하나가 반복어휘이다. 반복수사를 통해서 지향의 열망을 강화하는 효과를 증폭시키고 있다. '날마다 풀을따서 물에떤지고' '흘너가는닙피나 맘해보아요'의 마지막 연에서 소월은 '물위를 흘러가는 잎이 곧 나의 맘'이라고 말한다.

'맘해보아요'는 '마음을 담아 본다'는 의미의 은유다. 흘러가는 잎에 님향한 마음을 담아 보냄으로써, 풀잎이 물쌀의 품속을 헤치듯 시적 자아의 지향의지 역시 이와 같음을 은유하고 있다. 그래서 풀따기의 행위나 풀을 따서 물에 던지는 행위 역시 무심한 행위가 아니라 시인의 자아실현이 반영된 상실극복의 한 은유적 행위인 것이다. 물론 이와 같은 행위가 소월의 독창적 행위가 아니라는 점에서, 가령 '한갓되이 풀잎만 맺으려는고'의 <동심초> 한 대목처럼 님과 마음을 맺지 못할 때, 혹은 님이 부재중일 때 풀잎은 님 혹은 내 마음을 보조하는 은유이며, 이는 곧 전통적 매개체이다. 때문에 소월의 독자적 행위이기보다는 민족의 일반적 정서태를 반영한 행위라고 할 수 있다. 그러나 같은 행위일지라도 어느 때에 이루어졌느냐에 의해 그 시의성이 달라질 수 있으므로, 상실의 근대인으로서 소월의 이와 같은 행위는 근대적 관점에서 해석되어야 한다. 전통의 계승이면서 동시에 근원으로부터 멀어진 근대인의 상실된 초상이라는 이원성을 소월은 말하고 있는 것이다.

山우헤올나섯서 바라다보면
가루막킨바다를 마주건너서
님게시는마을이 내눈압프로

꿈하눌 하눌가치 떠오릅니다

- 중략 -

나는 혼자山에서 밤을새우고
아츰해붉은볏헤 몸을씻츠며
귀기울이고 솔곳이 엿듯노라면
님게신窓아래로 가는물노래

흔들어깨우치는 물노래에는
내님이놀나 니러차즈신대도
내몸은 山우헤서 그山우헤서
고히깁피 잠드러 다 모릅니다

〈山우헤〉 일부

'님게시는마을이 내눈압프로/꿈하눌 하눌가치 떠오릅니다'에서 알수 있듯이, 마을 일반이 아니라 '님 계시는 마을'이 내 눈 앞으로 '꿈하눌가치' 떠오른다는 직유수사의 은유담론으로써 님과 님계시는 마을과 꿈과 하늘을 동일시한다. 소월의 님은 그의 지향의 세계를 지시하면서 동시에 소외된 자아, 혹은 자신의 내부에서 분리되고 타자가된 또 다른 자아에 대한 지시어이기도 하다. 그래서 님은 타인이면서동시에 시인 자신의 분리된 타자이다. 분리된 자아가 동일시를 지향하는 '태도의 시학'으로 소월 시의 위상을 명명할 수 있다. 소월의 님은 끝내 합일되지 않는 동경의 대상으로서 님이므로, 님부재 혹은 자아분리의 상태에서 소월의 비극적 노래가 이어질 수 있는 근거임을역설적으로 말하고 있는 것이나 다름없기 때문이다. 분리된 자아실현을 소월은 님향한 동경과 자연의 주관주의적 수용으로 극복하려 한'태도의 시학'을 구축했던 것이다.

그러나 비록 '지향하는 태도의 시학'일지라도 '아츰해붉은볏헤 몸을씻츠며’, 곧 님 맞을 채비를 위해 햇볕의 힘을 빌어 재생하기도 하는 건강성을 견지한다. 뿐만 아니라 자연으로의 열림은 ‘귀기울이고 솔곳이 엿듯노라면/님게신窓아래로 가는물노래’라고 님에게로 흐르는 물소리조차도 들을 수 있게 한다. 자연으로의 열림은 님, 곧 또 다른 나를 찾기 위한 열림과 다르지 않으므로, 시적 자아의 모든 감각이 자연이 되는 순간이다. 그 순간 이루어진 근원과의 합일을 통해서 회복되는 정체성이며 자아실현이다. 자연은 영혼의 공간으로써 분열된 근대인의 치유를 위해 영적인 교감이 가능한 유일한 공간이기도 하기 때문이다. 비록 시인의 내면세계에 이입되어 주관화된 객체로서 자연일지라도, 그것은 언어로서 세계를 소유할 수밖에 없는 한계적 근대인의 한 치유책인 것이다. 그래서 님과 자연이 접맥된 소월 시는 상황은 상실의 시간일지라도 내면화는 자아실현의 순간이 빚은 빛의 세계로 점철된다.

3. 주관적 객체로서 향토적 자연

소월의 주관주의적 감정이 이입된 자아실현의 자연물은 따뜻하거나 부드러우며 빛이 있는 대상들이다. 상실의 정서일지라도 살아있는 자연에 투여된 님 향한 사랑의 마음은 소월의 상실의 정서를 치유하는 자아실현의 치유책으로 기능한다. 그러나 소월의 자아실현을 위한 주관화된 객체로서의 자연이 아니라, 향토적 자연에 투여된 정서는 비극적 세계관으로 발현되어 있다. 상실의 현실은 직접적으로는 공동체적 삶의 상실이며, 공동체와 함께 하는 향토적 자연 역시 상실의 세계를 반영하는 대상인 것이다. 이때의 자연 또한 비록 자아실현을 위한 회복의 매개물은 아닐지라도, 소월의 주관적, 그리고 소월이 처한 상황에서 비롯된 상실의식이 투여된 주관화된 자연이다.

　　비극적 현실이 내재된 향토적 자연이 근대의 분리된 자연인 것은 근대이전의 향토적 자연과의 차이에서 나타난다. 근대이전의 향토적 자연은 민중적 삶의 애환을 위무해 주는 살아있는 타자로서의 자연이었기 때문에 비극적 현실 투여의 주관적 자연이 아니었다. 근대이전의 향토적 자연은 민중의 애환을 포용하여 치유하며 승화시키는 열린 터전이고 열린 공간이었다. 그러나 소월 시에서 민중의 삶과 어우러진 향토적 자연은 상실의 삶, 상실의 근대를 비유하는 주관화된 자연으로써 비극적 정서가 지배적이다. 특히 삶의 질곡을 상징하는 '고개마루'라는 기표가 많이 등장한다.

　　싀집와서 三年
　　오는봄은
　　거츤벌난벌에 왓습니다

　　거츤벌난벌에 픠는꼿츤
　　졋다가도 픠노라 니릅듸다
　　소식업시 기다린
　　이태三年

　　바로가든 압江이 간봄부터
　　구뷔도라휘도라 흐른다고
　　그러나 말마소, 압여울의
　　물빗츤 예대로 푸르럿소

　　싀집와서 三年
　　어느때나
　　터진개 개여울의여울물은
　　거츤벌난벌에 홀넛습니다.

〈無心〉 전문

오는 봄은 '거츤벌난벌'에 왔고, 또 '거츤벌난벌에 피는 꼿츤 졋다가도 피는데', 곧 자연은 순리대로 오고 간다는 말이다. 그러나 순리 중에서도 오는 봄의 벌판이 '거츤벌'이라는 것은 사실적 의미보다는 시집살이 애환에 대한 은유로서 '거츤벌'이다. 또한 '바로가든 압강이 간봄부터 구뷔도라휘도라 흐른다'는 말은 바로가든 앞강조차 구뷔도라 휘도라 흐를만큼 애닯은 시집살이에 대한 형태적 비유다. 들과 앞강은 향토의 공간을 형성해주는 근원적 공간이다. 근원의 공간으로서 들과 강이기 때문에 시집살이 애환이 깊으면 봄벌도 거치른 벌이 되고, 바로 가든 앞 강도 구뷔도라 휘도라 흐른다는 소월에게 주관화된 객체로서 향토적 자연인 것이다.

향토의 자연이 삶의 애환을 위한 치유책으로 작용하는 것이 아니라, 삶의 애환에 의하여 오히려 자연이 지배되고 변형되는 주관화된 자연이다. 소월의 주관적 시선이 투영된 수사학적 장치가 자연을 변형시키고 있다. 특히 바로 가든 앞강조차 구뷔도라 휘돈다는 비사실적 과장법의 수사는 시집살이 애환에 대한 비인간적 현실을 강화하며 사실화한다. 그래도 '압여울의 물빗츤 예대로 푸르러서' 강모양과는 달리 '무심'하게 옛과 다름없다 한다. 이는 주관화된 자연이 아닌 객체로서의 자연을 지시하는데, 객체로서 자연임에도 시인의 주관적 시선에서 무관하지 않다. 주관화된 향토적 자연이 빛의 자연이 아니라 어둠의 자연이듯이, 마찬가지로 객체로서 살아있는 자연일지라도 순수 객관의 빛으로써 작용하는 자연일 수가 없다. 이미 시인의 어둠의 시선속에서 굴절된 객체이기 때문이다. 그래서 객체로서 투시된 자연일지라도 근원의 세계로서 자연일 수 없는 것이다. 비록 수사학적 장치에 구속되어있지는 않아도 시의 문맥 속에서 시인의 내면화에 연결되어 있기 때문이다. '옛과 변함없다'는 말속에 오히려 시집살이 세월

따라 마땅히 변했어야한다는 역설이 내포되어 있어서, '변함없음'은
비극적 삶을 강화하는 후경으로 주관화되어 작용하고 있다.

山새도 오리나무
우혜서 운다
山새는 왜우노, 시메山골
嶺넘어 갈나고 그래서 울지.

눈은나리네, 와서덥피네.
오늘도 하롯길/七八十里
도라섯서 六十里는 가기도햇소.

不歸, 不歸, 다시不歸,
三水甲山에 다시不歸.
사나희속이라 니즈련만,
十五年정분을 못닛겟네

산에는 오는눈, 들에는 녹는눈.
山새도 오리나무
우혜서 운다.
三水甲山가는길은 고개의길.　　　　　　　　　　　　　〈山〉 전문

　산새가 우는 일은 우는 일일 수도, 즐거움의 소리일 수도 있지만,
세계를 상실하고 상실의 삶을 사는 시인에게는 즐거움의 소리로 들리
지 않는다. 산에서 우는 산새는, 시인이 넘어야 할 '영'처럼 '시메산골
영넘어 갈나고 우는 것'이다. 눈이 와서 덮인 70리 산길을 오늘도 60
리는 걸어서 왔으나, 가는 길에서도 정분을 못잊어 삼수갑산으로 귀
속하기가 쉽지 않다고 한다. 그래서 산새도 오리나무 위에서 울고 삼
수갑산 가는 길은 고갯길과 다르지 않다. 실제로 고개가 있어서 삼수

갑산 가는 길이 고갯길일 수도 있고, 잊고자 하나 못잊는 시인의 마음이 전이된 고갯길이기도 할 것이다.

소월 시가 전통적 정서의 확대일지라도 같은 자연을 매개한 노래로서 민요와 소월의 시가 같을 수는 없다. 가령 '아랫녁새야 웃녁새야/전주고부 녹두새야/녹두밭에 앉지말아'[12]로 노래되는 동학혁명 당시의 민중의 노래에서 새는 새로, 녹두밭은 녹두밭으로 각각 대립의 개체로 존재한다. 민중의 정서가 전이된 의인화의 자연이 아닌 것이다. 그래서 파랑새가 녹두밭에 앉아서 녹두꽃이 떨어지면 청포장수가 울고 가는, 곧 자연의 혜택과 자연이 준 피해를 숙명으로 수용하는 자연으로서의 민중의 생활을 민요는 노래한다. 생태계적 존재성에 준하며, 인간과 자연이 생태계의 공동체적 존재로서 각각 어울리는 것이다.[13]

그러나 소월 시에서는 비록 민요적 정조일지라도 자연 대상은 주관화된 객체로서 시인의 내면화에 기여한다. 자아각성의 근대인이 대면한 상실의 세계에서 비롯된 비극적 정서이입인 것이다. 때문에 소월 시는 전통의 계승이라는 평가를 뛰어넘어 근대시로서의 근대성 여부에 보다 그 의의가 있는 것으로 봐야 한다.

이외에도 근대적 삶의 질곡을 상징하는 고개이미지에 대한 소월의 시를 보면,

그누가 아랏스랴 한쪽구름도
걸녀서 흐득이는 외롭은 嶺을

---

12) 고정옥, 『조선민요연구』, 수선사, 1947, p.217.

13) '동무야동무야/꼴베러가자.//낫을갈아/짊어저리//큰애기무덤으로/풀뜯으러가자.//가세가세/꼴비러가세.//어데로어데로 가랴하나.//뒷山말밑등 꼴비러가세.//네나칭칭 나네.'로 이어지는 민요에서도 자연과 인간이 각각의 존재로서 공동체적 조화를 이루는 양상이 드러난다.

숨차게 올나서는 여윈길손이
달고쓴맛이라면 다격근줄을.   〈물마름〉에서

朔州龜城은 山넘어
먼六千里
각금각금 꿈에는 四五千里
가다오다 도라오는길이겟지요   〈朔州龜城〉에서

들에나 나려오면
치어다 보라
해님과달님이 넘나든고개
구름만 첩첩…떠도라간다   〈집생각〉에서

등을 찾을 수 있다. 해방된 근대의 자유인으로서 전통으로부터의 탈
출이 아니라, 오히려 넘어야 할 많은 고개에 대한 탄식을 통해 소월
의 탈출구 없는 근대인식을 확인할 수 있다. 이처럼 자연은 근대에
이르러 빛의 이미지로, 혹은 비극의 이미지로 주관적 객체가 되어 인
간화된다. 자연이 인간을 수용하는 전통적 의미의 자연계가 아니라,
휴머니즘의 대상으로 포착된 자아표현의 도구로서 자연인 것이다.

마소의무리와 사람들은 도라들고, 寂寂히뷘들에,
엉머구리소래 욱어저라
푸른하늘은 더욱낫추, 먼山비탈길 어둔데
웃둑웃둑한 드놉픈나무, 잘새도 깃드러라.   〈저녁때〉 일부

퍼르스럿한달은, 성황당의
데군데군허러진 담모도리에
우둑키걸니웟고, 바위우의
가마귀한쌍, 바람에 나래를펴라.   〈찬저녁〉 일부

위 두편의 시에서도 소월은 생활이 있는 향토적 자연을 대상으로 택하고 있다. <저녁때>에서는 마소의 무리와 사람들이 돌아든 뒤의 빈들에 '적적하다'하는 언표에서 보듯 주관적 시선을 투여하고 있고, <찬저녁>에서는 하늘의 달이 군데군데(데군데군) 허러진 담모도리에 '우둑히' 걸리었다고 주관화하고 있다. 그러나 시는 전체적으로 소월의 개인적 상실의 정서 반영을 위한 구조적 장치로서 향토적 자연을 도입하고 있다. 가령 <저녁때>는 둘째 연에서 '볼사록 넓은벌의/물빗츨 물끄럼히 들여다보며/고개숙우리고 박은드시 홀로섯서/긴한숨을 짓느냐. 왜 이다지!'라고 하고, <찬저녁>에서는 마지막 연에서 '그러나 나는, 오히려 나는/소래를드러라, 눈석이물이 씩어리는,/땅우헤누엇서, 밤마다 누어,/담모도리에 걸닌달을 내가 또봄으로.'라고 한다. 결과적으로 시인의 비극적 내면에 투영된 자연은 객체적 자연이든, 집단적 생활을 향유하는 향토적 자연이든 그 비극적 색채는 동일하다. 타자로서 조화를 이루며 살았던 자연과의 단절에서 비롯된 상실의식이며, 역사적 상실의식의 반영이다. 뿌리에서 탈출한 근대인의 각성한 자아의 위상은 단지 전통으로부터의 탈출상만을 의미하는 것이 아니다. 이에 못지 않게 역사적으로, 시대적으로도 집없는 위상임을 '긴한숨'이라는 불안의식에 비유하여 근대인의 이중성을 지시한다. 부재중인 님을 통해서 자아실현을 꿈꾸는 소월의 시에서 자연은 비록 주관주의적 관점반영일지라도 빛으로 작용했다. 그러나 향토적 자연은 상실의 역사적 위상과 보다 밀접한 불가분의 관계에 있기 때문에, 소월의 상실의식이 빛으로 승화하지 못한다.

4. 탈주관화의 즉자적 자연

소월의 자연에 대한 시적 태도는 다양하다. 분리되고 분열된 근대적 자아가 근원적 자아로의 회복을 꿈꾸는 주관주의적 이입물로서 자연을 비롯하여, 생태계의 공동체로서 인간의 생활을 가능하게 하는 향토적 자연 또한 의인화된 자연물로 대상화되어 있다. 자아표현의 도구로서 자연이며, 인간정서 이입의 도구로서 자연이다. 상실의 근대적 자아에게 자연은 이와 같이 정신적 지주가 되고 있다. 정체성의 위기에 직면한 근대인에게 자연은 정체성의 근원으로서 일부라는 존재의의를 지님으로써 전통에서 완전히 벗어날 수 없는 이중구조의 근대성을 대변하고 있다.

그중에서도 소월 시의 즉자적 자연[14]은 생태계의 공동체내에서도 자연은 자연으로, 인간은 인간으로써 각각의 개체성을 지닌다는 소월의 유기체적 사고를 대변한다. 자연에 대한 소월의 다양한 접근방식이며 인식의 다양성이다. 이는 곧 소월 시의 다양성이라는 의미이기도 하다. 타자로서 자연에 대한 소월의 유기체적 인식을 즉자적 자연묘사의 시에서 발견하는 것이다. 이때에 자연은 대상으로 존재하는 고유권리를 되찾는다. 그러나 소월의 주관주의적 자연에 대한 접근이 아니라 탈주관화의 즉자적 자연으로의 표상에 있어서도 시의 정서는 비극적 색채로부터 자유롭지 않다. 이는 시적 묘사에 의한 즉자적 자

---

14) 김춘수는 "꽃은 인간과는 항상 일정한 거리를 두고(저만치) 인간의 희로애락과는 관계없이(인간의 입장으로 보면 아주 고독하게 혼자서) 피어있다. 그것은 영원히 메꿀 수 없는 거리다. 그런데 이상하게도 인간은 그가 짊어진 자유 때문에--그것의 고통 때문에 오히려 차원이 다른 즉자적 존재(이 시에서는 꽃)에 대한 동경이 있다. - 중략 - 소월이 <산유화>에서 꽃을 두고 '저만치 혼자서 피어 있네'라고 하였을 때 이미 말한 것처럼 그는 꽃(즉자적 존재)에 대한 동경을 말한 것이다. 즉 차라리 꽃이 되고 싶다. 다시 말하면, 인간적 존재의 차원을 떠나고 싶다는 말이 된다. 또는 인간적 존재의 차원을 떠나고 싶으나 떠날 수 없다는 어떤 체념을 말하고 있다고도 하겠다."라고 <산유화>의 해설에서 소월의 자연을 즉자적 존재로 밝히고 있다(『김춘수전집 2시론』, 문장, 1983, p.339).

연으로서 자연이 그 고유의 권리를 되찾을 지라도, 이미 근대의 자연
은 전통적 자연과는 달리 분열되어 있어서 전일체를 이루고 있지 못
함을 반증한다. 예찬의 대상으로서 자연은 자아실현의 주관화된 자연
에서 지배적이고, 즉자적 대상으로서 자연은 객체적이면서도 역설적
이게도 분열의 근대를 반증하고 있다. 세계와 인간과 우주를 구성하
는 근원적인 것들이 이미 조화와 균형의 관계가 아니라, 대립과 갈등
의 관계에 있음을 의미하는 즉자적 자연표상이다.

山에는 꼿피네
꼿치피네
갈 봄 녀름업시
꼿치피네

山에
山에
피는꼿츤
저만치 혼자서 피여잇네

山에서우는 적은새요
꼿치죠와
山에서
사노라네

山에는 꼿지네
꼿치지네
갈 봄 녀름업시
꼿치지네   〈山有花〉 전문

'갈 봄 녀름업시' 산에 꽃이 핀다는 언술은 '봄 여름 가을'의 순서

전도를 제외하면, 소월의 시적 상상력이 가미되지 않은 사실에 준한 발언이다. 그럼에도 '꽃피네', 그리고 '꽃치피네'라고 반복함으로써, 그 반복에 의해 타자로서 자연이라는 시인의 인식을 확인하게 한다. 반복의 리듬으로 순환하는 자연질서에 대하여 시인의 '꽃피네 꽃치피네'의 되풀이 어법이 새로운 환기력으로 작용한다. 1연에서의 피는 꽃에 대한 언술과 마찬가지로 마지막 연에서 '꽃지네 꽃치지네'라고 '갈 봄 녀름업시' 지는 꽃에 대한 시인의 되풀이 어법 역시 자연질서에 대한 사실을 새롭게 확인하게 한다.

자연의 원리에서 분리되지 않았던 근대이전의 인간에게 꽃이 피는 일이나 지는 일은 인식적 타자로서 주관화되지 않았을 것이다. 꽃뿐만이 아니라 인간 역시 꽃과 마찬가지로 생물의 일종으로서 피고 지는 존재성에 준했을 것이다. 자연질서의 원리나 인간질서의 원리가 분리되지 않았던 인식이전의 세계였던 것이다. 그러나 뿌리로부터 멀어진 근대인은 이와 같은 근원적 원리를 새삼스럽게 확인하는 존재가 되어 자연을 '내 안의 타자'로, 혹은 '세계 내의 타자'로 새롭게 확인하는 절차를 필요로 하는 존재가 되었다. 마지막 연에서 소월이 '꽃치지네'로 마감했다고 하여, 지는 꽃이 다시 피는 순환원리를 내포하지 않은 것이 아니라, 오히려 '꽃치지네'의 말줄임 속에 '꽃치피네' 역시 내포하여 자연질서를 확인하게 한다. 이제 근대적 개인은 자연과 분리되어 자연의 질서를 인식하는 주체로서 멀리 있다. 2연의 '山에/山에/피는꽃은/저만치 혼자서 피여잇네'에서도 역시 각각 개체로서 존재하는 자연과 인간과의 거리를 '저만치'로서 지시한다. 분리된 꽃과 소월이 거리를 유지하고 있다. 그래서 산에는 꽃과 새가 살고, 근대인의 집은 산에서 '저만치' 떨어져 있다. 소월의 인식적 장치로서 '저만치' 있는 꽃과 소월과의 거리이다.

잔듸,
잔듸,
금잔듸,
深深山川에 붓는불은
가신님 무덤까엣 금잔듸.
봄이 왓네, 봄빗치 왓네.
버드나무꿋터도실가지에.
봄빗치 왓네, 봄날이 왓네,
深深山川에도 금잔듸에.   〈金잔듸〉 전문

엄마야 누나야 江邊살쟈,
뜰에는 반짝는 金모래빗,
뒷門박게는 갈닙의노래
엄마야 누나야 江邊살쟈.   〈엄마야 누나야〉 전문

<금잔듸>에서는 봄이 왔고, 그 봄빛이 '심심산천에 붓는 불'로 왔다. <산유화>의 '피네'라는 현재시제의 독백체에 비해 '왔네'라는 과거시제로서 시제의 차이만 있다. 또 '가신님 무덤까엣 금잔듸'에만 봄빛이 온 것이 아니라, '버드나무꿋터도실가지에' 봄빛이 왔다. 봄은 산에도 들에도, 특히 심심산천에도 온 천지에 온 것이다. 그러나 소월의 마음에도 봄이 왔는지는 불분명하다. 분리된 자연이기 때문에 소월과 거리를 유지한 봄빛이다. 그래서 소월의 마음까지 찾아온 빛의 봄은 아닌 것 같다. 특히 사람의 마을에도 온 봄빛으로 다가오지 않는 것은 '가신님 무덤가의 금잔듸'에 온 봄빛이기 때문인데, 무덤은 인가와 떨어져서 살아있는 사람의 마을에 속하지 않기 때문이다. 그러나 봄은 대지 위에 왔고, 대지 위에 온 봄과 시적 화자는 분리되어 있으면서도 동시에 봄빛아래서 일원화될 수밖에 없다. 각각 세계 밖의 즉자적 존재이면서, 또한 세계 내의 대자적 존재인 것이다. 그래서

심심산천에 붓는 불로 오는 봄빛은 상실의 현실과 무관하게 빛으로 존재하기도 한다. 즉자적 자연으로써 소월 시에서 대상으로 살아있으면서 고유한 권리를 찾은 자연인 것이다.

근원으로부터 분리된 소월의 상실의식이 <엄마야 누나야>에 이르러서는 동요 화자가 노래하여 근원회귀의식을 반영한다. 현재는 엄마와 누나와 함께 강변에 살고있지 않는 시적 화자이기 때문에, 지향하는 유년으로의 회귀의식을 엄마와 누나를 청자로 설정하여 직접화법으로 노래하기에 이른다. 강렬한 욕망이 직접화법의 노래로 분출된 것이나 다름없다. '뜰에는 반짝는 금모래빛/뒷문박게는 갈닙의노래'도 없는 상실의 현재에서 시적 화자가 꿈꾸는 상실없는 유년으로의 회귀의식이다. 역설적이게도 이와 같은 지향의식은 성장이라는 이름으로 유년으로부터 멀어지는 생물의 성장기처럼 오히려 실현 불가능의 거리를 돋보이게 한다. 근대의 역사발전은 근원으로의 회귀가 아니라, 근원에서부터 해방이며 탈출이라는, 그래서 집없음의 자유를 향하고 있다. 때문에 유년으로의 회귀를 꿈꾸는 화자의 노래는 노래로서 머무를 수밖에 없다는 비극의식을 강화한다.

더욱이 반짝이는 금모래가 있고, 갈잎의 노래가 있는 강변으로의 지향은 근원적 모태로부터 분리된 근대인의 위상과 향수에의 갈망을 보다 구체화한다. 인간이 성장해가면서 엄마와 분리되고 누나와도 분리되어 거리를 형성하듯이, 대지로서 어머니 및 누나이미지를 통해 시인은 기표의 근대가 아니라 기표와 기의가 분리되지 않은 말의 원형 또한 지향하는 의식을 담아낸다. 자연이 살아있고 어머니가 살아있는, 그리고 사랑이 살아있는 세계는 비록 근대의 상실의 주체가 언어로서 소유하는 세계일지라도 분리이전의 사물의 원형으로 살아있는 세계나 다름없다. 즉자적 자연에 대한 소월의 인식적 토대와 근원으

로의 지향의식이 분열의 근대자연을 통합하여 조화를 이루게 하는 힘
으로 작용하고 있는 것이다.

5. 맺음말

　근대는 전통적 권위로부터의 해방을 본질로 하는 시대이다. 이성을
토대로 한 인간의 독자적 사유를 해방의 가장 중요한 전제조건으로
한다. 개인적 자아의 탄생이라는 근대의 절대적 자유는, 그러나 그 이
면에 외부 세계와의 단절이라는 큰 대가를 치러야 했다. 이와 같은
근대의 출발과 함께 우리의 근대는 일제강점기라는 또 다른 상실의
현실에 직면해야 했다. 소월은 이처럼 민족적, 시대적 상실의 상황에
서 그 극복을 위한 대응으로써 주로 자연모티프를 통한 시적 표상을
보인다.

　자연모티프는 잃어버린 근원에 대한 근대인의 동경과 그리움의 중
심대상이다. 근대시에서의 자연은 단순히 전통적 개념을 전승하는 대
상이 아닌 것이다. 세계로부터 분리된 근대의 자율적이며 상실된 자
아가 상실극복을 위한 동경의 세계로서 귀의한 자연이다. 절대적 자
유의 영역으로써 자신으로부터 소외되지 않은, 자신과의 일체감을 이
룰 수 있는 공간이며 대상이다. 근대시의 교두보로서 소월 시는 전통
적 정서 심화라는 의의 못지 않게 근대적 개념의 자연을 매개한 시적
표상이 다양하다. 따라서 「소월 시의 자연과 근대성」이라는 본 논고
의 목적은 먼저 자아실현을 위한 주관주의적 자연에 대한 소월의 접
근을 파악하였다. 특히 님과 자연이 접맥된 소월 시는 상황은 상실의
시간일지라도 내면화는 자아실현의 순간이 빚은 빛의 세계로 점철된
다. 님을 향한 동경의식이 접맥된 자연은 정체성이 회복되는 순간을
표상하는 매개물이다. 이때 자연은 자아에게 종속되어 있으며, 외적인

자연이 시인의 감정의 산물처럼 내면화된 세계를 이룬다. 자아표현의 도구로서 자연인 것이다.

다음으로 주관적 객체로서 향토적 자연에 투여된 소월의 정조는 비극적 세계관으로 발현되어 있다. 상실의 현실은 직접적으로는 공동체적 삶의 상실이며, 공동체와 함께 하는 향토적 자연 역시 상실의 세계를 반영하는 대상이다. 이때의 자연도 소월의 주관적, 그리고 소월이 처한 상황에서 비롯된 상실의식이 투여된 주관화된 자연이다. 향토적 자연은 상실의 역사적 위상에 보다 밀접한 관계에 있기 때문에 소월의 상실의식이 빛으로 승화하지 못한다. 특히 근대이전의 향토적 자연은 민중의 애환을 위무해 주는 살아있는 타자로서의 자연이었지만, 소월 시에서 향토적 자연은 상실의 삶, 상실의 근대에 비유된 주관화된 자연이다.

특히 탈주관화의 즉자적 자연에서 소월은 자연은 자연으로, 인간은 인간으로써 각각의 개체성을 지닌다는 유기체적 사고를 보여준다. 그러나 즉자적 자연의 표상에 있어서도 시의 정서는 비극적 색채로부터 자유롭지 않다. 즉자적 자연은 자연과 인간과의 합일불가능한 거리를 역설적으로 확인시켜준다. 즉자적 자연은 타자로서 자연이라는 본원적 인식을 의미하는 동시에 분열의 근대에서 인간과 대립하고 있는 자연이라는 소월 시의 근대성을 대신한다.

이처럼 자연은 상실의 근대적 자아에게 정신적 지주가 되고 있다. 정체성의 위기에 직면한 근대인에게 자연은 정체성의 근원으로서 일부라는 존재의의를 지닌다. 또한 자연은 전통에서 완전히 벗어날 수 없는 이중구조의 근대성을 상징하는 중심매개체이다. 이처럼 우주 곧 자연으로부터 분리 및 자유라는 근대성은 역설적이게도 뿌리로부터의 단절에 대한 두려움과 탈출에 대한 안도의 한숨이라는 이중적 의미로써 근대인들에게 분열과 상실을 겪게 했다. 그와 같은 불만과 역사적 상실로부터 동경과 그리움으로 표출된 매개체가 자연이었다. 따라서 소월은 상실의 근대인으로써 자연을 매개한 시를 통해 근대적 자아의 상실의식 및 동경의식을 표상하였다. 그럼으로써 근대시의 교두보적 역할을 탁월히 수행하였던 것이다.

Ⅱ. 정지용 시의 내적 동인으로서 童詩

1. 머리말

　정지용의 동시(요) 연구는 정지용의 동시 연구를 통해서 그의 시의 내적 동인을 파악하고자 하는데 있다. 초기의 동시에 내재된 순수 및 민속적 모티프가 그 후 정지용의 시세계에 미친 일관된 내적 동인으로 보이기 때문이다. 물론 정지용이 동시를 창작하던 20년대는 '동요 황금시대'[1]라 이를 만큼 어른 아이 가릴 것 없이 폭넓은 향수층을 가지고 있던 시기였기 때문에, 정지용의 동시 역시 그의 장르모색의 일환이라고 보기는 어렵다. 또 동요의 폭넓은 향수와 마찬가지로 '시조 부흥운동'과 '민요시운동' 역시 20년대에 뜨겁게 전개되고 있었기 때문에, 이 두 운동과 더불어 민속 모티프를 담은 동시의 활성화가 20년대의 시문학사를 반영하는 특징적 장르로 보인다. 그러므로 민속모 티프를 담고 있는 정지용의 동시를 단순히 아동미학에 준해서만 접근할 수 없다. <시문학파> 일원으로의 그의 시세계를 비롯하여, 그의 시가 귀결된 30년대 『백록담』 시편들과도 동시의 세계가 연계되어 있

---

1) 성기옥, 「정지용 시에 있어서의 동시와 동심」, 『한국아동문학』, 이재철편, 서문당, 1991, p.134.

는 것으로 보이기 때문이다. 결국 정지용의 동시의 세계가 그의 시적 지향세계의 근원인 것이다. 문제의 초점은 정지용의 초기에 나타난 동시의 세계가 그 후 다양한 시적 경향에도 불구하고, 그의 시의 내적 동인으로 일관되게 작용하고 있다는 점이다.

그동안 이루어진 정지용 시에 대한 연구성과[2]는 그의 다양한 시적 특성만큼 다양한 명칭으로 그의 시세계를 명명한다. 가령 모더니즘, 이미지즘, 리리시즘, 전통주의, 고전주의 등으로 지시되고 있는데, 이는 정지용 시의 다양한 특징을 표출하는 데 적절히 기여한다. 또 이와 같은 사조 및 경향에 의한 명명외에도 정지용이 초기시에서 보여준 다양한 장르의 표출 역시 그의 시세계가 다양하게 구현됐음을 증명한다. "이 시기의 그는 자유시만 아니라 시조, 민요시, 동시(요)에 이르기까지 당시 성행하던 여러 장르들을 분방하게 넘나들고 있다."[3]는 지적처럼 정지용은 다양한 사조뿐만 아니라, 다양한 장르와 그에 따른 다양한 언술방식에 의한 시를 구사했다. 이는 정지용 시 연구를 다양한 관점으로 접근할 수 있게 하는 또 하나의 특징이다. 그러나

---

2) 문덕수, 「한국 모더니즘시 연구」, 고려대대학원 박사학위논문, 1981.
　정의홍, 「정지용 시의 연구」, 동국대대학원 박사학위논문, 1992.
　김재홍, 『한국현대문학의 비극론』, 시와시학사, 1993.
　정효구, 「정지용 시의 이미지즘과 그 한계」, 『모더니즘 연구』, 자유세계, 1993.
　진순애, 「한국 현대시의 모더니티 연구」, 성균관대대학원 박사학위논문, 1996. 12.
　손종호, 「정지용 시의 기호체계와 카톨리시즘」, 『어문연구』29, 1997. 12.
　최승호, 「정지용 자연시의 은유적 상상력」, 『한국시학연구』, 한국시학회, 1998. 11.
　한영옥, 「정지용의 시, 산정으로 오른 정신」, 『한국 현대시의 의식탐구』, 새미, 1999.
　이숭원, 『정지용 시의 심층적 탐구』, 태학사, 1999.
　최동호, 「정지용 산수시와 성정의 시학」, 『시와시학』, 2002.여름호.
　김종태, 「정지용 시 연구」, 고려대대학원 박사학위논문, 2002.
3) 성기옥, 앞의 글, p.123.

그것은 가시적 현상으로 보이며, 시세계의 본질은 동시에서 보여준 '순수와 민속적 전통'이라는 내적 동인에서 벗어나지 않는다.

순수로서 동심의 세계는 개인적인 원형공간이다. 그러나 향토적 자연에서 형성된 동심의 세계는 단지 개인적 원형공간에서 그 의미가 멈추지 않는다. 그것은 근대인인 우리의 원형이며, 정체성의 근원지로서 전통의 세계이다. 때문에 동시에 구현된 원형의 세계는 근대인의 유토피아일 수도 있으며, 향수의 세계이고, 회귀해야 할 궁극적 지향의 세계이기도 하다. 또한 자연 혹은 향토적 자연은 우리의 세계관 형성의 근원지이기 때문에 상징계의 이데올로기를 함유한다. 이는 정지용이 『백록담』에서 보여준 고전주의적 세계관이 유년의 향토적 자연에서부터 형성된 상징계의 세계관과 무관하지 않다는 의미이다. 이와 같은 이유로서 정지용의 동시가 단지 동심의 시학[4]에 국한된 것이 아니라, 민족의 전통적 이데올로기 역시 포함하고 있다고 봐야하는 이유이다. 즉 아동문학의 시학으로써 동시의 의의가 아니라, 정지용 시세계의 본질을 함유한 동시의 동심적 의의인 것이다.

따라서 본 연구에서는 정지용 시의 초기에 나타난 동시를 연구 중심대상으로 하나, '바다'계열의 이미지즘시 및 『백록담』 시편도 포함하여 동시와의 연계성을 규명할 것이다. 구체적으로는 동시의 중심모티프와 그 수사학적 세계를 통해서 파악할 것이다. 그리하여 동시에 구현된 중심 모티프가 궁극적으로 정지용 시의 내적 동인이며, 그의 시세계를

---

4) 세계를 단순화하고 인격화하는 동심적 인식의 직접성, 세계에 반응하는 정서적 질의 단일성은 동시가 뿌리박고 있는 기본 특성이다. 이는 이상과 현실의 층이 서로 뒤엉킨 복합적 세계상과 정서가 주축을 이루는 성인시의 그것과는 분명히 다른 양상이다. 그러므로 인식이나 정서의 질이 어린이다운 단순 명쾌성에 뿌리를 두고 있다는 점은 동시의 가장 기본적 특질을 지적하는 일이 될 것이다(성기옥, 앞의 글, p.127).

고전주의 세계관으로 귀결시키게 하는 근원임을 알 수 있을 것으로
본다.

2. 퇴행과 원형 상상력

정지용의 동시를 퇴행[5]과 원형 상상력으로 보는 이유는 정지용이
아동문학으로서 동시를 노래한 것이 아니라, 원형이 부재한 당시의
현실에서 원형회귀의식 반영으로써 동시였다고 보기 때문이다. 퇴행
적 상상력에 이입된 정지용의 시학적 태도는 주로 서정적 자아에 의
한 회감의 정서를 담아내고 있다. 회감의 정서에 의한 정지용의 동시
는 자아가 대상과의 미분리 상태에서 세계에 반응하는 정서적 단일
성, 혹은 명쾌성의 아동 시학이 아님을 증명한다. 모더니즘시에서 도
시적 상상력[6]에 의해 왜곡된 현실상 및 어둠의 무의식을 드러냈다면,
퇴행의식을 통해서는 세계와 자아분리 이전의 동일체에 대한 동경의
자세를 보인다. 이때 전원의 원형상상력에 기대인 퇴행의 주체는 현
실을 거부한다는 측면에서 반동일화[7]의 주체이다. 나아가 되어져야
할 현실을 유년을 통해 갈망하는 자세는 비동일화의 태도로서 이 또
한 퇴행적 사고를 보인다.

---

5) 퇴행이란 결핍된 현재의 갈등에서 출구로 등장하는 한쪽이다. 출구의 다른
   한 쪽은 퇴행으로서 과거가 아니라, 미래에서 새로운 해결의 길들을 찾고자
   할 경우이다(들뢰즈·가따리, 『앙띠오이디푸스』, 민음사, 1994, p.201-210).

6) 진순애, 『한국 현대시와 모더니티』, 태학사, 1999, p.165.

7) 페쇠는 주체가 구성되는 방법을 동일화, 반동일화, 비동일화의 세가지로 분
   류한다. 1)동일화identification-그들에게 주어진 이미지에 자유롭게 동의하는 착
   한 주체들의 양식, 2)반동일화counter-identification-나쁜 주체로서, 골치 덩어리
   들의 양식, 3)비동일화disidentification-이데올로기 중시의 지배적 실천에 편승하
   는 동시에 저항하는 작업의 결과로서 역설적인 paradoxical 통합, integration이
   라고 한다(Michel Pecheux, 『Language, Semantics and Ideology』, Harbans Nagpal,
   St. Martin's Press, 1982, p.155-170).

그 퇴행은 물론 유토피아적 퇴행이란 점에서 긍정적이기도 하다. 비록 원형의 공간은 불변할지라도, 시적 주체는 시간의 존재이므로 원형에서 분리되어 변모한 주체에게 원형공간은 실체일 뿐만 아니라 유토피아로서 작용한다. 그러나 문제는 미래가 아니라 과거공간에 투여된 유토피아 의식은 현실로의 회귀불능이며, 실현 불가능이라는 농도가 강렬한 유토피아라는 점으로 현실 도피적이라는 부정적 평가를 받게된다. 그럼에도 과거공간이란, 특히 향토적 자연[8]과 함께 한 유년의 그것은 분열된 현대인의 정체성 회복에 있어서 정신적 치유책을 제공하는 원형심상이라는 점에서 부정적으로만은 볼 수 없다. 그와 같은 인식은 현재가 결핍되었을 때, 그 결핍보완을 위하여 찾아가는 완전한 공간이기 때문이다. 또 유토피아란 현실로 변화되는 것이 아니라 언제나 유토피아로서 그 자리를 지키고 있는 허구적, 의식적 실체이다. 그러므로 유토피아의 실현 불가능성은, '이 지상에 없는 곳'이라는 의미의 유토피아에 이미 내포되어 있는 것이나 다름없다. 동경이라는 의식의 지향으로나마 결핍을 보완할 수밖에 없는 것이다.

우리 옵바 가신 곳은
해님 지는 西海 건너
멀리 멀리 가셨다네.
웬일인가 저 하늘이
피ㅅ빛 보담 무섭구나!
날리 났나. 불이 났나.

<지는 해> 전문

어적게도 홍시 하나.
오늘에도 홍시 하나.

---

8) 진순애, 「박목월 시의 신화적 시간」, 『우리말글』제25집, 2002, p.496-499.

까마귀야. 까마귀야.
우리 남게 웨 앉었나.

우리 옵바 오시걸랑.
맛뵐라구 남겨 뒀다.

후락 딱 딱
휘이 휘이!   〈홍시〉 전문

부헝이 울든 밤
누나의 이야기…

파랑병을 깨치면
금시 파랑 바다.

빨강병을 깨치면
금시 빨강 바다.

뻐꾹이 울든 날
누나 시집 갔네…

파랑병을 깨트려
하늘 혼자 보고.

빨강병을 깨트려
하늘 혼자 보고.   〈병〉 전문

하늘 우에 사는 사람
머리에다 띄를 띄고,

이땅우에 사는 사람

허리에다 띄를 띄고,

땅속나라 사는 사람
발목에다 띄를 띄네.   〈띄〉 전문

　위 네 편의 동시는 정지용의 모더니즘 계열작품과 동일 잡지에 게
재되어 있다. 그런데 그 성격이 너무나 다르기 때문에 『국도신문』9)에
서의 확인처럼 중학시절에 이미 지어진 작품을 발표만 26년에 한 것
으로 보인다. 모더니즘시와 동시의 성격은 성인의 시와 아동의 시라
는 장르적 차이가 있지만, 그럼에도 상실·비애 등에 의한 시인의 내
면세계 표출에서 두 장르의 정조는 유사하다. 이는 민족의 비극적 운
명 앞에서 성인과 아동의 상실의식에 큰 차이가 없었던 역사적 실상
을 대신한 것으로도 보인다.
　뿐만 아니라 위 네 편의 동시를 정지용의 개인적 상상력으로만 볼
수 없는 것은 중심 모티프가 민속의 세계에 닿아있다는 점 때문이다.
또 시적 대상이 대부분 부재중인 대상이며, 그 부재중인 대상을 향한
화자의 정조가 비애에 잠겨있는데, 이는 당시 상실의 민족적 정서를
대변하는 것으로도 보인다. <지는 해>와 <홍시>에서는 화자인 누
이동생이 현재 부재중인 오빠를 염려하는 상실의식을 중심으로 하고
있다. 더욱이 '우리 옵바 가신 곳은 해님 지는 서해 건너'인데, 그곳
에 '날리 났나. 불이 났나'하여 지는 해의 붉은 색조만으로도 부재중
인 오빠를 염려하는 화자의 심리가 극심하다. <홍시>는 까마귀 밥이
라고 감나무 가지 끝에 남겨둔 한 개의 홍시마저도 오빠를 향한 염원
이 투사되어 미물에 대한 인정조차 외면하려하는 화자의 심리구조다.
<홍시>의 예처럼 어른들로부터 들었던 속언의 알레고리 장치는 정

---

9) 石殷, 「시인의 *法悅*-지용예술에 관하여」, 『국도신문』, 1949, 5.13-19.

지용의 퇴행의식을 드러내는 주요한 장치로서 민속의 공동체적 정서
를 반영한다. 그의 뇌리에 인각된 다음의 내용을 통해, 이를 구체적으
로 확인할 수 있다.

> 밤뒤를 보며 쪼그리고 앉았으라면, 앞집 감나무 위에 까치 둥어리가 무섭
> 고, 제 그림자가 움직여도 무서웠다. 퍽 치운 밤이었다. 할머니만 자꾸 부르
> 고, 할머니가 자꾸 대답하시어야 하였고, 할머니가 딴데를 보시지나 아니하
> 시나 하고, 걱정이었다.
> 아이들 밤뒤 보는데는 닭 보고 묵은 세배를 하면 낫는다고, 닭 보고 절을
> 하라고 하시었다. 그렇게 괴로운 일도 아니었고, 부끄러워 참기 어려운 일도
> 아니었다. 둥어리 안에 닭도 절을 받고, 꼬르르 꼬르르 소리를 하였다.
> 별똥을 먹으면 오래 오래 산다는 것이었다. 별똥을 줏어 왔다는 사람이
> 있었다. 그날밤에도 별똥이 찌익 화살처럼 떨어졌었다. 아저씨가 한번 모초
> 라기를 산채로 훔켜 잡어온, 뒷산 솔푸데기 속으로 분명 바로 떨어졌었다.

별똥 떨어진 곳
마음해 두었다
다음날 가보려
벼르다 벼르다
인젠 다 자랐소

〈별똥이 떨어진 곳〉 전문[10]

<병>은 화자인 남동생이 시집간 누나를 대상으로 한 동시다. '뻐
꾹이 울든 날 누나 시집 갔네'라고 시집 가는 날 울던 누나를 대신해
뻐꾸기가 울었다 한다. 축복의 '결혼살이'를 위한 혼인풍속이 아니라,
애닲은 '시집살이'의 민속을 '파랑병 파랑 바다, 빨강병 빨강 바다'라
고 단순한 동요율조에 싣고 있다. 비록 동요율조로 노래한다 해도 정

------

10) 정지용, 『정지용전집 2 산문』, 민음사, 1988, p.151.

조는 상실의 정조에서 벗어나지 않는다. '파랑병, 빨강병을 깨트려' 놓고, '하늘 혼자 보고' 있는 화자의 울분의 심사다. <띠>도 동시 구조지만 주제의식은 아동의 세계가 아니다. 시선만 아동의 발화를 택했을 뿐, 내용은 물리적 시간대에서 초월한 인간의 보편적 삶의 양상을 유형화하고 있다. 하늘·땅·지하를 인간의 머리·허리·발목의 삼등분과 대칭으로 설정한 점이 그러하다. 특히 하늘·땅·지하를 인간의 전생·현세·내세로 병치시켜 현세의 인간상을 '허리에다 띠를 띤' 상으로 표출시킨 점에서, 실존적 존재로서 인간에 대한 정지용의 사고를 만날 수 있다.

　물론 밝고 유머가 넘치는 동시들도 없는 것은 아니지만 대체적인 기류가 비극적 정조다. 그것은 동시의 창작주체가 어린이가 아니라 민족의 어두운 현실을 자각할 수 있는 중학생 시절의 지용이란 점에서 비극적 정조는 그의 내면에 이미 각인되어 있었던 것이나 다름없었기 때문일 것이다. 심리학자들은 인간이 모체에서 떨어지는 출생의 순간에 이미 상실이라는 느낌을 맛본다고 말한다. 물론 모체를 빌어 태어나는 모든 동물에게 이와 같은 상실감은 동일하게 내재됐을 것이다. 그러나 인간에게 있어서, 특히 근대인에게 있어서 상실의 양상은 모체로부터 뿐만이 아니라, 사회적 존재로서의 체험해야하는 상실감이 더욱 크다는 점으로, 이점이 곧 근대인의 비극적 존재성의 하나이다.

　더욱 정지용의 동시에서의 비극정조는 자아와 세계가 미분리된 상태로의 유년 회상이 아니라는 점에서 가중된다. 향토적 유년이 있던 민족의 전원의 풍경이란 비극적 역사와 생활의 궁핍함으로 눌려왔기 때문에, 이를 터전삼은 전원의 삶이란 근대적 존재에게 여백의 미를 제공한다기 보다는, 더더욱 비극적으로 보이게 한다. 그러므로 동시에서의 그 농도는 역설적으로 비장미조차 생산한다. 정지용의 동시가 지닌 비극정조는 바로 상실의 유년 회상이란 점에서 가중되는 것이다. 그 상실 속에서도 인간과 자연의 동일성, 그리고 인간간의 정체성을 지향하고 있다는 점이 역설적이게도 비극성을 더욱 가중시킨다.

이처럼 퇴행으로의 원형상상력과 속언의 알레고리에 기댄 동시가 많다는 점은 근대의 동시대인이지만, 정지용은 동시대에서 벗어나고자 하는 무의식에 지배받고 있었다는 사실을 확인시킨다. 전통의 후손인 정지용의 무의식적 시혼은 그를 고전적 사고로 인도했고, 곧 그의 후기 시세계에 도달하게 했던 것이다. 이러한 정지용의 후기 시세계를 30년대 후반의 역사적 현실에서 도피한 자세라고 할 수도 있다. 그러나 초기시에서부터의 정신구조에 투영했을 때, 닫힌 현실에서 초월을 향한 유토피아를 고전의 세계에 귀의하여 찾고자 한 것으로 보는 것이 더 타당해 보인다.

오·오·오·오·오·소리치며 달려 가니
오·오·오·오·오·연달어서 몰아 온다.

간 밤에 잠 살포시
머언 뇌성이 울더니,

오늘 아침 바다는
포도빛으로 부풀어졌다.

철석, 처얼석, 철석, 처얼석, 철석
제비 날어 들듯 물결 새이새이로 춤을 추어.　　　　　　　　〈바다 1〉 전문

한 백년 진흙 속에
숨었다 나온 듯이,

게처럼 옆으로
기여가 보노니,

머언 푸른 하늘 알로
가이 없는 모래 밭.   〈바다 2〉 전문

　1927년 『조선지광』에 발표된 위 시에서 <바다 1>은 주로 의성
어·의태어를 사용하여 아침바다를 노래하고 있고, <바다 2>에서는
바다를 화자로 하여 모래밭에 일렁이는 바닷물의 현상을 노래하고 있
다. 정지용의 이미지즘을 대표하는 시는 '바다'시리즈 시로 일반적으
로 얘기된다. 그러나 위 두 편의 시에서도 확인되는 바처럼 시는 성
인의 이미지즘시이기 보다는 동시의 정조에 가깝다. <바다 1>의 첫
연 첫행에서 '오오오오오'하는 감탄의 의성어는 성인의 시적 발상이
라기 보다는 대상에 대한 직접성의 동심적 발상이라고 보는 것이 더
적절하다. 현실과 이상 사이에서 갈등하는 주체의 비애의 정서도 없
으며, 민속의 알레고리에 기대인 상실의식의 동시와도 정서가 다르다.
화자가 바다와 동일성을 이룬 단순성의 동시 시학에 더 적합하다.
　'바다' 모티프는 우리의 전통 자연시에서는 제외된 자연물이다. 때
문에 장르분류상 우리의 전통 자연시는 자연시라는 명칭보다는 산수
시라는 장르명이 보다 적절하다. 근대문물의 수용과 함께 '바다' 모티
프는 수용됐고, 이에 따라 <바다>시는 근대적 산물인 것이다. 근대
시사에서 '바다' 모티프에 의한 최초의 자유시를 최남선의 <海에게서
少年에게>에서 찾는데, 아동문학에서도 <해에게서 소년에게>로부터
출발하고 있다. 이는 '바다' 이미지가 동양적 산수시학에 해당하는 대
상이 아니기도 하며, 주제 또한 '소년'을 청자로 한 계몽의 내용이기
때문이다. 또 미지의 세계라는 꿈의 상징체로서 바다가 적용되는 까

닭이다. 그러므로 근대적 이미지로서 바다라는 근대성을 제외하면, 정지용 시에서 바다는 꿈의 상징체로서 바다라는 동심의 세계에 가깝다. 유년으로의 퇴행이 아니라 해도, 우주적 원형을 향한 동심의 정조라는 점으로써 정지용의 '바다'시는 그의 시의 내적 동인으로서 앞의 동시와 다르지 않다.

이처럼 정지용은 현대적 사물의 이미지 구현에 있어서도 그 발상이 동심적이거나 목가적 상상력이어서, 현대적 이미지 구현을 위한 객관의 거리를 획득하지 못한다. 그가 지향하는 세계가 원형의 과거, 혹은 우주적 원형에 있기 때문에 퇴행적, 목가적, 우주적 원형상상력에 의한 동시로 나타난 것이다. 그러므로 20년대에 모더니즘시로의 경사 보다 우세했던 원형지향은 30년대 고전주의적 세계관으로 나아가게 한 그의 일관된 시혼이었다.

정지용의 지향의도가 자연을 통한 조화와 질서 추구의 고전적 가치에 있다는 것은 주관성을 벗어난 객관적 차원으로의 회귀의식과 같다. 비록 동심적 상상력으로 바다를 비롯한 자연을 예찬한다해도, 원형공간은 과거의 시간대에 머무는 것이 아니라 현재에도, 그리고 미래에도 현재성으로 존재하기 때문이다. 그러므로 문제적 현실에 처한 인간에게 퇴행에 의한 원형공간으로의 회귀의식은 현실 초월의식의 반영이다. 비록 직접적인 현실 극복의 태도는 아닐지라도 현실에 동참하는 동일화의 주체는 아니며, 초월에 의한 객관적 세계를 향한 동경의 태도인 것이다. 결국 새로움과 현실참여 보다는 전통세계로의 지향을 추구한 정지용은 30년대 산수시에 와서 감정절제 및 이미지 표상에 의한 시적 완성도를 보인다.

3. 동심과 상징계[11)의 수사학

정지용 시의 특징적 수사학은 견제의 수사학으로 규명된다. 그의
시에서 견제의 수사학은 사물 자체에 대한 형태적, 공간적, 시각적 존
재성을 부여하려고 한 점에서 두드러진다. 이는 사물의 구체적 이미
지를 드러내기 위하여 시인의 인간적 세계를 배제시킴으로써 빚어진
다. 즉 견제의 주체성을 드러내는 견제의 수사학으로써 탈인간화라는
모더니티의 단절적 이데올로기를 나타내는 것이다. 그러나 이론적 의
도와는 달리 텍스트에는 시인의 인간적 체취가 어느 정도 내재되어
있을 수밖에 없으며, 정지용의 시 역시 완전한 견제의 자세에 의한
이미지즘이 아니라 시인의 인간적 색채가 배어있다. 그 하나가 동심
의 세계임을 앞의 <바다>시에서 확인했다.

또 견제라는 정지용 시의 수사적 장치는 다의성을 의도한 은유적
형성에서 비롯된 것이 아니라, 절제되고 조직된 통합체로서 상징을
통해 주도되어 있다. 조직된 통합체로서의 상징은 주로 전통과 사회
성을 내포한 의식화의 측면이 강하다. 이와 같은 상징계의 상징에 의
한 언어조직은 파괴의 수사학으로써 새로움을 내포한 것이 아니라,
구조적 수사학에 기반하여 전통적 가치의 중심을 유지한다.

무의식적 상징계를 드러내는 언어에 있어서도 개인적 경험에 의한
기표(記票)가 아니라, 시인의 사회적 무의식에 깊이 인각된 전통적 관
습 및 생활상을 기호화하였다. 때문에 그 기의들은 다의성으로 해석
의 방향을 열어놓지 못한 채, 조직된 통합의 기의(記意)를 표출한다.

---

11) 상징계가 담아내는 전통·관습 등은 정서의 습관성·공통성 등에 의해 생산
　　되는 의식의 리얼리티다. 의식작용은 일정한 시간적 지속을 지니며, 수행되
　　면 사라진다. 그러나 혼적없이 사라지는 것이 아니라 일정하게 남겨놓는 것
　　이 있는데 그것을 습득성이라고 후설은 부른다(이길우, 「정서적 동기관계와
　　습득성」, 『이성과 반이성』, 지성의 샘, 1995, p.101).

그래서 정지용의 상징은 언어적 상징이 아니라 사회적 상징이다. 시의 담론에서 자아는 분열하지도 않으며, 소외를 느끼지도 않는다. 그것은 퇴행으로 자아동일성을 찾는 정신구조와 동일한 맥락이다. 자아동일성을 견지하는 견제의 주체성이 분열하려는 자아를 지탱해주는 힘이 되고 있다.

중, 중, 때때 중,
우리 애기 까까 머리.

삼월 삼질 날,
질나라비, 훨, 훨,
제비 새끼, 훨, 훨,

쑥 뜯어다가
개피 떡 만들어.
호, 호, 잠들여 놓고
냥, 냥, 잘도 먹었다.

중, 중, 때때 중,
우리 애기 상제로 사갑소.　　　　　　　　　　　　〈三月 삼질 날〉 전문

할아버지가
담배ㅅ대를 물고
들에 나가시니,
궂은 날도
곱게 개이고,

할아버지가
도롱이를 입고
들에 나가시니,

가믄 날도
비가 오시네.
〈할아버지〉 전문

우리 나라 여인들 은 五月ㅅ달 이로다. 깃븜 이로다.
여인들 은 꼿 속 에서 나오 도다. 집단 속 에서 나오 도다.
수풀 에서, 물 에서, 뛰여 나오도다.
여인들 은 山果實 처럼 붉 도다.
바다 에서 주슨 바독돌 향기 로다.
暖流 처럼 땃듯 하도다.
여인들 은 羊 에게 푸른 풀 을 먹이는 도다.
소 에게 시내ㅅ물 을 마시우는 도다.
오리 알, 흰 알 을, 기르는 도다.
여인들 은 鴛鴦새 수 를 노토다.
여인들 은 맨발 벗기 를 조하 하도다. 붓그러워 하도다.
여인들 은 어머니 머리 를 갈으는 도다.
아버지 수염 을 자랑 하는 도다. 놀녀대는 도다.
여인들 은 生栗 도, 胡桃 도, 딸기 도, 감자 도, 잘 먹는 도다.
여인들 은 팔구비 가 동글 도다. 이마 가 희 도다.
머리 는 봄풀 이로다. 억개 는 보름ㅅ달 이로다.　　〈우리나라 여인들은〉 전문

　정지용의 수사적 특징은 진지한 언술방식, 정확한 언술방식, 일상적 언술방식, 통상적 언술방식이다. 그 이데올로기적 측면은 전통주의 및 원시주의적이기도 하며 목가적이다. 의미와 의미들이 그 사이를 유동하는 그물망으로 빠져나가는 것이 아니라, 견고한 의미체를 구축하고 있다. 특히 유년에 형성된 문화적 상징에 뒷받침한 동시들은 관습의 고향인 조상들의 세계에 깊이 토대하고 있다. <三月 삼질 날>에서는 제비가 돌아와서 봄소식을 전하는 삼월 삼질 날의 기쁨을, 그 기일을 환영하는 동요에 기대어서 민속의 세계를 노래하고 있다. <할아버지>에서도 할아버지의 담뱃대와 도롱이를 통해서 할아버지에 대

한 친근감과 권위적 상징을 의식화하고 있다. 이처럼 유년의 정지용에게 동일성으로 인각된 민속의 세계는, 비록 동시를 빌어서 노래되고 있지만, 동심의 표출에서 멈추지 않는다. 그것은 정지용의 개인적 동심의 세계이면서 동시에 민족의 원형세계이기도 하기 때문에, 상징계의 수사학이며 민족적 의식의 의미체로 작용한다.

<우리나라 여인들은>에서도 발화 주체가 어린이로 보이지는 않지만, 동심의 세계와 같은 순수를 유지하고 있다. 특히 상징계에 의한 조직된 의미체로서 이 텍스트도 민속적 이데올로기에 지배되고 있다. 우리나라 여인들이 오월달이며, 기쁨이라고 은유법을 썼다고 해서 은유적 무의식에 토대한 것은 아니다. 그것은 외면의 구조상으로 은유적 자세일 뿐, 그리고 그 은유법의 수준도 지극히 초보적일 뿐 텍스트를 관통하는 심리적 흐름은 의식의 상징계에 속한다. 여인에 비유된 수사도 전통적 가치관을 투여한 상징적 수사학이다. 그것은 물론 우리나라의 전통적 여인상을 아름답게 바라봤기 때문에 그러할 수밖에 없는 당연한 절차일 것이다. 여인에 대한 비유체들을 보면, '오월달, 기쁨, 꽃, 집단, 숲, 물, 산과실, 바다돌, 난류, 봄풀, 보름달' 들로 순수성의 매개물이다. 이외에도 '소에게 시냇물을 마시우는 도다, 오리 알 흰알을 기르는 도다, 원앙새 수를 노토다, 맨발 벗기를 조하하도다, 붓그러워 하도다' 등 수식어휘도 전통적 아름다움을 유지하는 일반상징이며, 그 언술방식 역시 원형세계의 일상적 언어로서 주도되어있다.

자연의 일부로서 인간이라는, 즉 물아일체라는 동양적 세계관과 민담이 담고있는 신비적 세계는 파괴와 일탈 및 뒤틀림이라는 현대적 구조와는 대척적이다. 자연은 인간의 일부가 아니라 인간의 정복의 대상이라는 과학주의의 근대에서도, 자연에 투영된 정지용의 상징적

텍스트들이 절대적 세계를 담아낸다는 것은 그의 의식이 전통의 가치관에 닿아있음을 의미한다. 상대주의의 인식구조에서 절대적 미의 가치 및 그 전범에 대한 동경이 파괴되어 미와 추의 가치적 선별이 거의 무의미한 범주가 되어버린 현대에서, 정지용은 전통적 가치의 절대화를 여전히 지향한다. 때문에 그의 시는 탈근대적이면서 동시에 근대적인 이중성을 말한다. 바로 여기에 정지용 시가 전통단절에 의한 모더니즘이 아니라 전통지향의 모더니즘, 혹은 고전주의 세계관에 닿아있음을 재차 확인할 수 있다.

정지용이 비록 견제의 수사로서 언술방식의 모더니티를 의도했지만, 그의 시에 투영된 공간들이 목가적이라는 사실은 그의 시가 현대적 삶을 매개한 모더니즘시에 이르게 하지 못한 원인이 되고 있다. 이미지즘시는 대상을 통한 이미지 구현뿐만이 아니라, 세계관에 있어서는 불연속적 세계관에 그 인식의 근거가 있다. 그러나 정지용의 시가 목가적 공간에 집중되어있다는 것은 황무지라는 현대에 대한 인식에서 비롯된 불연속적 세계관 표출이 아님을 말한다. 비록 현대를 황무지라고 느꼈을지라도, 목가적 공간으로의 지향은 전통과의 연속적 세계관에 시적 토대가 있음을 의미한다. 이와 같은 양상은 시 제목에서부터 나타나는데, 가령, <바다, 말, 비듦이, 아츰, 太極扇, 갈매가, 겨울, 저녁햇살, 호수, 밤, 바람, 봄, 달, 조약돌, 별, 나무, 산소, 종달새, 삽사리, 비, 忍冬茶, 춘설, 꽃과 벗, 호랑나븨, 진달래> 등 전통적이고 관습적인 매개물을 통해서 불연속이 아니라 연속적인 자아동일성을 추구하고 있다. 현대시가 대상과 자아와의 일탈 및 불협화음에 하나의 특징이 있다고 할 때, 정지용 시는 불협화음이 아니라, 조화 및 동일성의 시로써 오히려 비현대적이란 의미이다.

프로펠러 소리…
선연한 커-브를 돌아나갔다.

快晴! 짙푸른 六月都市는 한層階 더자랐다.

나는 어깨를 골르다.
하픔…목을 뽑다.
붉은 숳닭모양 하고
피여 오르는 噴水를 물었다…뿜었다…
햇살이 함빡 白孔雀의 꼬리를 폈다.   〈아츰〉 부분

<아츰>에서 '프로펠러 소리' 등을 동원해서 시의 분위기를 현대
적으로 장치하고자 했다. 그러나 그것은 수사적 장치가 아니라, 분위
기 수식을 위하여 동원된 사물이기 때문에 현대적 언술방식의 수사에
포함될 수 없다. 또 도시에서 맞는 푸르른 유월의 아침을 강조하기
위하여 '한 층계 더 자랐다'고 하는데, 이 역시 도시적 풍물을 수식하
기 위한 비유일 뿐이다. '햇살이 함빡 백공작의 꼬리를 폈다'도 아침
햇살의 화사로움을 백공작의 꼬리에 비유하여, 도시의 아름다운 아침
을 강조하기 위한 장식으로 장치하고 있다. 이러한 비유는 일상의 일
탈을 위한 현대적 수사가 아니라, 시에서의 수식적 장치를 위한 비유
인 것이다. 때문에 정지용의 <아츰>은 목가적 분위기가 깨어진 현대
적 아침이 아니라 여전히 전통적인 목가적 아침이 살아있는, 단지 현
존의 공간으로서 도시가 등장하고 있을 뿐이다. 또 시적 화자도 현대
적 풍물인 '프로펠러 소리'가 선연한 커브를 돌아나간 자리에 대한
신기함을 동심적 언술태도로 말하고 있어서, 순수가 살아있는 원형의
세계를 더욱 강화한다. 앞의 동시에서 보여준 동심의 세계에서 멀어
지지 못한 세계임을 확인할 수 있다.

또한 '프로펠러 소리, 충계가 자란 유월의 짙푸른 도시, 피여 오르는 분수' 등이 향토의 아침이 아니라 도시의 아침을 말하듯이, 이는 도시의 아침에 대한 예찬의식이 내재된 동심적 태도를 대변한다. 새로운 것을 향한 동심의 호기심에서 비롯된 '구김살 없는' 세계인 것이다. 30년대 산수시로서 절대적 미학을 지향하는 정지용의 순수의식의 근원을 위 시에서도 확인할 수 있다.

산ㅅ골에서 자란 물도
돌베람빡 낭떨어지에서 겁이났다.

눈ㅅ뎅이 옆에서 졸다가
꽃나무 알로 우정 돌아

가재가 긔는 골작
죄그만 하늘이 갑갑했다.

갑자기 호숩어질랴니
마음 조일 밖에.

흰 발톱 갈갈이
앙징스레도 할퀸다.

어쨌던 너무 재재거린다.
나려질리자 쭐뻣 물도 단번에 감수했다.

심심 산천에 고사리ㅅ밥
모조리 졸리운 날   〈瀑布〉 부분

산은 현대라는 속(俗)의 세계가 되기 이전, 성(聖)의 시대에 신이 지

상에 내린 우주로서 성스러움을 상징한다. 상징의 원형은 곧 문화의 원형과 다름없는데, 문화의 원형은 원시세계로서 자연 및 미신적인 것과 신의 세계로서 종교적인 것들에 두고 있다. 성(聖)이 파괴된 현대의 세속적 세계일지라도 문화적 존재로서 인간이 문화의 원형적 끈에서 자유로울 수는 없다. 문화적, 역사적 존재로서 인간은 공시적인 유한성과 동시에 통시성을 함께 지니기 때문이다. 통시적 존재성이란 지속과 반복이라는 시간성에 그 토대를 두고 있듯이, 수사학적 측면에서는 은유적 언어에 의해 최초로 제시된 기호가 시간에 근거한 지속과 반복을 통해서 상징으로 자리잡는다. 이것은 은유이자 상징이기도 한 언어기호가 은유의 상상력을 통해 상징계에 귀속되는 사회적 상징으로의 변모인 것이다. 이것이 언어의 사회성에 의한 은유와 상징의 관계이다.

그러나 인간의 의식은 언어화되기 이전에 이미 형성되기 때문에, 특히 유년시절에 형성되어 내재된 무의식은 성인이 되어 사회적으로 의식화된 이후에도 지속적인 작용을 한다. 원형적 상징에 대한 동일성은 어린아이 시절에 이미 형성되어 개인의 무의식 형성에 기여하는 것이다. 이와 같은 원형상징에 투사된 정지용 시의 수사학적 장치는 진지한, 그리고 동심적 언술방식에 의해 구현되어 있다.

위 시에서도 '돌베람빡 낭떨어지에서 겁이났다', '산간에 폭포수는 암만해도 무서워서/긔염 긔염 긔며 나린다' 등은 어린아이인 시적 화자의 언술방식이다. 동심적 언술방식이 사물의 세계를 보다 순수의 생동감으로 살아있게 하는데 기여하고 있다. 원형상징으로 매개된 사물의 상징성은 진지한 세계를 내포할지라도, 동심의 시선에 의한 사물의 세계는 진지함 보다는 가벼움의 시학을 산출한다. 그 가벼움의 시학이 무욕의 순수의 세계가 살아날 수 있는 기저로 작용하는 것이다. 그럼으로써 36년『조광(朝光)』에 발표된 위 시는 현실초월의 절대 순수의 세계를 보여주고 있다. 그 절대 순수의 세계가 동심적 언술방식 및 동심의 시선이 내재되어 서정시라는 평가에서 그치게 하지 않는다. 순수의 원형세계를 지향하는 정지용의 근원의식이 초기 동시의 세계에서부터 이어져왔음을 <폭포> 역시 예외로 볼 수 없게 한다. 동시에서의 원형세계 지향이『백록담』에 이르러 근대의 통찰을 위한 사회적 원형지향으로 구축된 것이다.

4. 맺음말

정지용의 초기시에 나타난 다양한 창작 경향의 한 면모이기도 하면서, 정지용 시의 본질적 세계이기도 한 동시를 중심으로 하여, 동심의 원형이 그의 시세계의 내적동인임을 파악하였다. 20년대가 시문학사적으로 '동요의 황금시대'라는 문학사적 특징이 있지만, 정지용은 단지 시사적 조류에 편승해서만 동시를 창작한 것이 아니었다. 동시 창작이 그의 근원회귀 의식의 반영이었고 지향세계의 근원이었다. 그러므로 자아와 대상간의 미분리 상태에서 단일성과 명쾌함으로 노래한 동시의 시학에서 정지용의 동시는 멈추지 않는다. 회감의 정서를 비롯한 상실의식이 오히려 동시를 지배하고 있다. 상실의 현재를 극복하기 위해 원형지향적 퇴행의식으로의 동시를 작시(作詩)한 것이다. 때문에 그의 동시는 아동문학의 시학에 준한 동시로만 볼 수 없다.

또한 원형세계라는 유년으로의 회귀의식은 단지 정지용의 개인적 원형회귀에서 멈추지 않는다. 그것은 민족의 원형이므로, 민족적 원형으로의 회귀의식으로 확장해 봐야한다. 정지용의 유년은 순수와 전통의 세계가 함께 한 근대인의 근원적 세계이기 때문이다. 그러므로 유년회귀의식은 그의『백록담』시편을 구축시킨 내적 동인인 것이다. 물론 동심의 세계는 먼저 개인적인 원형공간이다. 그러나 향토의 자연과 함께 한 동심의 세계는 개인의 원형에서 멈추지 않고, 근대인의 원형공간이라는 의의를 지닌다.

나아가 민속에 의한 민족의 원형 및 우주적 자연에 의한 상징계를 노래한 정지용의 동시는 그의 시의 내적 동인의 세계이다. 특히 <바다>시와 <폭포>를 위시한 『백록담』 시편들이 동심적 세계와 무관하지 않은 것은 시의 언술방식이 동심의 언술방식으로 구현되어 있는 점에서 찾을 수 있다. 초기 동시의 세계는 오히려 민담, 속언의 세계에 의한 알레고리 등으로 상실의식이 내재되어 있다. 그러나 30년대 산수시의 세계는 상실의식조차 거세된 채 시인이 지향하는 절대무변의 공간이 노래된다. 이는 전통적 이데올로기 및 사회적 원형 세계를 지향하는 정지용의 순수의식이 확고해졌음을 의미한다.

때문에 정지용의 시세계를 꿰뚫는 내적 원리를 이해하기 위해서 동시의 세계를 간과할 수 없다. 본고에서는 이와 같은 인식에 근거하여 정지용의 초기에 나타난 동시 및 이미지즘시, 그리고 30년대의 산수시를 통찰하였다. 그 준거의 틀은 동시를 중심으로 한 동심의 세계에 있으며, 나아가 동심의 세계가 정지용 시세계 전체에서 차지한 내적 동인임을 해명하였다. 그것은 곧 원형지향이며 근원에의 향수이고 근대인의 성찰적 세계를 위한 토대임을 파악하였다. 자연세계는 우리에게 상징계라는 사회적·관습적 세계이기 때문에, 결국 전통주의, 혹은 고전주의를 표방한 정지용이 상징계의 수사학을 통해서 자연으로의 귀의를 표명한 것으로 보았다.

Ⅲ. 〈시문학파〉 연구[1]

- 순수성을 중심으로 -

1. 〈시문학파〉 연구의 의의

한국 현대시문학사에서 30년대의 <시문학파>는 순수시라는 새 경지를 연 유파로, 그리고 이후 본격적으로 등장하는 모더니즘 시의 길을 연 것으로 평가되고 있다. 본격적인 현대시로 이행되는 분수령이라는 것이다. 이와 같은 연구결과[2]는 <시문학파>의 시사적 의의에

---

1) 이 논문은 2001년 한국학술진흥재단의 지원에 의하여 연구되었음.(KRF-2001-037-AA0038)

2) 김재홍, 「김영랑, 생의 양면성 또는 존재론의 시」, 『김재홍 비평집』, 동학사, 1999.
김준오, 「김영랑과 순수·유미의 자아」, 『한국현대시사연구』, 일지사, 1990.
김흥규, 「영랑의 시와 세계인식」, 『세계의 문학』, 1977, 가을.
이건청, 『한국 전원시 연구』, 문학세계사, 1986.
이숭원, 『근대시의 내면구조』, 새문사, 1988.
정효구, 「30년대 순수서정시 운동의 시대적 의미」, 『한국 현대시사의 쟁점』, 시와시학사, 1991.
최두석, 「1930년대 시의 표현에 관한 고찰」, 서울대학교현대문학연구회, 1982.

초점을 맞춘 연구들이다. 뿐만 아니라 백철[3]도 30년대 벽두의 한국시가 이미지즘의 모더니즘 계열에 속하는 작품들로 주류를 이룬다고 보아, 그 역군이 된 사람들이 <시문학>의 일부 동인과 김기림 등이라고 규정한다. 김춘수[4]도 <시문학파>중에서도 김영랑의 시 <동백닙에 빗나는 마음>을 30년대의 한국시를 대표하는 가작으로 뽑고 있다. 김용직[5]은 해외시와의 영향관계 등으로 <시문학파>의 시사적 의의를 두면서, "30년대 시의 가장 두드러진 특성 가운데 하나는 그 개성화 내지 개체화에 있는데, 거기에는 낡은 국면, 거친 비시적 분위기에서 벗어나 새로운 차원을 타개하려는 안간힘의 자취도 뚜렷하게 나타난다. 여기서 개성화란 30년대의 시가 개인적인 세계 또는 '나'의 노래 쪽으로 기울어졌음을 뜻하며, 이것은 그에 앞선 시와 대조되는 경우 더욱 두드러지는 특성을 이룬다"고 지적한다. <시문학파> 이전의 신경향파와 카프 시의 방향은 대중의 현실이었고, 그들의 의식화라든가 조직, 선동에 있었다. 민족문학파는 카프의 도식적이며 경직된 이데올로기에 반기를 든 유파였지만, 민족문학파 역시 기본적인 점은 민족과 역사에 있었고, 그 정신적인 닻은 전통에 있었다. 이런 의미에서 <시문학파>의 시는 예외없이 제 나름의 세계를 그 자신의 독특한 목소리로 노래하고자 한 셈이라고 하여, 김용직은 공적인 세계에 대해 독자적인 자아 추구의 입장이 취해진 것으로 보고 있다.

또한 조지훈[6]은 <시문학파>를 두고 "시어의 조탁, 각도의 참신, 형식의 세련 등 종래의 시를 일변시켰다는 것은 중론이 일치하는 바"

---

3) 백철, 『신문학사조사』, 신구문화사, 1986.
4) 김춘수, 「한국 현대시의 계보」, 『국어국문학연구총서9』, 정음문화사, 1984.
5) 김용직, 『한국현대시 연구』, 일지사, 1982.
6) 조지훈, 「현대시의 계보」, 『월간문학』 창간호, 1968, 11.

라고 하면서 한국 현대시의 분수령을 이루었다고 한다. 조연현[7]은 순수문학의 모든 문학적 기지로서 최초의 모태가 된 것이 <시문학파>라고 지적한다. 김준오[8]는 60년대 모더니즘 시가 순수시로 명명된 점에 착안하여, 30년대 모더니즘 시와 구분되는 <시문학파> 순수시의 명칭을 60년대 모더니즘 시에 다시 부여한 것이라고 보고 있다. 이는 60년대 현대시의 주류적 경향이 순수와 참여의 양극화로 진단한 것에 기인한다고 하여, <시문학파>의 순수와 60년대 모더니즘 시의 순수에 차이가 있음을 지적한다. 오세영[9]도 <시문학파>의 순수시 개념과 그 특성을 위주로 하여 다음과 같이 말하고 있다. "순수시의 범주를 살필 경우 대체로 두 가지의 관점이 성립될 수 있으리라 생각한다. 넓은 의미의 순수시와 좁은 의미의 순수시가 그것이다. 전자는 20년대적 성격에 대응하여 30년대 시가 갖는 일반적 성격을 가리키는 말이며, 후자는 30년대 시 가운데서도 특별한 한 유파의 시를 가리키는 말이라 할 수 있다…좁은 의미의 30년대 순수시란 그 중에서도 <시문학파>로 대변되는 한 특정된 시 유파를 지칭하는 이름이다. 따라서 이 경우 순수시는 모더니즘의 시, 생명파의 시, 혹은 청록파의 시와 구별된다"고 보고 있다.

이외에도 <시문학파>에 현대성을 부여하면서 그 의의와 한계를 밝힌 학위논문이 있는데, 유윤식[10]의 연구는 외래성과 전통성의 조화를 통한 한국어의 시적 가능성이 이 유파에 의해 실현되었다고 보고 있다. 즉 '문학의 성립은 민족언어의 완성'이라는 명제로 출발한 <시

---

7) 조연현, 『한국현대문학사』, 성문각, 1985.
8) 김준오, 『문학사와 장르』, 문학과 지성사, 2000.
9) 오세영, 『20세기 한국시 연구』, 새문사, 1990.
10) 유윤식, <시문학파>연구, 한양대학교 박사학위논문, 1988.

문학파>가 전대의 문학적 전통을 계승 발전시켜 독창적 시세계를 구축함으로써 30년대 이후의 새로운 시적 전개의 기반을 마련해 준 순수시 유파라는 것이다. 진창영[11]도 <시문학파>의 종합적 고찰의 토대 마련을 위하여 각 시인들의 시에 나타난 공분모적 특성을 찾아, 그것을 작품 내면의 정신사적 흐름에서 감지되는 지속성과 표현론상의 기법적 변혁성이라는 점에 두고 있다. 기법적 변혁성은 시 본연의 존재적 의미를 깨달아 한국 순수시 계열의 기원을 열어놓은 것으로 보고 있다. 박용철의 경우 시론을 통해서 언어적 존재로서의 문학관과 시창작론으로서의 <시문학파>의 방향제시의 역할을 한 것으로 보면서, 박용철은 한국 최초로 예술주의적 문학관을 보임으로써 <시문학파>의 방향과 위상을 부여할 수 있게 한 의의를 갖는다고 한다.

이상의 공통항은 <시문학파>시가 한국 현대시문학사에 새로운 국면을 타개해 주었다는, 특히 예술성의 확보에 있어서 새 시야를 열었다는 긍정적인 평가에 있다. 본격 순수문학으로의 위상확립에 <시문학파>의 시사적 의의를 두고 있는 것이다. 박철희[12]는 이러한 현상의 문학적 양식을 일컬어 '변화의 측면'을 내부적 자아동일성이 획득된 문학양식이라고 지적한다. 그러면서 주체적 각성에 의한 문학구조를 '자설적 구조'라 하고, '지속성의 측면'은 기존의 관습적 관념을 담아내는 틀로서의 문학이라는 면이 강할 때, 이를 '타설적 구조'라는 개념으로 파악하고 있다.

따라서 <시문학파>의 지속성은 20년대 및 전통적 시문학과의 지속성이요, 변혁성은 30년대 모더니즘 시들과의 연계로 이어진다. 또한 <시문학파>의 변혁성이 모더니즘 시에 와서는 <시문학파>와의 지

---

11) 진창영, <시문학파>연구, 동아대학교박사학위논문, 1993.
12) 박철희, 『한국시사 연구』, 일조각, 1980.

속성으로 이어지는 것이다. 그러므로 <시문학파>는 20년대와 30년대 사이에 위치하여 독특한 문학적 특질을 지닌 유파라는 시사적 의의를 지닌다. 특히 '순수'의 성격에 있어서는, 김준오의 지적처럼 <시문학파>의 순수는 60년대 모더니즘 시의 순수로도 지속된다. 물론 60년대의 순수는 참여와 대립되는 개념으로서 순수였다면, 30년대 <시문학파>의 순수는 '순수 대 참여'보다는 '내용과 형식'의 대립에 의한, 즉 내용에 대립된 의미로서 순수라는 차이는 있다. 이렇듯 '순수'라는 동일어이지만 그 시사적 의미에 차이가 있을 뿐만 아니라, 순수의 시사적 기능 역시 유파에 따라 달리하고 있는 것이다.

이와 같은 연구결과에도 불구하고 <시문학파> 연구를 재고하는 것은 '순수예술'이라는 기치아래 <시문학파>가 표방했던 '순수'를 시인들의 작품에 따라 세분화하여 순수 및 순수성을 구체화하는데 있다. '순수성'13)의 구체화로서 <시문학파> 시의 중심매개인 자연모티프와 순수 자아에 속하는 고립된 자아의 지향태를 위주로 연구하여 이를 밝힐 것이다. 특히 그동안의 연구결과들은 순수성에 대한 미시적 접근보다는, 연역적 접근에 의한 유파 전체의 시사적 의미 규명에 그친 감이 있다. <시문학파> 시의 순수성에 입각하여 체계적인 위상을 밝혀놓은 연구가 아직 없는 실정이므로, 본 연구의 기본적 의의는 여기에 있다. 따라서 본 연구는 본격 현대시로서의 <시문학파> 시의 순수에 의한 문학성을 파악할 것이다. 또한 <시문학파>의 순수는 60년대 모더니즘 시의 순수와도 연계되기 때문에, 본 연구의 성과는 시문학사 속에서 '순수'의 계보파악을 위한 근간이 될 것으로 본다. 즉 30년대 <시문학파>의 순수 및 순수성 연구를 출발로 하여, 본 연구

---

13) '순수성'이란 '순수에 관한 성향'이라는 의미뿐만 아니라, '순수에 의해 형성된 문학성'이라는 의미로도 본고에서 사용한다.

는 30년대 이전 시문학의 순수성을 연구하는 데도 기여할 것이며, 순수시의 문학사적 의의를 명백히 할 것이다.

2. 순수의 의미

워렌[14]은 순수시의 특성을 반도덕, 비조작적인 것이라고 한다. 그는 순수시에서는 목적의식이나 작위적인 것 또는 企圖가 배제되어야 한다는 것이다. 사회 봉사라든가 역사의식이 뒷전으로 돌려져야 하고, 거기서는 언어유희가 배제될 것은 물론 지나친 감정이나 정열의 낭비 역시 억제되어야 한다는 것이다. 그런데 워렌과는 달리 추상과 동의어로 쓰이는 순수[15]도 있다. 이때의 순수란 언제나 '무엇을 벗어난다'는, 즉 현실을 벗어난다는 결성개념으로 순수이다. 추상이란 모든 존재에 대한 총체적인 부인이며 모든 현실적 관념 체계와 시간, 공간의 폐기이며, 그것은 세계 상실이기 때문에 순수 역시 세계상실을 의미한다.

김준오[16]는 추상시에는 근본적으로 파괴의 모티프가 내재되어 있는데, 그것이 바로 추상의 태도에 근거한다고 한다. 이 경우 시란 현실을 박살내는 것이라고 정의하면서, 김춘수가 자신이 실험한 무의미시를 '대상을 잃은 시'로 정의할 때 바로 위와 같은 문맥에 놓인다고 한다. 즉 현실적 인간의 폐기를 추상예술의 근본적인 특징이라고 보고 있다. 추상은 어디까지나 정신의 범주로서 세계 상실, 곧 추상은 일체의 현실적인 연관으로부터 해방된 순수한 관념의 정신세계와 일

---

14) Robert Penn Warren, Pure and Impure poetry, 『An Introduction to Literary Criticism』, Boston, 1968.

15) Hugo Friedrich, 『Die Struktur der Modernen Lyrik』, (전광진역, 을유문화사, 1975).

16) 김준오, 앞의 책.

치한다고 하고, 바로 이 지점에서 60년대 순수시의 내면탐구가 전통적 범주의 내면성과 변별되는 한 근거가 마련된 것으로 보고 있다. 또 일상 언어로는 추상적 세계를 표현할 수가 없고, 언어란 순수정신에서 빚어지는 창조활동이라고 할 때, 시쓰기란 언어를 조작하는 정신의 모험이라는 것이다. 이 언어는 일상언어는 물론이고 전통적 시어와도 구별된다고 한다. 따라서 추상시의 언어는 현실적 체험으로부터 해방된 언어이기 때문에 그것은 자신 이외 다른 아무것도 지시하지 않는 자율적 기호에 속하는 것이다. 이 자율적 기호속에서만 세계 상실이 가능한 완전 자유가 가능해지며, 순수시의 언어실험이란 이와 같은 언어의 자율적 기호화에 다름 아니다. 여기서 현대성이 확보되는 것으로써, 60년대 순수시의 특성이 있다고 김준오는 지적한다. 이처럼 추상이 세계로부터의 해방이듯이 시도 내용에서 해방된 것, 내용이 중단되는 곳에서 시작된다는 명제[17]는 순수시의 필연적인 시학으로 보인다.

내용이 중단된 곳에서 시작된 순수시학으로써 <시문학파>의 순수시와 60년대 순수시의 특성과 차이를 보면, 60년대 순수시의 언어실험에서 주로 채용되는 시적 장치는 은유다. 그러나 여기서의 은유는 전통적 은유와는 달리 사물들의 비동일성에 근거한 추상화의 수단으로 작용한다. 이는 곧 60년대 순수시가 수수께끼와 같은 모호한 발화로서 시적 자유를 누렸다는 명제인데, 반면 <시문학파>의 순수시는 모호하거나 추상적이지 않다. 그리고 '내용에서 해방된 것', '내용이 중단되는 곳에서 시작된다'는 순수의 명제는 30년대의 순수시에서나 60년대의 순수시에서나 공통적으로 나타난 현상이다. 그러나 <시문학파>의 순수시는 사물들의 비동일성에 근거한 모호한 발화의 시가

---

17) Rudolf Nikolas Maier, 『Paradies der Weltlosigkeit』, (장남준역, 홍성사, 1981).

아니라, 사물들의 동일성에 근거한 전통적 은유[18]의 구조다. 특히 60년대의 순수시는 현대시사에서 내면 탐구와 언어 실험이 가장 본격적으로 전개된 시로 자리매김된다면, 30년대 <시문학파>는 세상에 대한 '판단중지'의 상태에서 현실로부터 고립된 절대자아가 우주적 순수의 세계에서 자율적 세계를 구축하고 있는 것이 특징이다.

결국 순수의 의미는 언어의 대립적 구조처럼 절대적 의미가 아니라, 상대적 상태에서 그 의미가 부여됨을 알 수 있다. <시문학파>의 순수시 역시 20년대의 목적론적 문학론에 대한 상대적 의의로써 출발했던 것이다. 세상에 대한 판단중지로서 순수이며, 자율적 미의 추구[19]라는 순수이고, 세상과 차단된 절대적 자아의 세계로서 순수이다. 그러나 세상에 대한 판단중지의 상황에서 비롯된 순수일지라도 순수를 향한 절대적 자아의 의도성조차 없을 수 없다. 그러므로 자연을 중심모티프로 한 <시문학파>의 순수지향은 현실과의 연관이 차단된 자아가 꿈꾸는 이상화에 있다. 외부 세계와의 분리에서 형성된 자아의 이상[20]이 추구하는 매개된 세계로서 자연은 물질로서 고착된 정신일 뿐만 아니라, 신의 현현이다. 신의 현현으로서 자연은 낭만주의의 이상세계이다. <시문학파>의 자연모티프 역시 순수 자아가 지향하는 현실부정의 이상세계에 속한다.

자연모티프를 통한 순수 자아의 이상화 지향이라는 <시문학파> 시인들의 공통항 속에서도 물론 그 차이는 있다. 김영랑 시는 '하늘'

---

18) 최승호, 「김영랑 시의 서정화 방식과 순수성의 사회학적 의미」, 국어국문학회, 2002.9.
　　최승호, 「신석정 자연서정시의 미메시스적 읽기」, 어문학, 2002.12.
　　(위 논문은 서정시의 이데올로기를 은유의 미메시스적 기능으로 읽고 있다. 이는 곧 은유의 전통적 장치에 근거한 인식이다.)

19) 『시문학』3호, 1931, 10, p.32.

20) 강응섭, 『동일시와 노예의지』, 백의, 1999, p.161.

을 중심매개로 하여 시적 자아가 하늘과의 동일시를 꿈꾸는 '나르시
시즘'이 지배적이다. 김영랑 시의 자아는 고독한 개체적 자아에서 멈
추지 않고 우주적 나르시시즘[21]까지 확대된 절대 자아인 것이다. 반
면 정지용은 자연과 시적 자아가 분리된 상태, 즉 자연을 객관적으로
대상화하여 이미지 묘사중심의 태도를 취하고 있다. 이미지 묘사를
위하여 감각적인 언어유희가 지배적인 수사장치로 활용된다. 수사장
치로서 언어유희일 뿐만 아니라, 시적 자아 역시 유희를 즐기는 '호모
루덴스[22]적 자아'이다. 이와는 달리 신석정, 허보, 박용철 시의 자연
은 인간과 일체였던 '카오스적 근원'으로서의 자연에 대한 지향을 보
이는 '회귀적 자아'이다. 질서의 세계를 초월하며 수용하는 근원으로
서의 우주인 것이다. 김현구, 이하윤의 시는 위의 시인들과는 달리
'과거'에 대한 회상의 태도를 취한다. 때문에 동경[23]보다는 그리움의
정서가 지배적이며, '회상의 자아'가 주도한다. 물론 동경과 그리움의
양자는 시대에 대한 불만에서 기인한다는 공통성을 지닌다. 현실에
대한 불만 및 그 부정으로써 출발한 동경과 그리움의 시적 자아가 이
상의 세계로서 자연을 선택한 것이다. 그러나 과거회상의 자아는 미

---

21) 나르시시스는 개체적인 것과 우주적인 것, 두 양상을 지닐 수 있는 것으
　　로, 고독한 상태의 이미지가 범자연적인 데까지 확대되면 우주적 나르시
　　시스가 된다고 바슐라르는 말한다(이가림역/가스통 바슐라르, 『순간의 미
　　학』, 영언, 2002, p.166).
22) J. 호이징하, 『호모 루덴스』(김윤수역, 까치, 1981).
23) 낭만주의를 특징짓는 정신적 기조이며 피히테의 용어인 '동경'은 욕구에 의
　　해서, 불쾌에 의해서, 공허에 의해서만 충족을 추구하는 완전히 알려지지 않
　　은 것에 대한 충동이다. 아름다운 영혼의 불행한 의식 상태에서 낭만적 동경
　　이 발생하는 것이다. 즉 자기 정체성을 향한 욕구와 현실적인 충족 불가능성
　　이 동경이라는 낭만주의의 욕구의 형식을 만들어낸다(김진수, 『우리는 왜 지
　　금 낭만주의를 이야기하는가』, 책세상, 2001). 따라서 현실에 대한 불만에서
　　기인하는 동경과 그리움이지만, '동경'은 미래를 향하는 태도라면, '그리움'은
　　과거를 포함하여 미래를 향한다.

래를 향한 동경의 자아이기보다는 그리움의 자아에 가깝다.

　이와 같은 '나르시시스적 자아', '유희의 자아', '회귀적 자아', '회상의 자아'는 공통적으로 낭만주의[24]의 순수 자아[25]에 속한다. 순수 자아는 자유로운 활동성으로써 스스로를 정립하며, 이와 같은 창조적인 자아의 자유로운 활동이 곧 세계의 근거가 된다.[26] 현실의 문제로부터 고립된 순수 자아는 세상의 소음과 결별한, 그리고 자아와 일체감을 이룰 수 있는 이상적 영혼의 세계인 자연에서 근원적인 통일성 및 순수성을 견지하는 것이다. 이처럼 순수성은 이성의 우위로서 상상력과 환상의 길을 따라가는 낭만주의와 관계한다.

> 　조선의 詩는 아직도 '新詩試作期'였다. 이러한 風潮에서 처음으로 自己感情을 自己 韻律과 言語로 表現함에 成功하기로는 金永郎, 鄭芝鎔, 朴龍喆 등이 中心이 되었던 『詩文學』誌에서 始作되었다. 그들에 와서 처음으로 詩의 內容은 거진 自身의 韻律과 言語로서 될 수 있었다. 이러한 意味에 있어서 나는 <詩文學派>의 文學史的 意義를 '純粹 敍情詩'의 出現이라고 規定한다고 했다.[27]

　<시문학파>의 출현에 대한 김동리의 위 글에서도 그 의의가 '자기'라는 말에 집중되어 있음을 알 수 있다. '자기'와 함께 '순수 서정

---

24) 낭만주의에서 주체는 고전주의의 주체인 이성중심에 대립한 무의식, 꿈, 환상, 감정 등이다.

25) 낭만주의에서 모든 세계는 자아에 의해서 존재하는 것이며, 이 자아에 의해서 생산된다. 이 자아는 의식으로 한정된 자아, 즉 자연과 분리된 정신이 아니라, 세계와의 연속성 속에 존재하는 절대적 자아로서 세계와 아무런 간극 없이 존재하는 세계의 중심에 선 자아이다(김진수, 앞의 책, p.98).
본고에서 순수 자아, 고립된 자아, 절대(적) 자아, 자율적 자아, 고독한 개체적 자아는 낭만주의의 순수 자아와 같은 맥락으로 사용한다.

26) 김진수, 앞의 책, p.50.

27) 김동리, 「三家詩와 自然의 發見」, 『藝術朝鮮』第3號에 실린 글이다.

시'의 출현이라는 '순수'라는 명명 역시 '자기'와 동의어나 다름없음
이 확인된다. '자기 감정, 자기 운율, 자기 언어'로 씌어진 시가 곧
'순수시'라는 것이다. 이는 곧 현실의 모든 문제로부터 완전히 고립된
순수 예술[28]로서 자율적 예술이라는 의미이다. 그것은 본질적인 예술
의 의미를 도출해 내기 위한 예술의 자율로서 순수지향이었으며, 자
아의 이상주의로서 순수지향이었다. 그것은 이상과 현실의 부조화를
견디기 위한 개인주의적 나르시시즘, 범우주적 나르시시즘, 호모 루덴
스로서 자유주의와 근원으로의 초월주의, 그리고 추억속으로의 자율
적 지향을 포괄하는 순수성이다. 더욱이 자연은 인위적 규칙없이 존
재하는 순수의 세계이므로, 세상과 결별한 자연속에서 자율적 자아는
순수를 회복하며 절대적 자유를 만끽할 수 있다.

3. 김영랑 - 거울로서 자연

김영랑의 시는 우주적 모티프인 하늘을 중심매개로 하고 있다. 분
리의 자아가 거울을 통해 신체적 동일시[29]에 이르는 것과 마찬가지
로, 하늘은 마음의 거울로서 하늘과의 동일시를 욕망하는 우주적 나
르시시즘의 순수이미지를 상징하는 은유다. 순수에 대한 동경을 하늘
을 거울삼아 추구하고자 한 것이다. 김영랑은 신체의 동일시라는 개
체적 나르시시즘에서 멈추지 않고, 순수와의 동일시를 동경하여 형이
상학적 환상의 세계를 지향한다. 따라서 김영랑 시의 자아는 고립되
고 고독한 절대 자아 중에서도, 하늘의 순수성으로 향하여 열려있는
자아이기도 하다.

---

28) 김수용, 『예술의 자율성과 부정의 미학』, 연대출판부, 1998, p.13.
29) 강웅섭, 앞의 책, p.183(라깡은 환상 동일시에 도달하였음에도 불구하고 인간
　　이 우선 신체의 거울상의 영상에 동일시된다는 사실을 부정하지 않는다).

내마음의 어듼듯 한편에 끗업는 강물이 흐르내
도처오르는 아츰날빗이 빤질한 은결을 도도내
가슴엔듯 눈엔듯 또피ㅅ줄엔듯
마음이 도른도른 숨어잇는곳
내마음의 어듼듯 한편에 끗업는 강물이 흐르내   〈동백닙에빗나는마음〉 전문

어덕에 바로누어
아슬한 푸른하날 뜻업시 바래다가
나는 이젓습내 눈물도는 노래를
그하날 아슬하야 너무도 아슬하야

이몸이 서러운줄 미리서 아랏거니
마음의 가는우슴 한때라도 업드라냐
아슬한 하날아래 귀여운맘 질기운맘
내눈은 감기엿대 감기엿대   〈어덕에 바로누어〉 전문

「오-매 단풍들것내」
장광에 골불은 감닙 날러오아
누이는 놀란듯이 치어다보며
「오-매 단풍들것내」

추석이 내일모래 기둘니라
바람이 자지어서 걱정이리
누이의 마음아 나를보아라
「오-매 단풍들것내」   〈누이의마음아 나를보아라〉 전문[30]

    <동백닙에빗나는마음>에서는 하늘보다는 강물이 중심매개로 보이
지만, 강물 역시 거울이미지로서 하늘의 거울이미지와 같이 나르시시

---

30) <동백닙에빗나는마음><어덕에 바로누어><누이의마음아 나를보아라>는
   『시문학』1호(1930.3.5창간)에 실려있는 작품이다.

즘의 영상으로써 다르지 않다. 뿐만 아니라 둘째행의 '도처오르는 아침날빗'의 하늘이 '끗업는 강물이 흐르는 내마음'의 내마음, 그리고 '내마음의 어딘듯 한편에 끗업는 강물'과 동일시되면서 순수로의 정체성을 향한 시적 자아의 욕구가 확립된다. 마음은 우주의 질서에 참여하고 또 만물의 주재자의 계시[31]를 느낀다는 사실을 자아의 내적 감각을 통해 발현하고 있다. 자연, 곧 우주로의 동경은 자연과 일체가 된 인간본원에 대한 동경[32]임을 순수 자아가 노래한다.

<어덕에 바로누어>에서도 하늘과 서러운 내마음, 곧 지상적 존재로서 분리된 자아가 '언덕에 바로 누워' 하늘을 바라보는데, 동경의 마음만 발현하는 것이 아니다. 언덕에 누워있는 자세 또한 하늘과 합일을 동경하는 구체적 행위태이다. 세계로부터 분리된 자아가 理想의 세계를 동경하여 동일시를 꿈꾸는 낭만적 자아의 행위인 것이다. 우주의 존재로서 우주와의 일체를 꿈꾸는 인간 본원의 순수동경이며, 자신을 갱신하는 존재로써 시적 자아의 순수의 행위이다. 특히 '아슬한 푸른하날'을 '뜻업시' 바란다는 '뜻업시'에서 개인적 목적조차 부재한, 혹은 판단중지의 상태로서 절대적 순수의 세계에 몰입된 우주적 나르시시즘을 확인할 수 있다. '나는 이젓습내 눈물도는 노래를/그 하날 아슬하야 너무도 아슬하야'처럼 그 하늘은 너무도 아슬하여, 혹은 너무도 지고한 아름다움의 세계이므로, '나의 눈물'조차 잊게 하는 힘의 세계이다. 내 마음의 슬픔이 내면에 점철되어 시적 자아의 개인적 슬픔에서 멈출 수 있지만, 자연으로, 우주로 확대된 자아의 순수지향이 개인적 슬픔을 초월하게 하는 힘으로 작용한다. 마지막 연의 '내 눈은 감기엿대 감기엿대'에서 눈물 도는 지상의 노래는 더 이상 불필

---

31) 김진수, 앞의 책, p.97.
32) 김진수, 앞의 책, p.104.

요함을 드러낸다.

<누이의마음아 나를보아라>에서는 단풍이 매개된 듯 하지만, 하늘이 중심이다. '누이는 놀란듯이 치어다보며'의 '치어다보는' 행위나, '누이의 마음아 나를보아라'의 '나를보아라' 역시 우러러보는 행위로서 하늘과 관련된다. 특히 나의 마음이 하늘과 동일시 된 상태를 '누이의 마음아 나를보아라'가 명령형의 은유로써 탁월히 표출하고 있다. 마음의 거울로서 하늘에 대한 김영랑의 동경은 아름다운 영혼이 불행한 의식 상태에서 발생한 낭만적 동경이지만 단지 동경의 태도에서 멈추지 않는다. 하늘과 동일시를 이룬 우주적 나르시시즘의 단계이다. 우주적 나르시시즘에 이르는 김영랑 시의 '내마음'은 동일시 이전에는 눈물나는 마음이지만, 하늘과의 동일시와 함께 눈물조차 배제시킨 절대적 순수의 세계에 함몰된다.

돌담에 소색이는 햇발가치
풀아래 우슴짓는 샘물가치
내마음 고요히 고흔봄 길우에
오날하로 하날을 우러르고십다.

새악시볼에 떠오는 붓그럼가치
詩의가슴을 살프시 젓는 물결가치
보드레한 에메랄드 얄게 흐르는
실비단 하날을 바라보고십다

사람의 온꿈이 모조리 실리여간
하날갓 닷는데 깃븜이 사신가

고요히 사라지는 구름을 바래자
헛되나 마음가는 그곳 뿐이라

<내마음고요히고흔봄길우에> 전문

눈물을 삼키며 깃븜을 찻노란다
허공은 저리도 한업시 푸르름을

업듸여 눈물로 따우에 색이자
하날갓 닷는데 깃븜이 사신다   〈하날가ㅅ다은데〉 전문[33]

    <내마음고요히고흔봄길우에>에서 첫째연의 1,2,3행은 4행의 '오날
하로 하날을 우러르고십다'를 위한 수식의 행이고, 1,2행은 3행의 '고
흔봄 길우에 고요한 내마음'을 수식하기 위한 직유의 구조를 이루고
있다. 결국 이 시에서도 '내마음'과 '하늘'이 『시문학』1호의 시들과는
달리 동일시를 이루고 있지는 않지만, 가령 '우러르고십다'하여 동경
하는 마음의 상태를 서술하는 차이가 있지만, 마음의 거울로서 하늘
이라는 사실은 다르지 않다. 둘째연에서도 1,2,3행이 4행의 '실비단 하
날을 바라보고십다'를 위한 수식의 행이다. 하늘은 언제나 하늘의 자
리에 있기 때문에, '우러르고십다'나 '바라보고십다'의 실행이 불가능
한 것은 아니다. 그러나 시인의 마음상태는 언제나 그 자리에 있지
않다. 그러므로 '우러르고십다'와 '바라보고십다'는 하늘이 부재중인
상태, 곧 세계 중심인 시적 자아의 내면에 하늘이 부재함을 말한다.
달리 말하여 시인의 마음이 실비단 같은 하늘과 같은 상태가 아니므
로, 하늘과 동일시될 수 없는 시적 자아의 동경이 형상이 서술되어
있다. 때문에 『시문학』1호에 게재된 시에 비하여 시적 자아와 하늘이
동일시가 아니라 분리되어 있는 이 시는, 우주에서 분리된 현대인의
위상을 말하는 데 더 적절하다.
    그러나 근원의 세계로서 하늘과 분리되어 있는 시적 자아이지만,

---

33) <내마음고요히고흔봄길우에><하날가ㅅ다은데>는 『시문학』2호(1931.11.1)에
    실려있는 작품이다.

시의 정조는 여전히 현실로부터 고립된 순수의 세계이다. 시적 자아와 하늘, 그리고 비유를 위한 매개물로서 자연과 에메랄드, 실비단 등이 등장하는데, 특히 에메랄드나 실비단 등은 그 빛의 이미지가 자연과 마찬가지로 순수의 세계를 강화하는 매개체로 작용한다. 시적 자아가 동경의 대상과 동일시된 상태는 아니지만, 마음은 오직 하늘을 향하고 있어서 비유의 매개체 역시 비세속적 대상인 것이다.

<하날가ㅅ다은데>에서는 1연에서 '하날갓 닷는데 깃븜이 사신가'라고 설의형으로 시작하여, 마지막 연에서 '하날갓 닷는데 깃븜이 사신다'고 단정하여 말하고 있다. 그 하늘은 여전히 김영랑에게 '사람의 온꿈이 모조리 실리여간' 유일무이한 순수의 공간이며, 순수자아가 동경하는 공간이다. 그러나 '헛되나 마음가는 그곳 뿐이라'고 하여 '헛되나'에서 동일시가 약화됨을 알 수 있다. 그것은 우주적 나르시시즘의 지속성에 균열이 생긴 것을 의미한다. 이처럼 꿈꾸는 공간으로서 하늘이란 <내마음고요히고흔봄길우에>의 하늘과 같이 우주와 분리된 인간의 위상을 반증한다. 그것은 조화와 균형의 관계였던 우주와 인간관계에 생긴 균열이다.

다음의 『시문학』3호에 발표된 김영랑의 시에는 1,2호와는 달리 '하늘'이 사라진다. 하늘 대신 '내마음 날가치 아실이'가 등장하나, 시적 자아의 동경의 상태는 지속된다. 김영랑은 하늘로의 동일시 지향이 아니라, '내마음을 아실이'라는 지상적 존재를 찾는다. 함께 했던 님의 부재에서 그 님을 그리워하는 것이 아니라, '사랑을 꿈꾸는 내마음'을 수용할 '내마음을 아실이'이다.

내마음을 아실이
내혼자ㅅ마음 날가치 아실이
그래도 어데나 게실것이면

내마음에 때때로 어리우는 티끌과
소김업는 눈물의 간곡한 방울방울
푸른밤 고히맺는이슬가튼 보람을
보밴듯 감추엇다 내여드리지

아! 그럽다
내혼자ㅅ마음 날가치 아실이
꿈에나 아득히 보이는가

행말근 玉돌에 불이 다러
사랑은 타기도 하오련만
불비테 연긴듯 히미론 마음은
사랑도 모르리 내혼자ㅅ마음은

〈내마음을아실이〉 전문

결국 위시를 통해서 김영랑 시의 중심에 '내마음'이 있음이 재차 확인된다. 세계의 중심으로서 '내마음' 곧 자아인 것이다. '나'이외에는 어떠한 정신적 안식처도 더 이상 존재하지 않는다는 불안감, 즉 '집없음'이라는 위기의식이 현대적인 정신적 현상[34]임을 김영랑 시의 중심기표인 '내마음'이 증명한다. 이는 또 현대의 주관주의적 흐름의 한 양상을 의미하는데, '내마음을 아실이'는 시적 자아의 '내 안의 타자'[35]로서 동일시의 정체성을 향한 지향의 대상이다. 옥타비오 파스는 "사랑 혹은 사랑의 기쁨은 존재의 드러냄이다. 인간의 모든 움직임들처럼 사랑은 찾아가는 것"[36]이라고 한다. 이처럼 하늘을 비롯한 자연에 이어 '내마음을 아실이'를 통한 '타자'지향으로써 김영랑은 자

---

34) 김수용, 앞의 책, p.98.
35) 인간은 자기 자신에 대한 인식을 획득하자마자 자연 세계에서 분리되었고 자신의 내부에서 타자가 되었다(옥타비오 파스, 『활과 리라』, 솔, 1998, p.44).
36) 옥타비오 파스, 앞의 책, p.199.

아의 존재적 위상, 혹은 정체성 회복을 위한 정신적 지주를 삼는다.

'내혼자마음'의 고립된 상태에서 김영랑은 절대적 자아추구와 동일시되는 '내마음을 아실이'로의 사랑, 즉 탈자아적 행위로서 근원적 자아를 향한 사랑을 택한다. '내혼자마음 날가치 아실이'를 찾아서 '보밴듯 감추엇다 내여드리기' 위해 2연의 1,2,3행을 수식행으로 하고 있다. 그러나 내 안의 타자로서 지향하는 김영랑의 님은 아직은 님이 아니다. '내마음을 아실이'가 '어데나 게실것이면', 즉 미지의 존재로서 '내마음을 아실' 어떤 누구이므로, 가능할 수도, 불가능할 수도 있는 미래의 님을 향해 동경하는 자세이다. 이는 상실의 상태에 처한 고립되고 불안한 현대인의 초상을 대신한다. 즉 실재하는 님으로서 '내마음을 아는이'가 아니라, 아직은 미지의 존재인 '내마음을 아실이'이므로, 계신 곳도 '어데나'이며, 이는 곧 막연한 심리를 대신한다. 그러므로 마지막 연에서 '사랑은 옥돌에 불이 달 듯이 타기도 하지만', '불비테 연긴 듯 히미론 마음은/사랑도 모르리 내혼자ㅅ마음은'이라 하여, 김영랑의 님은 부재의 상태임이 확인된다. 그러나 사랑은 비인간적 인습으로 일그러진 문명화된 사회의 산물이 아니라, 근원적 자연의 표출이며 영원히 변하지 않는 인간성의 구현[37]이다. 존재의 창조로서 사랑과 함께 창조되어지는 존재인 우리 자신[38]을 위해 김영랑은 사랑의 정조를 시의 모티프로 선택한 것이다. 하늘과 다름없이 사랑의 모티프 또한 우주적 나르시시즘으로서 순수성이라는 김영랑 시 세계의 중심을 이룬다.

김영랑의 시는 자연을 객관적 대상으로써 예찬한 것이 아니라, '내마음'을 위한 매개로서 우주와의 동일시를 동경하는 시적 자아의 이

---

37) 김수용, 앞의 책, p.187.
38) 옥타비오 파스, 앞의 책, p.202.

상적 세계를 대신한다. 그의 시에서 중심은 자연이 아니라 '내마음'인 것이다. 때문에 그의 자연에 대한 수사는 추상적이다. 가령 '내마음의 어된듯 한편에 끗업는 강물이 흐르내'처럼 내마음도 구체적 마음이 아니며, 강물도 흐르기만 하는 일반적 상태의 강물일 뿐 구체적 이미 지를 내포하지 않는다. 오직 우주적 세계를 향하여 동일시에 이르거 나, 혹은 동일시로의 동경을 보내는 절대적 자아의 순수성을 김영랑 은 직유의 수사학과 반복행의 정형적 구조속에서 잘 표현하였다.

4. 정지용 – 대상으로서 자연

　　김영랑과 달리 정지용은 자연을 객체로 대상화하여 자연과 대화하 거나, 이미지 묘사중심의 견자적 자세로써 시의 순수성을 개성화한다. 현실의 모든 문제로부터 고립된 자율적 예술의 순수성 견지를 위한 매개체로서 자연인 것이다. 더불어 자연묘사의 언어유희가 시적 자아 를 유희의 자아에 이르게 한다. 워렌은 순수시의 특성을 목적의식이 나 작위적인 것인 배제되어야 한다고 했다. 거기서는 언어유희 또한 배제될 것은 물론 지나친 감정이나 정열의 낭비 역시 억제되어야 한 다는 것이다. 정지용의 시는 이미지 묘사를 위해 감정이나 정열의 낭 비는 억제되어 있지만, 언어유희가 주도적이어서 작위적이다. 워렌의 입장이 모든 순수시에 적용되는 것은 아니듯이, 사회 및 정치적 내용 에 반대되는 비목적시로서의 순수시 또한 순수의 또 다른 개념이다. 워렌은 또 반도덕으로서 순수시 개념을 지시하는데, 정지용의 언어유 희는 바로 반도덕으로서 순수시의 의미에 속한다. 이는 시적 대상에 대한 시인의 주체적 판단이 중지된 상태로 나타난다. 때문에 김영랑 의 나르시시즘의 동일시에 비해 정지용의 동일시 지향태는 시적 장치 뒤에 은폐되어 드러나지 않는다.

귀에 설은 새소리가 새여 들어와
참한 은시계로 자근자근 으더마진듯,
마음이 이일 저일 보살필 일로 갈러저,
수은방울 처럼 동글 동글 나동그라저,
춥기는 하고 진정 일어나기 실허라.

쥐나 한마리 훔켜 잡을 드시
미다지를 살포-시 열고 보노니
사루마다 바람 으론 으호! 치워라.
맑은 새삼넝쿨 새이새이 로
빠알간 산ㅅ새색기가 물네ㅅ북 드나들덧.

새색기 와도 언어수작 을 능히할가 십허라.
날카롭고도 보드라운 마음씨가 파다거리여.
새색기와 내가 하는 에스페란토는 회파람이라.
새색기야 한종일 날어가지 말고 울어나다오,
오늘아츰 에는 나이어린 코끼리 처럼 외로워라.

산봉오리 저쪽으로 돌닌 푸로우파일
페랑이꼿 빗으로 볼그레 하다,
씩 씩 뽑아 올라간, 밋 밋 하게
깍거 세운 대리석 기동 인듯,
간ㅅ뎅이 가튼 해가 익을거리는
아츰 한울을 일심으로 떠바치고 섯다,
봄ㅅ바람 이 허리띄 처럼 휘이 감돌아서서
사알랑 사알랑 날러 오노니,
새색기 도 포르르 포르르 불녀 왓구나.

산에서 새색기가 차저 왓다,
빠알간 뽀니ㅌ 를 쓰고 왓다.
빠알간 뽀니ㅌ가 하나 잇섯스면

사철 발버슨 어린누이 씨워주고
호호호 손ㅅ벽 치며 놀녀대 볼가.
내 어린누이 도
아아, 산에서 온 조그마한 손님 이어니.　　　　　　　　〈일은봄아츰〉 전문

　　김영랑의 시는 시적 대상에 주체의 마음이 이입된 '말하기'의 시라면, 정지용의 시는 '보여주기'의 시다. 물론 완전한 보여주기에는 이르지 못한 채 '말하기'와 '보여주기'가 혼용되어 있다. 시적 대상과 자아의 대립구조 속에서 시적 자아가 대상으로의 동경을 취하는 것이 아니라, 대상에 대하여 말하여 보여주고 있다. 1연 1행의 새소리와 2,3,4,5행의 시인의 마음은 아무 연관이 없다. '귀에 설은 새소리'와 '이일 저일 보살필 일로 갈러저'있는 시인의 마음과 어떤 상관관계인지 시는 말하지 않는다.

　　반면 언어유희 장치가 보다 돋보이는데, 4행의 '수은방울 처럼 동글 동글'한 마음이라는 마음에 대한 언어유희의 수식어가 5행의 '춥기는 하고 진정 일어나기 실허라'의 일상적 서술을 견제한다. 둘째연의 '살포-시'나 '으호!' 등의 의태어, 감탄사와 마지막 행의 '빠알간 산ㅅ새색기가 물네ㅅ북 드나들덧' 등의 직유의 장치도 시의 정조를 유희의 가벼움으로 이끈다. 산새새끼를 바라보는 견자적 시인의 시선에서 비롯된 섬세함이다. 4연에서 '산봉오리 저쪽으로 돌닌 푸로우파일'이라고 말하여, 그림 그리듯 시를 그려서 보여주기 위한 의도임을 말한다.

　　'간ㅅ뎅이 가튼 해'라 든가, '봄ㅅ바람 이 허리띄 처럼 휘이 감돌아서서/사알랑 사알랑 날러 오노니,/새색기 도 포르르 포르르 불녀 왓구나'에서 직유와 활유와 의태어와 의성어 등에 의한 묘사는 '일은봄아츰'의 정경을 대상으로 하여 바라보고 있는 시인의 시선을 대변한다.

시인과 대립적 위치에 있는 자연은 보여주기로, 시인의 정서는 말하기로 드러내고 있다. 언어유희의 효과가 자연에 대한 시인의 태도를 가벼운 정서로 보이게도 하지만, 그 가벼움은 오히려 동심적 순수와 결합되는 곧 유희의 세계이며, 동심의 세계가 지닌 가벼움이다. 자연에 대한 정조가 순수의 세계로서 자연임은 특히 마지막 연에서 '내 어린누이 도/아아, 산에서 온 조그마한 손님이어니'라고, 산에서 찾아온 새새끼와 어린누이를 동일시하여 구체화한다. 시인의 마음은 '오늘아츰 에는 나이어린 코키리 처럼 외로워라'라고 말하여 '일은봄아츰' 정경과는 오히려 대립적이다. 김영랑의 '내마음'과는 달리 정지용은 순수로의 지향을 시적 자아의 동경으로써 표면화하고 있지 않은 채, 언어유희의 장치에 의하여 간접화하고 있다.

가을 볏 쌔앵 하게
내려 쪼이는 잔디밧.

함박 피여난 따알리아
한나제 함박 퓐 따알리아

시약씨 야, 네 살빗 도
익을 때로 익엇 구나.

젓가슴 과 북그럼성 이
익을 때로 익엇 구나.

시약씨 야, 순하디 순하여 다오.
암사심 처럼 뛰여 다녀 보아라.

물오리 떠 돌아 다니는
흰 못물 가튼 한울 미테,

함빡 피여 나온 따알리아.
피다 못해 터져 나오는 따알리아.   〈Dahlia〉 전문[39]

정지용의 자연은 자아표현의 도구로서 자연, 즉 주관적 객체가 되어버린 자연이 아니라, 자연은 즉자적 자연으로 '저만치'[40] 시인과 거리를 유지하고 있다. 자연은 단순히 물리적인 법칙의 지배하에 있는 물질적 현상이 아니라 영혼화된 공간, 즉 인간과의 영적인 교감이 가능한 삶의 터전으로 이해되고 있다. 이는 다알리아를 청자로 설정하여 자아와 대화하는 구조에서 보다 면밀하다. 그것은 다알리아와의 유희이며 동시에 지향의 세계 또한 드러나는데, 이는 다알리아와 시인과의 교감에서 비롯한다. 그 교감은 3,4,5연의 의인화의 수사적 장치가 보다 직접적으로 드러내준다. 특히 다알리아를 여인으로 의인화한 점과 '암사슴처럼 순하여' 달라는 권유형에 시인의 지향의 세계가 내포되어 있다.

'물오리 떠 돌아다니는/흰 못물 가튼 한울 미테,//함빡 피여 나온 따알리아./피다 못해 터져 나오는 따알리아.'는 우주의 순리에 대한 정지용의 인식의 세계를 보여준다. 즉자적 자연으로서 자연이면서 동시에 자연에 이미지를 부여한 주관주의적 지향이다. "말은 다리이며 이 다리를 통하여 인간은 자신을 외부세계와 분리시키는 거리를 없애려고 노력하지만, 그러나 그러한 거리는 인간본성의 일부를 구성한다"[41]는 옥타비오 파스의 말처럼, 정지용은 자연대상을 통하여 이와 같은 이중적 현대인의 초상을 보여주고 있다. 거리를 소멸시키기 위

---

39) <Dahlia>와 <일은봄아츰>은 『시문학』1호에 실려있다.
40) 소월시의 <산유화>에서 '저만치'는 즉자적 자연과 소월과의 거리를 의미한 것으로 보인다(진순애, 「소월 시의 자연과 근대성」, 우리말글, 2003, 2).
41) 옥타비오 파스, 앞의 책, p.44.

하여 인간은 인간됨을 포기하고 자연 세계로 돌아가거나 인간됨의 한계를 초월해야 할[42] 수는 없기 때문이다.

고래가 이제 橫斷 한 뒤
海峽이 天幕처럼 퍼덕이오
…힌물결 피여오르는 알에로 바독돌 작고작고 나려가고,
銀방울 날니듯 떠오르는 바다종달새…
한나잘 노려보오 훔켜잡어 고 빨간살 빼스랴고

미억닙새 향기한 바위틈에
진달네꼿빗 조개가 해ㅅ살 쪼이고,
청제비 제날개에 밋그러저 도-네
유리판 가튼 한울에.
바다는--속속디리 보이오.
청대ㅅ닙 처럼 푸른
바다
봄

꼿봉오리 줄등 켜듯한
조그만 산으로--하고 잇슬가요.
솔나무 대나무
다옥한 수풀로--하고 잇슬가요.
노랑 검정 알롱달롱한
불랑키트 두루고 쪽으린 호랑이로--하고 잇슬가요.
당신은 「이러한 風景」을 데불고
힌 연기 가튼
바다
멀니 멀니 航海합쇼.   〈바 다〉전문 [43]

---

42) 옥타비오 파스, 앞의 책, p.44.
43) 『시문학』2호에 실려있는 작품이다.

　마지막 연을 제외하고 시는 바다와 바다 주변물에 대한 감각적 이미지 묘사 위주이다. '해협이 천막처럼 퍼덕인다'는 활유적 직유의 수사나, '은방울 날니듯 떠오르는 바다종달새'의 청각적 직유의 수사장치, '청대ㅅ닙 처럼 푸른/바다/봄' 등의 비유적 수사구조는 바다에 대한 정지용의 감각적이며 역동적 상상력의 표출이다. 바다에 대한 정지용의 상상력이 3연에서는 바다 밑 속에 대한 세계를 표출하고 있어서 그 이미지가 쉽게 다가오지는 않는다. '멀니 멀니 항해합쇼'라는 마지막 말은 낯설음과 새로움을 향한 정지용의 지향의 세계를 확인하게 한다.

　이처럼 정지용의 자연은 동일시를 향한 동경의 자연이 아니다. 특히 위시에서는 바다에 대한 객관적 묘사와 더불어, 바다로의 항해에 의해 새로운 세계로의 지향을 내포한다. 새로운 세계를 향한 다리로서 바다의 역할이다. 특히 정지용의 자연은 시적 자아와 분리되어 유희하는 구조가 특징적이다. 언어유희의 대상으로서 자연이라는 사실은 시적 대상에 투여된 시인의 의도가 간접적이거나 은폐되어 있다는 말이다. 이는 기법위주라는 정지용 시의 순수성에 기여한다. 또한 '청대ㅅ닙 처럼 푸른'에서 행을 멈추고, '푸른'이 수식하는 '바다'를 다음 행으로 처리하였을 뿐만 아니라, 또 그 다음 행에 '봄'을 독립행으로 제시하여, '청대닙처럼 푸른 봄바다'를 귀걸치기의 낯설게하기로서 새롭게 만들고 있다. 이는 '내용이 중단되는 곳에서 시작된다는 순수시의 시학'을 확인시키는 언어유희의 효과이다. 끝까지 견자적 자세를 견지하지 못하고, 마지막 부분에서 시인의 말하기가 발현되고 말았지만, 정지용은 현대성의 순수시를 위해 언어유희를 비롯한 낯설게하기 등, 보다 기법과 방법적 측면에 주목하였다.

5. 신석정, 허보, 박용철 - 근원으로서 자연

인간과 세계, 의식과 존재, 존재와 실존의 최종적인 동일성은 인간의 가장 오래된 믿음이며 과학과 종교, 주술과 시의 뿌리이다.[44] 비록 <시문학파> 순수시의 출발이 20년대 시의 목적론에 대립하여 출발했다고 해도, 순수세계로의 동일시를 향하는 본원적 믿음은 시사적 의의를 초월한다. 그러므로 무의식적인 본원의 믿음과 함께, <시문학파>가 자연이라는 타자 속으로 뛰어든 것은 떨어져 나온 근원으로 돌아가고자 한 인간의 본능적 의식행위였다. 우리들의 근원적 조건에 이르는 문을 본능적으로 열고 닫게 하는, 서로 대립되고 대칭적인 두 개의 통로가 고뇌와 괴로움[45]이라면, 신석정, 허보, 박용철의 시는 <시문학파>의 다른 시인들과는 달리 시인의 고뇌와 괴로움의 정서가 지배한다. 때문에 근원으로서 지향하는 우주일지라도 그 우주는 빛과 질서의 우주가 아니라 카오스적 근원인 밤의 우주가 중심매개이다. 질서의 모태는 카오스이므로, 자아 역시 모태로의 회귀를 꿈꾸며 고뇌하는 자아상으로 나타난다.

> 하눌ㅅ가에 붉은빗 말업시 퍼지고
> 물결이 자개처럼 반자기는 날
> 저녁해 보내는이도 업시
> 초라히 바다를 너머감니다
>
> 어슷 어슷 하면서도
> 그림자조차 뵈이지안는 어둠이
> 부르는이 업시 차저와선

---

44) 옥타비오 파스, 앞의 책, p.137.
45) 옥타비오 파스, 앞의 책, p.190.

아득한 섬을 싸고 돕니다

주검가치 말없는 바다에는
지금도 물쌀이 우슴처럼 남실거리는 혼적이 뵈임니다
그 언제 해가 너머갓는지 그도 모른체하고

무심히 살고 또 지내는
해-바다-섬-하고 나는 부르지즈면서
내몸도 거기에 선물하고 시펏슴니다   신석정, 〈선물〉 전문[46]

고립된 자아는 불변의 근원적 몸체로서 존재하는 자연을 향하여
마음을 열고 있다. 자아의 자연 향한 열정은 의인법의 감정이입으로
써 자연과 일체가 되고 있다. 빛의 질서가 사라져 가는 일몰의 시간
대에 시인의 세속적 감정을 이입시키고 있다. '하눌ㅅ가에 불근빗 말
업시 퍼지'듯이는 '하눌ㅅ가에 말업시' 퍼지는 시인의 외로움의 이입
이다. '저녁해 보내는이도 업시'도 홀로있는 시적 자아의 감정이입이
다. '초라히 바다를 너머감니다'의 의인화의 수사장치도 신석정의 시
적 거리에 대한 감각을 탁월히 수행한다.
   아직은 어둠속에 고립되어 있어서 절대적 시간을 탐미하는 카오스
로의 회귀를 보이는 자아가 아니다. '어둠이 부르는이 업시 차저와선
아득한 섬을 싸고 돕니다'는 지는 해를 아쉬워하는 세속적 존재로서
의 심리상태를 말한다. 근원으로서 어둠이 아니라 의식의 어둠속에서
시인의 고립감은 가중되고 외로움 역시 증폭된다. 3연에서도 '주검가
치 말업는 바다'라고 하여 빛의 소멸을 아쉬워한다. 그러나 마지막 연
에서 시는 반전하는데, '무심히 살고 또 지내는/해-바다-섬-하고' 자연

---

46) 『시문학』3호에 실려있다.

을 타자의 위치에 놓아 대상화하고 있다. 시적 자아의 내면과는 무심하게 지내는 자연에 대한 아쉬움을 '언제 너머갓는지 모르는 해'가 대신해준다. 자연의 무심함은 자아의 외로움을 배가시키지만, 동시에 그 '무심한'의 언표속에 외로움이 은폐되어 있기도 하다. '내몸도 거기에 선물하고 시펏습니다'의 마지막 행에 '무심한' 자연처럼 자아도 '무심' 할 수 있기를, '내몸'의 선물로써 꿈꾼다.

신석정의 이와 같은 의식은 현실의 고립을 해소하려는 환상의 상상력이 근간이다. 환상은 이성적 사고로는 이를 수 없는 인간과 자연의 통일성 또는 의식의 통일성을 형상적으로 표현할 수 있는 능력[47]이기 때문이다. 또한 환상적 낭만성 속에서 유한한 실존자가 절대적인 것으로의 합일을 지향하는 동경을 취한다. 인간은 죽음 속에서 자연과의 영원한 합치를 이루게 되는 것이다. 특히 밤과 죽음은 생명체의 모체이며, 이와 같은 모체적 근원에 대한 동경은 자연과 일체였던 인간 본원에 대한 회귀적 동경인 것이다.

거문밤이도라와
念慮업시넘든山을거닐든뜰을
다시한번조심스럽게더드머거려감니다

한생각에눌리윗든마음에
鎭定할수업는무엇이떠올라
適確한表現의길을차즈러
다시한번조심스럽게더드머거려감니다

勿論機會를일허弱者된모든이에게
밤이여!鴉片가튼잠을주어서는아니됩니다

---

47) 김진수, 앞의 책, p.33.

　　産母의괴로움을맛보지안코는
　　새로운생각이誕生할새벽은
　　永久히오지아늘것임니다

　　낮에차즌眞理를거둔밤이여
　　지워버리소서우리를反省케하소서
　　우리를미치게하는것은懷疑가아니라
　　돌과가튼움지길수업는事實임니다
　　우리에게人生에對한새로운解釋을주소서　　　　　　허보, 〈거문밤〉 전문[48]

　　밤길은 '조심스럽게더드머거려가야하는' 길이다. 그 길은 산모의
괴로움같은 괴로운 길이며, '낮에차즌진리를거둔' 길이다. 또한 '우리
를 지워버리게 하고, 반성케 하는 길'이며, '우리를 회의하게 하는 시
간대'이다. 그럼으로써 '인생에 대한 새로운 해석'을 하게 하는 창조
의 시간이다. '염려업시넘든산을거닐든뜰을' '거문밤이도라와' '한생각
에눌리윗든마음에/진정할수업는무엇이떠올라/적확한표현의길을차즈러/
조심스럽게더드머거리게'하는 창조의 시간으로서 밤이다. '돌과가튼움
지길수없는사실'이 '우리를 미치게 하는 것'이라는 질서의 낮이 아니
라 밤을 향한 시인의 인식은 곧 모체로의 회귀지향에서 비롯된다. 의
식으로 오염되지 않은 밤의 혼돈 속에서 의식의 세계를 회의하며, 확
정된 세계에 고립되어 있는 자아를 회의하여, 열린 자아로의 길을 모
색하는 낭만주의의 주체이다. 무의식과 같은 죽음의 상태, 그리고 산
모의 괴로움 같은 어둠의 상태에서 인간은 모든 생명체의 근원인 혼
돈의 우주로 귀의하여 새롭게 탄생할 수 있는 것이다. 때문에 밤은
생사를 아우르는 산모의 몸과 같은 근원의 시간대이다.

---

48) 『시문학』3호에 실려있다.

허보의 <거문밤>은 다른 시인들의 환상의 상상력에 투여된 동경에 비하여, 단지 동경의 자세만을 취하는 낭만성이 아니라 보다 추진적 의지가 확고하다. 의식과 무의식, 사실과 회의, 낮과 밤, 눌리웠던 생각과 새로운 생각 등의 대립구조를 통해서 허보는 동경에서 멈추는 것이 아니라, 낭만성 실현으로의 의지를 강화한다. '밤'이 생명력의 순수한 모체임을 허보의 낭만주의의 자아는 간접적 장치를 배제시키고, 직접적으로 투사하고 있다.

나 두 야 간다
나의이 젊은 나이를
눈물로야 보낼거냐
나 두 야 가련다

안윽한 이항군들 손쉽게야 버릴거냐
안개가치 물어린 눈에도 비쵀나니
골잭이마다 발에 익은 뫼ㅅ부리모양
주름쌀도 눈에 익은 아-사랑하든 사람들

버리고 가는이도 못 닛는마음
쫏겨가는 마음인들 무어 다를거냐
도라다보는 구름에는 바람이 희살짓네
압대일 어덕인들 마련이나 잇슬거냐

나 두 야 가련다
나의 이 젊은 나이를
눈물로야 보낼거냐
나 두 야 간다   박용철, 〈떠나가는배〉 전문[49]

---

49) 『시문학』1호에 실려있다.

‘떠나감’의 모티프는 현실의 모든 문제로부터의 고립과 마찬가지로 현실의 제한에서 벗어나 자유를 찾아가는 동경의 자세다. 밤과 죽음을 통한 낭만주의 자아의 현실초월과 같이 ‘떠나감’의 모티프도 현실초월을 위한 현실부정에서 출발한다. 시적 자아가 떠나는 이유는 젊은 나이를 눈물로만 보낼 수 없어 ‘나두야 간다’라는 선언이 보여준다. 그러나 시적 자아가 젊은 나이에 눈물 흘리는 구체적 이유를 시는 말하지 않는다. 이는 애매모호하게 시쓰기라는 추상시로서의 순수시라는 인식에서 비롯됐다기 보다는, 시적 자아가 처한 현실을 ‘눈물 젖은 젊은 나이’로 대신한 것이다. 즉 고뇌와 괴로움의 현실부정을 젊은 나이에 보다 가능한 ‘떠나감’의 모티프에 두고 있는 것이다. 고뇌와 괴로움이란 모든 인간의 실존적 조건이라고 한다면, 고뇌와 괴로움의 구체적 이유를 위시에서 찾을 수 없다. 시는 고립된 시적 자아가 현재를 벗어나야겠다는 다짐의 마음이 중심이다.

따라서 시는 현실적인 연관으로부터 해방을 꿈꾸며 자유의 정신을 지향하는, 그래서 현실과 연관없는 내면적 욕구발현으로써 ‘떠나감’의 모티프이다. 현실적 연관과 배제되어서 고립된 순수 자아가 그 고독의 탐미에 멈추는 것이 아니라, 자기 안에 갇힌 고립의 괴로움을 벗어나서 자유롭기를 다짐한다. 의식의 세계이며 보여지는 세계로서 현실이라면, 이를 떠나는 시적 자아가 찾아가는 미지의 세계란 곧 알지 못한 세계로서 카오스의 세계와 다르지 않다. 현실을 벗어나 순수의 세계에 귀의하고자 한 방황하는 자아인 것이다.

6. 이하윤, 김현구 – 추억으로서 자연

끗업시 도라가는 물네방아 박휘에
한님식 한님식 이내 추억을 걸면

물속에 잠겻다 나왓다 돌때,
한업는 뭇기억이 닙닙히 나붓네

박휘는 끗업시돌며 소래치는데
맘속은 지나간 녯날을 차저가,
눈물과 한숨만을 지여서 줍니다

나만흔 방아직이 머리는 흰데,
힘업는 視線은 무엇을 찾는지
확속이다 굉이소래 찌을적마다
요란히 소리내며 물은 흐른다.   이하윤, 〈물네방아〉 전문50)

　이하윤, 김현구의 시는 시적 자아가 과거로 찾아가는 점이 특징이다. 결핍의 현실을 채우는 여러 가지 방법 중 하나가 과거회상이다. 특히 유년으로서 과거는 삶의 원천적 가능성이 제한 받거나 기형화되지 않은 순수의 세계이기 때문에 취하게 되는 현실부정이다. 즉 떠나감이 필요없는 시간이전의 원형적 시간인 것이다. 물론 위시에서 말하는 과거가 유년인지 아닌지는 불분명하다. 그 불분명하다는 이유가 과거를 유년으로 읽게 한다. '끗업시 도라가는 물네방아 박휘에/한닙식 한닙식 이내 추억을 건다'는 추억의 과거를 물레방아 돌던 유년으로 보아 무리가 없을 것이다. 물레방아를 통해 돋보이는 원형적 시간이며, 원형적 시간을 향한 회상의 상상력이다. '한업는 뭇기억이 닙닙히 나붓네'라는 활유법 역시 무형의 마음상태를 살아 움직이게 하여, 외로움의 정서를 돋보이게 한다.
　그러나 그 마음상태가 '지나간 녯날을 차저가/눈물과 한숨만을 지여서 줍니다' 하여, '눈물과 한숨'의 구체적 원인이 현재에 있는지 잃

---

50) 『시문학』1호에 실려있다.

어버린 과거에 있는지는 불분명하다. 그럼에도 온전한 시간대인 과거
로의 지향은 결핍의 현재에서 비롯되기 때문에, '눈물과 한숨'의 원인
을 과거로 돌아갈 수 없는 제한적 현재, 즉 과거·현재 양자에 있는
것으로 보아 타당할 것이다. 현재는 '머리는 흰 나만흔 방아직'이 물
레방아를 돌리는 비극적 현실이므로, 비극적 현실에서의 온전한 세계
지향으로의 과거회상이다.

> 한숨에도 불녀갈듯 보-하니 떠잇는
> 은ㅅ빗 아지랑이 깨여흐른 머언 산ㅅ둘네
> 구비구비 노인길은 하얏케 빗남니다
> 님이여 강물이 몹시도 퍼럿습니다
>
> 해여진 성ㅅ돌에 떨든 해ㅅ살도 사라지고
> 밤비치 어슴어슴 들우에 깔니여 감니다
> 훗훗달른 이얼골 식여줄 바람도 업는것을
> 님이여 가이업는 나의마음을 아르심니까
>
> 김현구, 〈님이여 강물이 몹시도퍼럿습니다〉 전문[51]

'님' 또한 과거를 지시하는 기호다. 타자로서 님과 과거를 지시하
는 님은 결국 '내'안의 타자로서 '나'와 동일체이다. 즉 분열된 현대인
이 찾아가는 잃어버린 '나'의 순수 자아로서 온전한 세계인 '님'[52] 기
호인 것이다. 님과의 대화란 시적 자아가 자기 안의 또 다른 자아, 즉
순수 자아와의 사이에 이루어지는 양성구유인 자기 안의 목소리이다.
또한 타인으로서 님에 대한 회상차원이며, 동시에 '훗훗달른 이얼골
식여줄 바람'을 찾는 것은 님에게로 향한, 혹은 님으로부터 비롯되어

---

51) 『시문학』2호에 실려있다.
52) 진순애, 앞의 글.

가득찬 회상적 자아의 낭만적 열정을 내포하고 있다. 뿐만 아니라 '한숨에도 불녀갈듯 보-하니 떠잇는/은ㅅ빗 아지랑이 깨여흐른 머언 산ㅅ둘네', 그리고 '구비구비 노인길은 하얏케 빗남니다'의 흰색이 '님이여 강물이 몹시도 퍼럿슴니다'의 파란색과 대비된 배치도 시인의 사물에 대한 낭만적 감각을 돋보이게 한다.

'해여진 성ㅅ돌에 떨든 해ㅅ살도 사라지고/밤비치 어슴어슴 들우에 갈니여 가는'의 활유의 수사장치도 회상하는 낭만적 자아의 열정을 대변한다. 특히 '님이여 가이업는 나의마음을 아르심니까'는 김영랑의 '내마음을 아실이'의 막연함에 비하여, '아르심니까'하는 자문자답의 설의속에 오히려 님을 향한 추억의 강도가 깊게 담겨있다. 과거로의 일치가 '가이업이' 불가능하다는 깊은 결핍의식이 님으로의 욕망을 더욱 심화시키고 있다.

7. 순수시의 문학사적 의의

본고는 <시문학파>의 순수성을 시의 중심매개체인 자연과 현실로부터 고립된 순수 자아와의 관계를 중심으로 파악하였다. 낭만주의에서 모든 세계는 자아에 의해서 존재하는 것이며, 이 자아에 의해서 생산된다고 하듯이, 고립의 순수 자아는 세상결별이며 세계중심인 낭만주의의 자아와 같다. 자연은 인위적 규칙없이 존재하는 순수의 세계이므로, 세상과 결별한 자연속에 고립된 자아는 순수를 회복하며 절대적 자유를 만끽한다. 즉 낭만주의 자아는 자연과의 연속성 속에 존재하는 절대적 자아로서 세계와 아무런 간극없이 세계의 중심에 선 자아이다.

김영랑 시는 나르시시스적 자아, 정지용 시는 유희의 자아, 신서정, 허보, 박용철 세 시인의 시는 회귀적 자아, 김현구, 이하윤 두 시인의 시는 회상의 자아가 중심이다. 이와 같은 자아의 유형은 모두 낭만주의의 순수 자아에 속하며, 순수 자아는 자유로운 활동으로써 스스로를 정립하는 창조적인 자아이다. 현실의 문제로부터 고립된 순수 자아는 세상의 소음과 결별하여 이상적 영혼의 세계인 자연에서 근원적인 통일성 및 순수성을 견지한다. 이처럼 순수성은 현실에 대한 불만에서 기인하는 동경과 그리움의 정서가 따라가는 환상의 길로서 낭만주의와 관계한다.

보다 구체적으로 김영랑 시는 하늘을 중심매개로 하여 시적 자아가 하늘과의 동일시를 꿈꾸는 나르시시스적 자아이다. 이때 자연은, 특히 하늘은 시적 자아에게 거울로 작용한다. 거울로서 하늘이 매개하는 김영랑 시의 자아는 고독한 개체적 자아에서 멈추지 않고 우주적 나르시시즘까지 확대된 절대 자아이다. 그의 시에서 중심은 자연이 아니라 '내마음'인 까닭이다. 정지용은 자연과 시적 자아가 분리된 상태, 즉 자연을 객관적으로 대상화하여 이미지 묘사중심의 태도를 취하고 있다. 이미지 묘사를 위한 감각적인 언어유희가 지배적이며, 시적 자아 역시 유희를 즐기는 호모 루덴스적 자아이다. 즉 정지용의 시쓰기는 시적 대상에 대한 주체적 판단이 중지된 채 언어유희를 비롯한 낯설게하기 등의 기법과 방법적 장치에 의한 객관적 제시의 시쓰기이다. 신석정, 허보, 박용철 시의 자연은 인간과 일체였던 카오스적 근원으로서 우주로의 지향을 보이는 회귀적 자아이다. 세 시인의 시적 특징은 근원으로서 지향하는 우주일지라도 그 우주는 빛과 질서의 우주가 아니라 카오스적 근원인 밤이 중심이다. 질서의 모태는 카오스이므로 모태로의 회귀를 꿈꾸는 고뇌하는 자아인 것이다. 김현구, 이하윤의 시는 위의 시인들과는 달리 과거에 대한 회상의 태도를 취하는 자아가 주도한다. 때문에 자연은 시적 자아의 추억속의 세계로서 자연이다. 즉 결핍의 현실을 채우는 방법의 하나로서 과거이며, 기형화되지 않은 기억속의 세계인 순수의 세계로서 과거이다.

'자기 감정, 자기 운율, 자기 언어'로 씌어진 시가 곧 <시문학파>가 표방한 순수시의 출발이었다. 이는 현실의 모든 문제로부터 완전히 고립된 순수 예술로서 자율적 예술이라는 맥락에 놓인다. 그것은 본질적인 예술의 의미를 도출해 내기 위한 예술의 자율로서 순수지향이었으며, 자아에 대한 이상주의로서 순수지향이다. 그것은 이상과 현실의 부조화를 견디기 위한 김영랑에게 있어서는 범우주적 나르시시즘, 정지용에게 있어서는 호모 루덴스로서 자유주의, 신석정, 허보, 박용철에게 있어서는 근원으로의 초월을 지향하며, 김현구, 이하윤에게 있어서는 추억속으로의 자율적 세계를 포괄하는 순수성이다.

순수의 의미는 언어의 대립 구조처럼 절대적 의미가 아니라, 상대적 상태에서 그 의미가 부여된다. <시문학파>의 순수 역시 20년대의 목적론적 문학론에 대한 상대적 의의로써 출발했다. 세상에 대한 판단중지로서 순수이며, 자율적 미의 추구로서 순수이고, 세상과 차단된 절대적 자아의 세계로서 순수이다. 그러므로 자연을 중심모티프로 한 <시문학파>의 순수지향은 현실과의 연관이 차단된 자아가 꿈꾸는 이상화에 있었다. 외부세계와의 분리에서 형성된 자아의 이상이 추구하는 세계로서 자연은 물질로서 고착된 정신일 뿐만 아니라, 신의 현현이다. 때문에 자연모티프를 통한 순수 자아의 이상화에 <시문학파> 순수성의 공통성이 있다.

따라서 전통적 모티프인 자연매개로서 <시문학파>의 지속성은 20년대 및 전통적 시문학과의 지속성이며, 변혁성은 30년대 모더니즘 시들과의 관계에서 나타난다. 또한 <시문학파>의 변혁성이 모더니즘 시에서는 <시문학파>와의 지속성이기도 하다. 그러므로 <시문학파>

는 20년대와 30년대 사이에 위치하여 독특한 문학적 특질을 지닌 유파라는 시사적 의의를 지니며, 그 순수의 특징은 60년대 모더니즘 시의 순수로도 지속된다. 60년대의 순수는 참여와 대립되는 개념으로서 순수였다면, 30년대 <시문학파>의 순수는 순수 대 참여보다는 내용 및 과다 감정과 형식의 대립에 의한, 즉 내용에 대립된 의미로서 순수라는 차이가 있다. 또 60년대 순수시가 수수께끼와 같은 모호한 발화로서 시적 자유를 누리는데 반해, <시문학파>의 순수시는 모호하거나 추상적이지 않다. 사물들의 비동일성에 근거한 수수께끼 같은 모호한 발화의 시가 아니라, 사물들의 동일성에 근거한 전통적 은유의 상태이다. <시문학파>는 세상에 대한 판단중지의 상태에서 내면탐구보다는 현실로부터 고립된 절대 자아가 우주적 순수의 세계에서 자율적 세계를 구축하는 것이 특징이다. 물론 추상이 세계로부터의 해방이듯이 60년대의 순수시나 30년대의 순수시에서 순수는 내용에서 해방된 것, 내용이 중단되는 곳에서 시작된다는 명제로서 같다. 이는 순수시의 필연적인 시학이며, 문학사 속의 상대적 의미를 초월한 공통항이다. 그러므로 '나와 자연'을 중심축으로 한 <시문학파>의 '순수시'는 시의 자율적 모습을 회복시키는 시라는 문학사의 통시적 의의를 지닌다. 더불어 현대의 개인주의와 현실부정의 자유주의 및 이상세계를 동경하는 낭만주의를 그 근간으로 하여, 현대시문학의 정신적 지주라는 의의를 또한 지닌다.

Ⅳ. 김광균 시의 자연과 모더니티

1. 머리말
2. 수사학적 자연과 현대성
3. 서정적 태도와 현대적 자아
4. 맺음말

1. 머리말

김광균 시의 모더니즘은 흔히 '경박한 모더니즘'이라거나, '감상적 모더니즘' 등 주로 부정적 모더니즘으로 평가되어왔다. 보다 구체적으로는 '김광균은 주로 시각적 심상을 중요 의장으로 삼았다'[1]는 평가와, '정신의 골수'를 갖기에는 이르지 못했다'[2]는 평가, '김광균은 근대적 도시문명을 노래하기는 했다. 그러나 그는 그것을 파헤쳐서 깊이 체득하는 차원에서가 아니라 그 이전의 가벼운 눈길로 그것을 풍경화해서 읊조린 데 그친 것이다'[3] 등의 평가가 있다. 이와 같은 평가는 서구의 모더니즘론에 입각한 평가의 기준에 앞서서 같은 30년대의 모더니즘 시인들인 이상, 김기림, 정지용 등의 성과와 비교하여 내려진 부정적 평가가 우세하다. 이는 또한 서구의 모더니즘론에 준한 평가나 30년대 모더니즘 시인들과의 비교차원에서 내려진 평가로

---

1) 김은전, 「김광균의 시풍과 방법」, 『30년대의 모더니즘』, 범양사출판부, 1978, p.165-167.
2) 박철희, 「현대 한국시와 그 서구적 잔상」, 『한국시사연구』, 일조각, 1980, p.228.
3) 김용직, 「식물성과 모더니즘」, 『한국현대시인연구』, 서울대학교출판부, 2000, p.117-137.

볼 때도 시인의 정신적 세계반영이 부재한 때문에 기인한 것으로도 보인다.

그러나 30년대 당시 김기림은 '그가 傳하는 意味의 秘密은 林和氏도 指摘한 것처럼 그 繪畫性에 있는데, 事實 그는 소리조차를 모양으로 飜譯하는 奇異한 才操를 가졌다.'[4]라고 김광균 시의 회화적 특성을 높이 사고 있다. 또 장윤익도 '정지용이 이미지즘을 시도하여 이 땅에 새로운 모습의 시를 보여 주었다면, 광균은 이미지즘의 폭과 질을 높여 준 시인이라고 할 수 있다'[5] 하여 이미지즘적 특장을 들어서 김광균 시의 시사적 의의를 두고 있다. 이외에도 문덕수는 '김광균은 모더니즘시는 문명비판의 시라는 막연한 생각을 가지고 있었던 것 같다. 그러나 문명의 황무지적 양상에 대한 파악은 매우 감정적이다. -중략- 전통과 역사의식의 결여는 바로 도시문명을 비판하는 주체를 시속에 도입시키기만 하고, 시인자신의 설 자리를 정립하지 못했음을 나타내는 것이다. 자아의 소외, 자아의 붕괴가 일어나고 여기서 비애와 감상주의로 빠지게 된 것이다.'[6]라고 30년대 모더니즘 시사속에 김광균의 자리를 자리매김하면서도 한계를 지적한다.

창작적 입장에서 모더니즘이란 새로움과 다름없음일 때, 결국 현대라는 새로운 시대에서의 시쓰기 역시 새로워야 한다는 창작론으로 모더니즘이 이해되기도 한다. 그래서 김광균의 시에는 새롭게 시쓰기라는 인식이 주도되어, 서정시가 현대에 와서는 현대화된 서정시로 새로워져야 한다는 장르인식이 우세하였다. 때문에 역사와 시대를 고민하는 시적 주체의 흔적이 부재하며, 주로 애수에 젖은 시적 화자의

---

4) 김기림, 「30年代掉尾의 詩壇動態」,『詩論』, 백양당, 1949, p.93.
5) 장윤익, 「한국적 이미지즘의 특성」,『문학이론의 현장』, 문학예술사, 1980, p.50.
6) 문덕수,『한국모더니즘시연구』, 시문학사, 1992, p.289-290.

여행자적 쓸쓸한 정서만이 시종일관 그의 시를 지배하고 있어서 부정적 지적을 면할 수 없게 한다.

모더니즘은 예술창작방법론이면서 동시에 현대에 대한 역사적 통찰력이 배제될 수 없는 사상을 내포한다. 일시적인 것과 영원한 것을 분리하여 일시적인 것을 현대적인 것으로 본 보들레르 역시 현대에서의 창작자란 시대성 인식과 함께 궁극적으로 인간이 지향해야 할 가치적인 것에 대한 인식을 아우르고 있어야 하는 현대인이라고 지적한 점은 주지의 사실이다. 엘리엇도 현대를 황무지로 지시하여 지향해야 할 가치태를 전통의 세계에 두었음도 주지의 사실이다. 30년대의 시사에서 이와 같은 시세계를 견지한 시인으로는 정지용이 우선적이다. 부정적인 현대에 대립하여 긍정적인 가치의 세계를 정지용은 고전주의[7] 세계에 두었기 때문에 그의 후기 자연시는 바로 이와 같은 그의 세계관에서 산출된 작품인 것이다. 비록 일시적인 것과 영원한 것의 대립구도 속에서 빚어진 작품이 아니라 영원한 것을 향한 그의 지향의식 표출이 편향된 자연시라는 차이가 있기는 하다.

김광균의 모더니즘 시에 이와 같은 시대정신이 내재되지는 않았다 해도, 현대시로서의 서정적 자아가 취해야 할 태도가 고전시가의 서정적 자아와는 달라야한다고 김광균은 인식하고 있었다. 그의 모더니즘 시로서의 현대시에 대한 인식은 고전시가의 서정적 자아와의 차이에서 비롯되어야 한다는 관점에서 출발한 것이다. 자연을 전범의 대상으로 인식한 고전시가의 서정적 자아는 동일시를 위해 자연에 의존했기 때문에 자아확정 불가능의 자아가 아니었다. 그러나 현대의 자아는 정체성에 대한 자아확정 불가능의 상황에 기투된 실체이다. 때

---

7) 진순애, 「모더니즘과 고전주의-정지용」, 『한국 현대시와 모더니티』, 태학사, 1999, p.162-179.

문에 타자화된 서정적 자아의 비극상이 모더니즘 시로서의 모더니티 확보에 기여한 것으로 보아 김광균 시의 모더니티 특성을 일별할 수 있다. 특히 현대에 대한 정신적 작용태로서 모더니즘의 시대성 못지 않게, 예술의 자율성 확보 또한 모더니즘의 기여이기 때문에 창작자에 따라 개성적으로 창작된 예술작품에서의 모더니즘은 그 작품의 모더니티 혹은 작가의 시대인식태로서 모더니티라는 측면이 간과될 수 없다. 비록 김광균이 서구적 모더니즘에, 그리고 30년대 이상, 정지용, 김기림 등이 보여준 모더니즘의 성과에는 미치지 못했거나, 다르다고 해도 예술의 자율성 구현 및 대상화된 주체의 태도로서 김광균이 이룩한 모더니즘의 성과조차 부정할 수는 없다. 이는 현대시의 시사적 맥락에서도 주요한 시사성을 내포한다. 따라서 본고에서는 김광균 시의 모더니티를 보다 올바르게 인식하는 접근방법이 현대시라는 현대적 장르 인식에 있다고 보아, 그의 현대시 인식에 따른 서정적 태도 및 고전의 자연과 다른 김광균의 자연묘사를 파악할 것이다. 그럼으로써 30년대 모더니즘 시사에서의 김광균의 위치 및 현대시사의 모더니즘 계보를 보다 돈독히 할 것이다.

2. 수사학적 자연과 현대성

김광균 시의 자연은 그의 이미지즘 시를 위한 지배적 매개체이지만, 그의 자연은 천인합일의 고전적 자연의 양태가 아니다. 동일시를 위한 기제로서 의존하기 위한 자연이 아니라, 자기도취적 몰입을 확인하기 위한 매개로서의 주관적 자연이다. 주관적 자연은 수사학적 언표에 의해 인공적으로 새롭게 제작된다. 따라서 시각을 청각화했다거나, 청각조차 시각화했다 하여 공감각적 묘사의 주역으로 일컬어져 온 김광균 시의 모더니티는 바로 그의 남다른 수사학적 자연묘사에서 비롯된다. 수사학적 자연은 김광균의 의식, 무의식에 의해 굴절된 이미지로서의 자연8)인 것이다. 본질은 없고 역사만 있는 언어와 현대의 삶이라고 현대성을 진단하듯이, 자연의 본질 지향으로의 자연추구 및 자연스러운 자연이 아니라 수사로써 살아있는 인위적 자연인 것이다.

　고전시가에서 자연은 江湖歌道로서 자연이었고, 소월에 와서 자연은 인식적으로 일상적으로 인간 삶에 관여하는 혹은 지배하는 자연이었다. 정지용의 자연은 현실과 대립된 이상향의 공간으로서 자연이었다. 물론 정지용의 이미지즘 시를 대표하는 '바다'는 본고에서 말하는 자연시의 범주인 자연에 포함되지 않는다. 신체시 이후 현대시에 등장한 '바다'라는 시적 대상은 바로 현대성을 상징하는 대상이기도 했으며, 정적인 동양적 정서반영이 아니라, 보다 율동적인 서양적인 것이며 새로운 것 반영으로서의 대상이었다. 정지용의 '바다'는 살아서 말하는 바다이다. 인간의 개입이 없다. 이미지즘의 대표시인인 백석의 시에서도 자연은 정지용의 '바다'처럼 '바다' 홀로 말하는 자연은 아니지만, 시적 주체의 개입이 직접적이지 않다. 단지 시적 주체의 응시의 시선이 투여되어 있어서 인간과 함께 어울리고 있는, 즉 비극적 인간 삶을 강화하기 위한 비극적 정서투여의 비극적 자연상이었다.

　그러나 김광균의 자연은 시인의 수사학적 시안에 의해 시인의 개인적 태도이입이 주도된 자연이다. 서정시가 시인의 개인적 정서에서

---

8) 김준오는 '현대시와 자연'에서 자연의 감각속에 시대의 감각을 전달할 수 있다는 사실을 일컬으면서, 자연관이나 자연에 대한 태도에 따라 자연의 의미는 달라지기 마련이라고 보고 있다. 크게 두 범주로 자연관을 나누어 첫째로 자연이 그 존재를 위해 자연 그 자체가 아닌 다른 어떤 것, 가령 신, 인간정신, 역사 등에 의존하고 있다는 자연관과 둘째로 자연은 다른 그 어떤 것에도 의존하지 않는다는 자연관이 있다고 하고 여기에 현대시에 나타나는 자연의 새로운 양상들을 비정적 타자성, 혼돈·분열, 유한성 내지 역사성, 무의식의 상징 등 네가지로 명명하고 있다(『시론』, 삼지원, 1994, p.328-330).

출발하듯이 김광균의 모더니즘 시 역시 시인의 개인적 정서발현이란 측면에서 서정시의 맥락에 놓인다. 이때 전통서정시와 모더니즘 서정시로서의 김광균 시의 차이에 의해서 김광균 시의 모더니즘 위치가 확보될 수 있다. 현대에 이르러 시의 확장적 일면이 사회와 역사와 현실을 담아내는 세속성과 또 하나 현대의 시라는 현대적 장르 인식에서 비롯될 때, 모더니즘 시로서의 김광균의 시적 인식은 새로운 자연관 혹은 수사학적 자연에 의한 현대시라는 현대성의 인식에 초점이 모아진다. 김광균은 현대에 접어들었으니 서정시라는 시의 면모가 현대적으로 변모해야 한다는 인식을 한 것이다. 그 한 방법으로써 친화력에 근거해 동일시를 위한 자연이 아니라, 시인의 내면세계에 의해 굴절되어 탄생한 수사학적 자연으로서 현대적 태도가 이입된 모더니즘 시를 탄생시킨다. 이는 예술의 자율성에 입각한 태도반영의 모더니즘 시로 보아 무리가 없다.

> 毛筆에 먹을 묻혀 쓰던 詩와 타이프라이터로 찍은 詩의 호흡이나 視覺効果의 距離, 驛傳馬車를 타는 것과 特急列車를 타는 시대의 速度感覺의 변화, 물소리나 닭의 울음소리에 깨는 사람과 비행기나 電車의 爆音에 깨는 사람의 生活 情緒나 自然에 대한 質感의 對照, 이런 것으로 미루어 보아 周圍現象의 色彩, 速力, 時間, 情緒의 質的 차이가 앞으로의 형태에 決定的인 요인이 될 것을 想像할 수 있다. 韻文表現의 音樂性, 散文表現의 造型 내지 視覺性이 時代的으로 거부되고 있는 것으로 미루어 造型的인 散文表現에 置重되고, 우리의 努力도 주로 이 곳으로 指向되어야 할 것이다.[9]

> 詩의 精神이 詩라는 좁은 울타리로 짜여진 특수한 세계 속에 틀어박혀 거기 만족하고 戀戀하면 詩는 餓死하고 만다. 詩의 精神은 항시 時代思潮에 門이 열려 있어야 한다. 詩人이란 詩를 가지고 自己 개인 생활을 포함한 한

---

9) 김광균, 「나의 詩論-抒情詩의 問題」, 『人文評論』, 1940, 5.

時代를 체험하고 思索함으로써 詩에 대한 정열을 키워나가야 한다. 進步는 이런 것을 말함일 것이다. 自己 實生活마저 이 속으로 이끌고 들어가 時代感情의 音調와 色彩를 自己肉體로 알아볼 수 있다면 더욱 理想的일 것이다. 싫든 좋든 간에 이것은 藝術의 法則이요 宿命임으로 과거가 그러했고 미래가 역시 그럴 것이다.[10]

위 글에서 김광균의 현대정신에 준한 시의 창작태도가 나타난다. 가령 '사람의 생활 정서나 자연에 대한 질감의 대조, 이런 것으로 미루어 보아 주위현상의 색채, 속력, 시간, 정서의 질적 차이가 앞으로의 형태에 결정적인 요인이 될 것'이라는 인식이다. 또한 '시의 정신은 항시 시대사조에 문이 열려 있어야 한다'는 시의 정신으로서 시대사조에 대한 인식을 보면, '자기 실생활마저 시대감정의 음조와 색채를 자기육체로 알아볼 수 있는 것'이 이상적인 예술의 법칙이요 숙명이라 하여 김광균의 '시의 정신', '시대감정', '시대사조' 등이 시대를 인식하는 방향성에 준한 것이 아니라, '예술의 법칙'으로서 시의 정신 및 시대정신을 구현해야 한다는 인식에 있다. 때문에 김광균의 시는 20년대의 자연발생적인 시로서 자연의 시적 매개물에 감정이입된 서정시에 대립하고, 퇴폐적 낭만주의로 명명된 감정유출의 영탄시에 대립되는 주지주의 시로서 이미지즘에 입각한 시를 지향한다. 이는 그가 지향하는 주지주의적 이미지즘 시가 실현되었느냐의 여부와는 무관하다. 그의 시론과 실제 작품 사이에는 차이가 나타나고 있지만, 그는 이미지즘 시를 현대시의 전범으로 보았으며, 진보의 시로 생각했다. 특히 그는 주지주의를 정신으로 수용한 것이 아니라 감정으로 수용했기 때문에 '시대정신'이 아니라 '시대감정'이라 말하고 있지만,

---

10) 김광균, 「詩의 精神-回顧와 展望을 대신하여」, 『김광균문집와우산』, 범양사, 1978, p.75-76(1947, 1, 15의 글).

감정의 객관적 표출을 위한 태도의 시로서 주지주의를 모색한 것으로
보인다.

> 바람에 불리우는 서너 줄기의 白楊나무가
> 고요히 凝固한 풍경 속으로
> 황혼이 고독한 半音을 남기고
> 어두운 地面 위에 구을러 떨어진다.
> 저녁 안개가 나즉이 물결치는 河畔을 넘어
> 슬픈 記憶의 장막 저편에
> 故鄉의 季節은 하이얀 흰 눈을 뒤집어 쓰고.

〈鄕愁의 意匠〉-黃昏에 서서, 전문

백양나무줄기에 대한 치밀한 이미지 묘사를 위하여 '바람에 불리
는 백양나무'가 아니라, '서너 줄기'의 백양나무라고 한 치밀한 응시
의 수사에서 시인의 의도된 수사학적 자연물로서 시쓰기가 표출된다.
'고요히 응고한 풍경'도 '고요한 풍경'이라고 해야 논리적인 말을 '고
요히 응고한 풍경'이라 하여 흔들리던, 서너 줄기로 흔들리는 백양나
무가 있는 풍경이 점차 서너 줄기의 흔들림조차 없는 정지된 사물의
상태를 '응고'라는 화학적 용어로 수식하고 있다. 또 '황혼'을 '고독한
반음'이라고 은유한 구사력도 김광균 시의 모더니티에 탁월한 기여를
한다. 황혼이라는 시간대가 고독한 시간대로 인간에게 인지된 정서는
지극히 일반적이고 보편적인 정서임에도 불구하고 '반음', 온음도 아
닌 '고독한 반음'이라는 소리에 비유하여 수사학적 모더니티를 확보
한다. 또 '어두운 지면' 곧 '어두운 대지'를 덮는 황혼이 '구을러 떨어
진다' 하여 황혼현상을 입체화시키고 있다. '슬픈 기억의 장막'의 은
유도 어두운 의식표출을 위한 수사이며, 겨울에 대한 이미지 묘사도
'하이얀 흰 눈을 뒤집어 쓰고' 있다 하여 정지된 풍경을 동적 풍경으

로 장치한다. 특히 '지면위에 구을러 떨어지는 황혼'은 대지를 '서서히' 덮어왔던 완만한 시간과 동일화된 자연적 생활상 묘사가 아니라, 갑자기 '구을러 떨어진다'를 통해 속도의 시대로서 현대적 자연상을 조형화한다. 이는 곧 비정적 타자성이면서 동시에 생활상 반영의 현대시를 창조한다. 여백과 침묵의 자연이 아니라 속도의 자연이라는 사물화된 자연인식이다.

김광균시의 이미지즘은 시각적 이미지즘이며, 덧붙여서 청각적 이미지즘이라서 공감각적이라는 평가가 일반화됐다. 그러나 김광균시의 감각적 이미지즘은 정적인 사물을, 보다 구체적으로는 자연을 동적인 상태로 입체화시키는 그의 의도대로, 조형예술로서의 비정성을 내포한 현대 서정시로 나아간다. 전통서정시의 자연이 인간정신의 상징적 의미태로서 동화, 투사 등에 의한 인격화된 자연[11]이라면, 현대적 서정시로 자부하는 김광균 시에서의 자연은 인격화된 자연이 아니다. 이는 시인의 의도된 의식속에서, 달리 말하여 친화적인 자연의 상징질서가 '의장적' 수사학에 의해서 왜곡되고 파괴되고 비틀리어 '낯설은 자연'으로 새롭게 태어나 긴장미를 생산한다. 주체는 은폐되어버리고, 슬픈 기억도 장막 저편으로 사라져버린 의장적 향수의 세계, 즉 '향수의 의장'을 위한 비정적 자연대상인 것이다.

정지용의 <향수>는 사람이, 시인과 친화적인 사람이 살아있는, 즉 삶이 있는 공간에 대한 향수로서 '꿈엔들 잊을 수 없다' 하여 고향그리는 심사를 시적 주체로서 시인이 참여하여 직접 진술한다. 정지용의 <향수>의 자연은 삶의 현실을 위해 기여하기 때문에 자연이 시적 주체와 객관적 거리에 있지 않다. 그래서 정지용의 <향수>는 현대적 서정시이기 보다는 전통 서정시에 가깝다. 그러나 김광균의 '향

---

11) 김준오, 앞의 책, p.330.

수'는 정지용과는 달리 우선 시인과 친화적인 사람이 없고 삶도 없고 시적 주체도 없다. 오직 시인의 수사적 의장속에서 낯설게 태어난 자연풍경이 전경화되어 시인의 '슬픈 기억의 장막' 저편에 있는 비극적 고향이미지를 미루어 짐작하게 한다. 객관적 묘사의 시로서 이미지즘이기만 한 것이 아니라, 수사학적 의장과 객관적 상관물이 결합되어 빚어진 이미지즘 시인 것이다. 현대의 서정시는 자연발생적 시가 아니라, 주지주의적 시여야 한다는, 그럼으로써 시대감정의 음조와 색채를 '자연에 대한 질감의 대조 또는 차이'로 표현해야 한다고 생각하여 등장한 김광균 시의 대상으로는 자연밖에 없다. 시적 자아의 슬픈 기억과 현대적 속도 및 현대적 색채로 칠해진 자연이 비극적 정서로 조형화되어 있다. 김광균의 현대인식은 결국 수사학적 자연묘사에 의한 태도반영으로 가름할 수 있다. 일시적인 것으로서의 현대적인 것에 대한 반영이 수사학적 자연으로 나타나기 때문에 그가 현대를 어떻게 인식했는지 보다 치밀하지는 않다. 그러나 여백과 무채색의 시대가 아니라 속도와 원색적 시대로서 현대상을 의도한 것조차 놓칠수 없다. 수사학적 자연으로써 빠른 변모의 색채와 형태변화라는 김광균의 자연이미지는 일시성의 현대성 및 우연성의 삶으로의 현대성을 아우르고 있는 것이다. 때문에 그의 자연은 낙원지향으로의 대상이거나, 유토피아적 공간으로의 대상으로 읽히지 않는다. 그의 자연은 원시적 혹은 원형의 자연이거나 관념적 자연이 아니라 그의 의식속에서 새롭게 조형적으로 태어난 낯설은 자연이기 때문에 비정한 현대적 자연이며, 쉽게 변모하는 현시적 자연으로 축소된 주관적 자연이다. 현대인의 귀향의식 매개로서 자연이라는, 즉 현대인이 궁극적으로 지향하고자하는 영원한 것으로서 자연이미지가 아니다.

하이한 暮色 속에 피어 있는
山峽村의 고독한 그림 속으로
파-란 驛燈을 달은 馬車가 한대 잠기어 가고
바다를 향한 산마룻길에
우두커니 서 있는 電信柱 위엔
지나가던 구름이 하나 새빨간 노을에 젖어 있었다.

바람에 불리우는 작은 집들이 창을 내리고
갈대밭에 묻히인 돌다리 아래선
작은 시내가 물방울을 굴리고

안개 자욱-한 花園地의 벤치 위엔
한낮에 少女들이 남기고 간
가벼운 웃음과 시들은 꽃다발이 흩어져 있다.

外人墓地의 어두운 수풀 뒤엔
밤새도록 가느란 별빛이 내리고.
숲白한 하늘에 걸려 있는 村落의 時計가
여윈 손길을 저어 열시를 가리키면
날카로운 古塔같이 언덕 위에 솟아 있는
褪色한 聖敎堂의 지붕 위에선
噴水처럼 흩어지는 푸른 종소리.　　　　　　　〈外人村〉 전문

　모더니즘의 비판정신은 사회구조가 자연사회에서 인공사회로 변모되면서 대두된 시대비판의 정신이다. 때문에 비판의 대상으로서 사회구조는 인공사회인 도시공간이 주무대가 되며, 모더니즘 예술 역시 도시공간과 도시속의 사물화된 인간상에 토대되어 이루어진다. 그러나 김광균의 모더니즘은 탈도시적 정서로써 현재화된 자연, 즉 자연스러운 전통적 자연이 아니라 인위적 현재의 자연이 중심대상이라는

점에서도 그만의 특징이다. 위 시에서도 자연이 시의 중심매개로 장치되어 있듯이 자연은 김광균 시의 의식·무의식 반영의 대상이다. 특히 현대적 낯설은 풍물과 교차하는 습관화된 자연 및 전통사회의 풍경 또한 낯설어지게 의장한 특장이 김광균 시의 모더니티를 특색짓고 있다.

전신주, 벤치, 성교당, 시계, 종소리 등의 대상이 외인촌임을 지시하는데, 이를 제외하면 시를 지배하는 매개체는 자연이다. 도시중심의 모더니즘 태도가 아니다. 특히 색채감각을 두드러지게 하여 '외인촌'의 이국분위기를 강화한 의도가 보이는데, 그 색채라는 것도 자연에 대한 시인의 의장적 투여에 의해 탈인칭적으로 제시되어 있을 뿐, 외인촌과 어떤 관계로 연결되어 있는지는 불분명하다. 때문에 외인촌과 무관하게 보인다. 가령 '하이얀 모색'이라거나, '파-란 역등', '새빨간 노을' 등의 원색적 색감은 '외인묘지의 어두운 수풀 뒤엔/밤새도록 가느란 별빛이 내리고' 있는 4연으로 가기 위해 여행자로서의 시간적 경과묘사를 위한 후경으로 보인다. 사진사의 태도로 전통풍경속에 침투한 외인촌 풍물에 초점을 맞추어 온전한 객관적 제시에 머무는 것이 아니라, 시적 대상에 무의식 세계를 투여하여 공감각적 새로움을 확립한다. 전통풍경에 겹쳐지는 외인촌 풍물에 대해 여기저기 신문에 게재되어 있는 김광균의 30년대의 여행기록 역시 시의 수사와 많은 차이가 없다.

映畵에서 본 '카나다'의 水道 都市에 서 있던 가톨릭 敎會의 尖塔은 훌륭한 詩였다. 언제 서 있었는지 東本町 초가지붕 위에도 素朴한 衣裳을 한 敎堂이 하나 우뚝 서 있다. 겨울 가까운 흐린 하늘을 날카롭게 찌르고 서 있는 빼빼 마른 鐘樓에서 黃昏이면 늦은 종소리가 噴水같이 퍼진다. 뒷수풀엔 노을이 흘러가고 안개에 잠긴 街路 위에 눈에 보이지 않는 어둠이 퍼져갈 때

언덕에 올라 우두커니 앉아 있으면 내 초라한 옷은 담뿍 종소리에 젖고 만다. 어두워 오는 하늘에 몸부림치는 종소리에서 고독한 生活의 色調를 느끼고 흘러가는 時間을 생각하는 것은 나뿐만이 아니겠으나, 종소리 속에 숨어 있는 붙잡지 못할 어두운 思索이 때로는 宗敎가 아닌가 한다.[12]

위의 글을 토대로 <외인촌>을 보면, 김광균은 교회당의 상징성을 통해 서양의 정신사를 수용하고자 했음을 읽을 수 있다. 결국 '외인촌'은 푸른 종소리의 형이상학적 상징성 및 고탑같은 교회당의 지붕이 주는 종교의 상징성 등으로 김광균의 사색의 세계를 매개하는 개인상징이다. 자연이 아니라 서양의 종교적 생활상을 시적 대상으로 취할 경우, 김광균은 단지 현대시를 향한 의장적 태도에서 멈춘 것이 아니라 형이상학적 세계를 내포하여 그의 지향태를 의도하기도 한다.

이와 같이 시적 주체의 참여가 배제된 김광균의 시는 자연을 비롯한 세상의 풍물 묘사를 공감각적 수사학으로 의장하여 정적인 외관을 동적으로 변화시킨다. 동시에 세상의 풍물을 바라보는 여행자로서의 시적 자아의 사색의 세계는 바라보이는 풍물이 대신하거나, 수사학적 의장이 대신한다. 시적 자아와 대상간의 원거리적 장치에 의한 표현법이다. 결국 김광균의 시대인식은 현대시로서의 장르인식에서 뿐만 아니라, 자연의 의장적 표출에 의한 축소된 자연 및 자연의 무의식적 내면화에서 찾아야 한다. 그리고 이색적인 것들을 통한 형이상학의 세계가 내재된 모더니즘시로서의 독자적 계보를 형성한 것으로 보아야 한다.

---

12) 김광균, 「風物 日記-尖塔이 있는 風景」, 『高麗時報』, 1937.2.1.

3. 서정적 태도와 현대적 자아

김광균의 시에는 앞장에서 살펴본 수사학적 의장에 의해 축소된 현대의 자연을 전경으로 혹은 후경으로 객관화시켜 묘사한 서경시 외에도 일인칭 화자의 서정적 자아가 내재되어 비극적인 현대의 자아상을 보다 내밀화한 서정시 역시 다수가 발견된다. 이 또한 그의 모더니티를 위해 기여한다. 이때의 자아는 자연과 원거리에 위치하는 것이 아니라, 또 탈인칭적 태도에 의한 묘사의 시가 아니라, 자아가 시 속에 개입하여 자연에 동화는 아니지만13), 투사의 태도로서 감정이입적 자연관을 보인다. 이때의 자아는 전통 서정적 자아상에 가깝지만, 그러나 자연과 합일된 자아가 아니라 분리되고 상실된 자아가 상실의 감정발현을 위해 의존하고 매개하는 태도이기 때문에 비극적 태도에 의한 현대적 자아상을 발현한다. 즉 전범으로서 자연과의 동일시 지향이 아니라, 자기도취적 상태에서 잃어버린 나를 되찾기 위해 타자인 자연에게 의존하여 투사된 현대적 자아이다. 때문에 그 서정적 태도는 자아반성의 성찰적 태도가 아니라 나르시스트적인 병적 징후의 서정적 태도이다.

어느 머언 곳의 그리운 소식이기에
이 한밤 소리없이 흩날리느뇨.

처마끝에 호롱불 여위어 가며
서글픈 옛 자췬 양 흰 눈이 내려

하이얀 입김 절로 가슴이 메어

---

13) 현대의 자연은, 특히 김광균의 자연은 일시적 자연이므로 동화에 의한 자연과의 동일시의식을 추구할 수 없다. 동일시란 지속적 시간대에서 가능하다.

마음 허공에 등불을 켜고
내홀로 밤깊어 뜰에 내리면
머언 곳에 女人의 옷벗는 소리

희미한 눈발
이는 어느 잃어진 追憶의 조각이기에
싸늘한 追悔 이리 가쁘게 설레이느뇨.

한줄기 빛도 향기도 없이
호올로 찬란한 衣裳을 하고
흰눈은 내려 내려서 쌓여
내슬픔 그 위에 고이 서리다.   〈雪夜〉 전문

　　<설야>에서 눈은 시인의 감정이입을 위한, 즉 인간적 정서가 투사된 자연물이다. 타자화된 자연 및 비정적 자연상이 아니라 인간적 자연이란 점, 그리고 동일시를 지향한다는 점에서 전통 자연관으로 볼 수도 있다. 그러나 그 자연은 무변의 원형으로서 자연이 아니라 변화무쌍한 자연상이며, 마찬가지로 변화무쌍한 인간의 현시적 감정 매개로서 자연이기 때문에 침묵으로 말하는 전통의 자연에 반하는 반자연의 자리에 놓인다. 상실된 비극적 정서에 몰입된 현대적 자아의 시선에 투여된 자연으로써, 눈은 축복의 자연물이 아니라, '그리운 소식'이거나, '서글픈 옛 자취' 혹은 '머언 곳의 여인의 옷벗는 소리'로도 상상되는, 또 '잃어진 추억의 조각'으로 은유된 상실의 정서가 침투된 자연물이다. 자연에, 즉 눈오는 겨울밤에 도취된 것이 아니라, 눈오는 겨울밤이 축복으로 다가올 수도 있겠지만, 상실된 주체의 내면에 몰입된 비극적 자아이기에 비극적 자아의 상실감으로 채색한 자연인 것이다.

객관적 자연이 아니라 주관적 자연으로써 자아몰입을 의장하기 위한 매개체로서 자연, 곧 눈오는 겨울밤이 설정되어 있다. 시인의 주관적 세계에 따르는 대상으로서 자연이 시인의 내면의 색채와 동일하게 채색된 현대적 자연이다. 특히 순리적이며 사실적 인식 발현이 아니라 '한줄기 빛도 향기도 없이/호을로 찬란한 衣裳을 하고/흰눈은 내려 내려서 쌓여/내슬픔 그 위에 고이 서리다.' 라고, '한줄기 빛'도 없는 설야라고 반어화하는데, 눈오는 밤은 흰 눈빛의 밝기로 어둠의 힘이 약화된다. 또 눈의 의상은 오직 순백의 단일색일 뿐임에도 시인은 '찬란한 의상'이라고 아이러니화하고 있으며, 특히 '호을로 찬란한'이란 '호을로'와 '찬란한'의 반대되는 지시어를 역설로 결합하여 비사실적이며 비일상적인 현대성의 언어구조를 생산한다. '내슬픔 그 위에 고이 서리다'라고 내려서 쌓인 흰눈 위에 시인의 슬픈 감정을 덧칠하는, 즉 자연 투사에 의한 서정적 태도를 보인다. 비극적 자아는 잃어진 추억을 되새겨주는 설야에 몰입하여 더욱더 침잠할 뿐 외부로 향하여 시선을 열어놓지 않는다. 나르시스트로서의 일면이다. 라깡은 근원적인 것의 상실로 생긴 자아의 결핍의식이 스스로를 상상적인 것에 결부시켜 나르시스트적인 환상에 젖게 되는데, 이것이 이상적 자아[14]로서 현대적 자아의 하나임을 말한다. 이때 이상이란 보편적 세계로서의 이상세계가 아니라 자아의 나르시스트적 이상세계로서 그것은 상상적이고 환상적인 이상이다. 전통적 질서가 해체되어 가는 현대에 진입하여 자연 역시 전통적 질서관의 자연이 해체될 수밖에 없는 상황이었다. 그러나 김광균은 근원적인 것으로서의 자연에서 완전히 분리되지도 못하며, 몰입하지도 못한 근원적인 것으로의 나르시스트적 환상에 젖어 자연 질서를 이상적 자아의 주관화에 편입시킨다. 주관

---

14) 김형효, 『구조주의의 사상체계와 사상』, 인간사랑, 1989, p.293.

적으로 편입된 자연세계에 몰입한 이상적 자아인 것이다. 서정적 태도를 취하기는 하지만 그것은 반성적 성찰의 서정적 자아가 아니라 나르시스트적인 이상적 자아의 서정적 태도이기 때문에 외부로 열리지 못한 닫힌 서정일 뿐이다.

차단-한 등불이 하나 비인 하늘에 걸려 있다
내 호올로 어딜 가라는 슬픈 信號냐.

긴-여름해 황망히 나래를 접고
늘어선 高層 창백한 墓石같이 황혼에 젖어
찬란한 夜景 무성한 雜草인양 헝클어진채
思念 벙어리되어 입을 다물다.

皮膚의 바깥에 스미는 어둠
낯설은 거리의 아우성 소리
까닭도 없이 눈물겹고나

空虛한 群衆의 행렬에 섞이어
내 어디서 그리 무거운 悲哀를 지니고 왔기에
길-게 늘인 그림자 이다지 어두워

내 어디로 어떻게 가라는 슬픈 信號기
차단-한 등불이 하나 비인 하늘에 걸리어 있다.　　　　　〈瓦斯燈〉 전문

　김광균 시에서 자연이 매개되지 않고 현대적 풍물이 보다 중심으로 자리한 드문 시로서 <와사등>이다. 그러나 시적 대상이 자연이 아니라는 점만 다를 뿐 시종일관 상실되어 비극적인 자아의 비극적 정조가 대상에 투영되었다는 점에서, 시쓰기로서의 김광균의 태도가 달라진 점은 없다. 하늘에 걸려 있는 와사등에 '내 호을로 어딜 가라

는 슬픈 신호’냐고 투사하는 것은 김광균의 순수한 주관적 태도인 것이다.

세계와 단절된 자아이기 때문에, 물론 이때의 단절은 자아가 주체적으로 선택한 단절로 보는 것이 타당하다. 화해할 수 없는 세계에 어떻게 대응하느냐가 시적 주체의 세계대응 혹은 세계반응이라고 한다면, 김광균은 세계대응이나 세계에 대한 반응은 없다. 때문에 그의 단절은 폐쇄되고 닫힌 자아로서 자기도취적인 몰입에서 벗어나지 않는다. 그래서 그의 시안에 투사된 외적 세계는 ‘호을로’된 나와 대척 관계에 있는 대립의 세계 그 모든 것이기 때문에 ‘나’는 계속적으로 슬픔으로 가득찬 나일 수밖에 없다.

‘사념 벙어리되어 입을 다물고’ 있는 닫힌 주체이며, 낯설은 거리의 아우성 소리를 들어도 ‘까닭도 없이 눈물겨운’ 비극적 자아이다. ‘공허한 군중의 행렬’, ‘무거운 비애’, ‘길-게 늘인 어두운 그림자’, ‘어디로 어떻게 가라는 슬픈 신호’ 등 방향없이 방황하는 주체의 어둠의 무게를 반복하는 기표들이 <와사등>에서 뿐만 아니라 김광균 시의 대부분을 차지하여 그의 전체 시세계의 비극상을 형성하는데 기여한다. 특히 ‘차단-한’이라는 기표는 ‘호을로’와 함께 김광균 시의 지배소 역할을 하는데, 가령 ‘湖水 가엔/여윈 갈대와 “차단-한” 山脈이 물결 위에 서리고’(<少年思慕>)나, ‘어둔 天井에/희부연 영창 위에/“차단-한” 내 꿈 위에’(<燈>) 등에서 만나는 바처럼, ‘차단-한’이란 ‘차단된’을 김광균이 의도적으로 질서의 세계를 해체시키기 위해, 혹은 해체된 질서의 반영을 위해 비롯한 것으로 보인다. 갈대와 차단된 산맥, 단절된 혹은 깨져버린 내 꿈 등의 의미로서 ‘차단’을 ‘차단-한’이라고 하여 사물을 화자적 주체로서 자리하게 한 김광균의 의도적 언어구사인 것이다.

천인합일의 세계가 붕괴되고, 인간은 근원을 잃고, 인간중심의 시대에 진입했다. 그러나 중심으로서 인간의 자리조차 지키지 못한, 더욱이 중심으로서 인간이 아니라 소외된 인간의 위상 위에서 근원과 현재 모두를 잃어버린 주체의 상황적 실존성을 현시하기 위한 언어구조로서 김광균은 아이러니, 역설 및 사물을 주체의 자리에 위치시킨 어법을 활용하고 있다. 방황하는 서정적 자아의 비극상을 왜곡된 언어구조가 보다 강화하고 있으며, 끊임없이 방황의 세계에 몰입하는 주체상을 부각시킨다.

혼돈의 현실에 기투된 주체아닌 주체로서 현대의 실존적 자아는 질서의 길을 주체적으로 찾아야 하는 것이 주어진 몫이다. 그러나 김광균은 세계에 참여하는 주체로서가 아니라 방향없음에 대한 현시적 상황만을 한탄하는 소극적 자아상에 머물러서 더욱더 그 안으로 침몰하는 비극상을 그려낼 뿐이다. 물론 방황하는 한 실존적 노력이라고 언명한 괴테적 의미의 방황론으로 의미부여할 수도 있다. 그러나 그 것은 내재적 가치확인이라면 김광균 시가 보여주는 모더니티는 성찰하지 않고 병든 서정적 자아라는 점으로써 오히려 역설을 또한 확인하게 한다.

4. 맺음말

30년대 모더니즘 시사에서 30년대의 다른 모더니즘 시인들의 위상에 비하여 보다 약화된 김광균의 모더니즘 위치를 보다 확고히 하기 위하여, 그리고 다양성으로 특징짓는 모더니티의 한 계보를 김광균 시에서 가름하기 위하여 본고는 시도되었다. 물론 이와 같은 논지가 이미 다른 연구자들에 의하여 시도되어왔지만, 도시적 세태에 의한 모더니즘 구사가 아니라 전통의 세계에 계보를 둔 모더니즘이라는 점에서 김광균의 모더니즘 시는 남다른 특성으로써 그의 위상이 있음을 말하고자 함이다. 서정시로서 김광균 시의 특성이, 특히 현대적 서정이라는 모더니티 확보에 의해 그의 전통 서정시와의 변별 및 30년대 여타 모더니즘 시와의 차이로서 그만의 위상이 있다고 보았다.

김광균은 현대에 이르러 서정시가 어떻게 변모되어야 하는가에 모더니즘 시로서의 현대시 인식을 한 것으로 보아, 전통 서정시의 주요 대상인 자연의 변모상을 연구의 중심에 놓았다. 자연이 김광균 시의 중심 매개체이기 때문이다. 특히 고전시가의 자연이 천인합일에 의한 동화적 자연으로써 동일시를 위해 인간이 의존한 자연이었다면, 현대의 자연시로서 김광균의 자연은 공감각적이며 이미지즘 묘사에 의한 수사학적 자연이라는 점에, 그의 자연에 대한 현대적 인식이 새롭게 창조된 것으로 보았다. 현대의 자연은 고전의 자연처럼 여백의 자연이며 근원의 자연이 아니라, 축소되고 개인의 주관적 세계반영으로서 자연, 곧 인위적 자연이라는 점에서 시인의 무의식 반영으로 그 특징을 삼을 수 있다.

때문에 김광균은 수사학적 자연에 의해 시의 현대성을 확보하고 있는데, 특히 수사에 의해 왜곡된 자연시는 화자가 부재한 탈인칭적이며 비정적인 태도가 주도적이었다. 이는 객관적 관계에 놓인 주체와 자연의 관계이다. 탈인칭적 수사학의 시에서 김광균은 보다 비정적 태도를 취하지만, 일인칭화자 시점의 시에서는 비극적 자아의 내면을 시적 대상인 자연물에 투사하여 비극적 자아의 몰입을 위한 매개기제로 활용한다. 이때 서정적 자아는 성찰하는 자아에 이르지 못하고 나르시스트적 자아에 머무는 부정적 모습을 보이게 된다. 세계와 자아가 단절되었다고 인식한 시적 주체의 자폐적 세계대응이며 세계반응의 자세인 것이다. 이와 같은 부정적 자아상이 역설적이게도

부정적 시대로서 현대인의 초상을 상징한다는 점에서 그의 시는 모더
니즘 시로서 오히려 성공한 것으로 보인다. 즉 자아정체성에 대한 자
아확정 불가능의 현대적 징후를 김광균은 30년대에 이미 보여주고 있
으며, 이와 같은 점에서 모더니즘 시의 한 계보로서 그만의 특징을
확립하고 있는 것이다.

Ⅴ. 백석 시의 심미적 모더니티

1. 머리말
2. 탈주관화와 객관적 거리
3. 아동화자와 신화적 시간
4. 페시미즘적 화자와 과장의 언술
5. 맺음말

1. 머리말

그동안 이루어진 백석 시의 연구성과[1]는 그의 시를 '가벼움의 시학'[2] 반대편에 위치시키고 있다. 백석 시는 '가벼운 시학'의 시가 아

---

[1] 정효구 편저, 『백석』, 문학세계사, 1996.
  윤지관, 「순수시의 정치적 무의식」, 『외국문학』17호, 1988, 겨울호.
  신범순, 「백석의 공동체적 신화와 유랑의 의미」, 『한국 현대시사의 매듭과 혼』, 민지사, 1992, p.176-195.
  이은봉, 「백석 시의 표현 방법에 대한 고찰」, 『숭실어문』, 숭실어문학회, 1988, p.138.
  유재천, 「백석 시 연구」, 『1930년대 민족문학의 인식』, 한길사, 1990.
  박주택, 『낙원회복의 꿈과 민족정서의 복원-백석 시 연구』, 시와시학사, 1999.

[2] 가벼움의 시학을 낳은 시의 객관적 장치는 시적 자아가 어둠의 무게에서 해방하기 위한 심리적 기제로서 시도된다. 어둠의 무게는 상실의 현실을 비롯해 상실의 자아 및 부재의 조건들로 형성되거나, 금기의 세계가 주는 억압기제에 의해 형성된다. 이와 같은 어둠의 무게를 초월하거나, 그 어둠의 무게에서 해방하기 위한 시적 자아의 심리적 및 미학적 장치에 의해 가벼움의 시학은 생산된다. 즉 '태도의 시학'이 생산한 '가벼움의 시학'이다. 이는 '아이러니 정신'과 같은 맥락으로써 세계의 근본적인 부조화에서 비롯되는 태도이기도 하다. 즉 예술가가 작품과의 관계에서 가지는 객관성, 무관심, 자유스러운 태도 등의 거리 유지하기를 뜻한다. 백석은 시적 대상속으로 은폐한 탈주관화의 자아 혹은 객관화된 주체(아폴로적 아이러니), 그리고 왜곡된 주체의 태도(자기 비하의 아이러니) 및 폄하의 언술·해학적 언술로서 그의 시를

니라는 관점이다. 일반화된 평가 중 하나가 '지방적인 것과 민속적인 것에 대한 성공'[3]이며, '방언과 고향의 형상화'[4]라는 지적도 들 수 있다. '상상력의 예술적 변용보다는 기억에 의존하고 있으며, 극도의 상실된 세계 내에서 현실과의 대결의식 보다는 지난날의 기억 속에서 자아 동일성의 노력을 생생하고 구체적으로 제시하고 있다'[5]는 분석도 있다.

이외에도 '풍속의 시화와 눌변의 미학'[6]이라는 평가와, '역사의식의 결여, 지나친 소재주의적 정서, 비관주의와 운명론에의 함몰'[7]로도 평가되고 있다. 또 '백석 시가 무의식 세계의 자동 기술이면서 향토적 소재를 시에 습합시킨 과격파 모더니즘일 가능성을 지니고 있다'[8]는 평가가 있으며, 이와는 대조적인 리얼리즘 관점으로 파악하는 논의[9]도 있다. 이상의 다양한 접근에 의한 백석 시에 대한 평가임에도 '민족적 혹은 향토적 정서'라는 점에는 이견이 없어 보인다.

본 논고는 이상의 연구결과의 반대편에서, 백석 시가 지닌 심미적 모더니티[10]에 초점을 두어, 비관주의 및 운명론적 함몰에도 불구하고,

---

가벼움으로 장치한다. 따라서 '가벼움의 시학'은 작품 문맥의 압력의 결과로서 나타나는 의미의 변화에 의해 생긴다.

3) 백 철, 『조선신문학사조사, 현대편』, 백양당, 1949, p.249.

4) 김종철, 「30년대 시인들」, 『시와 역사적 상상력』, 문학과지성사, 1978, p.40-45.

5) 고형진, 「백석 시 연구」, 고려대석사논문, 1983. p.58-62.

6) 이숭원, 『한국시문학의 비평적 탐구』, 삼지원, 1985, p.261-263.

7) 김재홍, 「민족적 삶의 원형성과 운명애, 백석」, 『한국 현대문학의 비극론』, 시와시학사, 1993.

8) 김용직, 「토속성과 모더니티」, 『한국 현대시 해석 비판』, 시와시학사, 1993, p.198.

9) 최두석, 「백석 시세계와 창작 방법」, 『리얼리즘의 시정신』, 실천문학사, 1992, p.99.

10) 클레먼트 그린버그는 온도의 메타포에 따라 '차가운 모더니즘'과 '뜨거운 모더니즘'으로 모더니즘을 분류한다. 전자는 이성에 입각한 몰개성적이고 아폴

그의 시가 생산한 '가벼움의 시학'과 함께 그의 시적 위상을 재고하고자 한다. 현대시의 묘사적 특징은 '무엇을' 묘사하느냐 보다는 그 무엇을 '어떻게' 묘사하느냐에 있기 때문이다. 민족의 비극적 향토색을 '탈주관화' 및 '아동화자'로 장치하여 '가벼움의 시학'으로 이끄는 묘사력과 그 심미적 모더니티에 백석 시의 위상이 부각되는 것으로 보인다. 또 '나'라는 1인칭 화자시점에 의한 그의 페시미즘적 시들은 현상적으로는 '가벼움의 시학' 반대편에 위치해 보인다. '운명론적 함몰'에 의한 '어둠의 시학'에 보다 가까워 보이는 것이다. 그러나 1인칭 화자시점의 백석 시 역시 자기비하라는 왜곡된 언술에 의해 '탈중심성, 탈진정성의 시학', 즉 가벼움의 시학에 그 본질을 두고 있다. 그러므로 본 고에서는 1인칭 화자시점의 시편들도 백석 시의 '가벼움의 시학'에 속한 심미적 모더티니로 명명하여 이를 밝힐 것이다.

　이와 같은 인칭적 차이 및 방법적 차이를 제외하면, 백석의 모든 시는 '다른 것으로 보충될 수 없는 인간의 상실, 시간의 손실, 이상의 상실과 직면하여 생성된 일종의 비탄의 노래로서 비가형식'[11])에 가깝

로적인 모더니즘을, 후자는 주관성에 입각한 디오니소스적이고 과격한 모더니즘을 칭한다(진순애, 『한국 현대시와 모더니티』, 태학사, 1999, p.33-34).
백석 시의 심미적 모더니티는 이 양자를 아우르는 것으로써 특징적이다. '차가운 모더니즘'의 심미적 모더니티는 <탈주관화와 시적 거리>의 시에서, '뜨거운 모더니즘'의 심미적 모더니티는 <아동화자와 신화적 시간> 및 <페시미즘적 화자와 과장의 언술>의 시에서 나타난다. 주2)에서 설명한 것처럼 모더니즘의 미학적 장치로서 백석 시는 '가벼움의 시학'을 생산한다.

11) 칼 하인츠 보러/최문규역, 『절대적 현존』, 문학동네, 1998, p.186.
(윤지관은 "백석의 고향의 시는 파손되어가던 당대 농촌에 대한 비가를 부르는 대신에, 일종의 민중적 리얼리즘의 정신으로 위기에 처한 민족적 감동을 유도하고 있다."-앞의 글, p.197-고 하여 백석 시가 비가임을 부인한다. 그러나 백석 시는 농촌에 '대한' 비가이지만, 비가의 세계에서 멈추는 것이 아니라 상실현실에 타자적 태도를 가미하여 비가의 비극성을 약화시키는 심미적 특성을 지닌다).

다. 상실의 시대를 진단하며 성찰하는 방식으로서 비가이다. 그러나 그 비가는 노래하는 '나'가 해체된 탈주체 혹은 탈주관화로서, 그리고 아동화자에 의한 과거회귀로서 비탄의 비가에서 멈추지 않고 '가벼움의 시학'으로 변화된다. 페시미즘적 화자시점에 의한 자아 개입의 시에서는 상실의 세계에 대한 운명론적 정조가 강조되어, 보다더 확연한 비가형식을 나타내 보이기도 한다. 그러나 시적 대상과의 객관적 거리 및 시간적 거리, 그리고 왜곡의 언술이 빚은 '가벼움의 시학'은 비가의 비극성12)에 시적 거리를 형성한다. 이는 곧 비극성을 가볍게 하는 '태도의 시학'이다. 은폐된 주체와 동일시된 대상이 아니라, 타자가 된 대상 때문이다. '어둠을 가볍게'라는 역설의 시학을 생산한 백석 시의 근원은 대상에 대한 일탈적 주체 혹은 탈주관화의 개입 태도에서 비롯되는 심미적 모더니티에 있는 것이다.

2. 탈주관화와 객관적 거리

백석의 이미지즘13) 시는 '시어의 역사성 및 거기에 결합된 민중성과 생명에 대한 존중의 태도'라는 그의 시정신에 초점을 둔 평가와

---

12) 야스퍼스는 '비극적 태도'를 세계에 대한 '비극적 해석'이라고 하였다(진순애, 「김춘수 시의 비극성 연구」, 『한국 현대시와 정체성』, 국학자료원, 2001, p.39).
　　그러나 우리민족에게 있어서 일제강점기는 세계에 대한 비극적 해석 이전에 주어진 상실의 세계였기 때문에 일제강점기의 시에서 세계반영 혹은 현실반영의 철학적 접근을 불허할 수도 있다. 그러므로 "좌절을 통해 알 수 없는 운명의 참 모습을 알고 끝없는 초월의 길을 더듬은 끝에 도달하는 해탈이 비극성"이라는 야스퍼스의 인식을 일제강점기 비가의 시인들에게 여과없이 적용하기에는 무리가 있어 보인다. 그럼에도 "비극적인 것, 혹은 비가 구현의 공통항이 삶의 한계를 넘는 일종의 해방감에 있다"는 측면에서, 일제강점기 백석 시의 '비극성' 역시 그의 한계적 상황에서의 해방감 구현으로 본다.
13) 백석의 모든 시중에서 특히 이미지즘 시, 곧 이미지 묘사중심의 시는 '탈주관화와 객관적 거리'를 잘 유지하고 있다.

함께, 탈주관화로서 객관적 거리를 형성한 장르적 특성을 조명하게 한다. 그렇다하여 탈주관화에 의한 시적 대상과의 거리를 형성한 이미지즘 시에서 시적 대상에 투여된 시인의 정신세계가 약화되는 것은 아니다. 평안북도 정주의 풍경과 정서를 그 지방의 언어로 구사한 백석 시는 근대문명 이전의 민족의 보편적 고향을 형상화하고 있음에 틀림없다. 거기에는 백석이 지향하는 유토피아적 세계가 내재되어 있는 것으로도 보인다. 그러나 지향하는 유토피아임에도 기쁨보다는 어둠이 있는 민중적 삶의 현장이라는 측면에서, 그의 유토피아 지향은 미래지향의 이상세계로서 유토피아가 아니다. 과거회상에 의한 의식의 세계에 머물러 있다. 구체적 이상세계로 등장한 유토피아가 아니며, 이상세계를 향한 열망의식 역시 찾기 어렵다. 민족의 생활상은 민족의 보편적 고향이며 백석의 고향일지라도, 단순히 따뜻한 정서로서 지향의 고향으로만 그려져 있지 않다. 시는 비극적 풍경에 대한 객관적 태도가 시적 주체와 대상과의 동일시를 격리시키며 대상을 타자로 살아있게 한다. 그래서 비극적 풍경은 가벼움의 시학을 위한 탈주관적 대상으로 원거리에 위치한다. 그러므로 비극적 대상과 객관적 거리를 유지한 이미지즘의 시에서 백석의 유토피아 지향태는 쉽게 찾아지지 않는다. 시는 서정적 자아에 의한 '말하는 시'가 아니며, 시적 자아 역시 서정적인 대상 속으로 들어가버린 자아[14]이다. 따라서 대상속으로 탈주관화된 서정적 자아는 비극적 풍경의 민족 생활인 모티프속에서 재현되고 있다.

---

14) 칼 하인츠 보러, 앞의 책, p.110(서정적 자아가 말하고 있는 것이 아니라, 서정적인 대상 속으로 들어가 버린 자아를 탈주관하라고 보러는 지시한다. 탈주관화란 =객관이 아니라 자아해체에 가까운 개념이며, 시적 주체로서 자아가 은폐되거나 견자가 된 상태를 의미한다. 그럼으로써 이미지즘 시에서와 같은 시적 자아의 '객관적 태도'로서 시쓰기가 생산된다).

山턱 원두막은 뷔었나 불빛이 외롭다
헌겊심지에 아즈까리 기름의 쪼는 소리가 들리는 듯하다

잠자리 조을든 문허진 城터
반딧불이 난다 파란 魂들 같다
어데서 말 있는 듯이 크다란 山새 한 마리 어두운 골짜기로 난다

헐리다 남은 城門이
한울빛같이 훤하다
날이 밝으면 또 메기수염의 늙은이가 청배를 팔러 올 것이다　〈定州城〉 전문

　지키는 사람없는 산턱 원두막의 외로운 불빛, 혼불 같은 반딧불이 나는 문허진 성터, 헐리다 남은 성문으로 메기수염의 늙은이가 청배를 팔러 오가는 <정주성>의 풍경은 삶의 기쁨이 있는 풍경도 아니며, 삶의 희망이 있어 보이지도 않는다. 쓸쓸하며 적막하다. 30년대 중반, 자본주의적 근대양식이 지배하려 할 때에 청배를 팔러 오가는 늙은이가 있는 <정주성>의 풍경은 전통양식으로서 민족의 원형적 생활일지라도, 그것은 역사적 비극과 가난현실이 매개되어서 비극적이다. 민족의 보편적 원형을 향한 향수를 불러일으키는 대상이기보다는 상실의 현실을 진단하는 시인의 현실인식이 재현된 서정적 모티프이다. 산턱, 원두막, 헌겊심지, 아즈까리 기름, 문허진 성터, 헐리다 남은 성문 등이 청배 파는 늙은이와 함께 시인의 현실인식이 재현된 서정적 모티프로 작용한다. 서정적 모티프 속으로 탈주관화된 시적 거리와 함께 '늙은이'라는 구어체, 또한 대상에 대한 견자적 거리를 형성하여 비극적 생활상에 대한 시인의 진정성을 '가벼움의 시학'으로 탈색시키고 있다.
　"농촌의 일상생활을 구체적으로 재현하는 백석의 태도는 고향상실

감을 센티멘탈한 어조로 노래하는 당대의 많은 농촌시들과는 뚜렷이 갈라선다-농촌의 실상과는 무관하게 시인들의 막연한 향수나 동경을 고운 말로 다듬어 내는데 주력하는 시와 구별되는 백석의 시는 리얼리즘의 성취를 보여준다."15)는 지적은 타당하다. 또 "유토피아에 대한 신념 부재의 시가 아니라, 유토피아에 대한 강렬한 열망을 감추고 있음을 말한다."16)는 지적 역시 타당해 보인다. 그러나 백석이 지향한 유토피아가 민족의 원형세계로서 '청배 파는 늙은이가 있는' 비극적인 일상과 일치한다고 보기는 어렵다. 근대화의 도상에서 민족의 원형세계로의 지향은 '영혼의 순수성'을 향한 의식의 지향태이기는 하다. 그러나 민족의 원형세계가 백석의 지향의 공간과 일치한다고 할 때, 이는 역사 진보적 세계관 반영이 아니라, 오히려 과거를 향한 퇴행의식에 가깝다. 상실의 현실에서 미래로의 유토피아 지향이라기보다는 과거의 낙원을 향한 퇴행의식인 것이다. 물론 향토와 함께 하는 공동체적 생활에 대한 향수는 향수가 아니라 지향의 유토피아로 설정하여도 무리가 없다. 그러나 역사발전을 어떻게 받아들이는가에 대한 백석의 인식을 찾아내기에 그의 이미지즘 시들은 한계적이다. 이는 서정적 자아의 탈주관화가 생산한 가벼움의 시학이 비극적 모티프들을 객관화시키는 모더니티 심미성 때문이다. 시적 주체로서 시에 개입하지 않는 객관적 태도의 시쓰기인 것이다.

'갈부던 같은 藥水터의 山거리/旅人宿이 다래나무지팽이와 같이 많다//시냇물이 버러지 소리를 하며 흐르고/대낮이라도 山옆에서는/승냥이가 개울물 흐르듯 운다//-중략//山너머 十五里서 나무뒝치 차고 싸리신 신고 山비에 촉촉이 젖어서 藥물을 받으러 오는 山아이도 있다//아

---

15) 윤지관, 앞의 글, p.193-194.
16) 윤지관, 앞의 글, p.197.

비가 앓는가부다/다래 먹고 앓는가부다//아랫마을에서는 애기무당이
작두를 타며 굿을 하는 때가 많다'(<山地>에서)는 '산지'의 풍경 역
시 자연이 있는 근원적 원형세계여서 순수하다. 그러나 '다래 먹고 앓
는 아비'가 있어서 어둠의 현실이 보다 부각된다. '다래 먹고 앓는 아
비'를 위해 '산너머 십오리서 나무뒝치 차고 싸리신 신고 산비에 촉
촉이 젖어 약물을 받으러 오는 산아이'가 있는 풍경을 원형의 순수라
하여 지향의 공간으로만 볼 수는 없다. 원형의 순수를 지키기 위한
역사적 성찰이 내재되어 있을 때, 역사시대 주체로서의 백석의 미래
지향태를 감지할 수 있을 것이다.

　시는 이야기 전달자에 의한 탈주관화의 상태이기 때문에 시인의
지향태 및 시인의 직접적 발화가 은폐되어 있거나 삭제된 상태이다.
물론 선택된 시적 대상이란 시인의 정서가 침투하여 발현된 모티프들
이기 때문에 시인의 의식과 무관하지는 않다. 유토피아 투여의 시로
서 한계적인 백석의 이미지즘 시이지만, 그중에서도 이미지 묘사중심
의 <정주성>과는 달리 <산지>에서는 산과 산아이가 동일성을 이루
고 있어서, 상실된 낙원으로의 그의 회귀의식과 역사발전적 유토피아
가 동시에 내재된 것으로 보인다. 시적 대상으로서 '늙은이'와 '아이'
가 담지한 내포의미는 과거형과 미래형이라는 시간성으로써 다르기
때문이다. 그럼에도 시적 대상을 향하여 개입하지 않는 시적 주체의
탈주관적 태도 때문에 시의 분위기는 '가벼움의 시학'을 생산한다.
'가벼움'의 정조 속에서도 어두운 생활상 때문에 시는 비가적 정조에
가까워 보인다. 민중적 언어와 거기에 결합된 건강한 생활인의 정서
및 유토피아에 대한 감춰진 강렬한 열망17)은 아직은 자연의 원형세계
뒤에서 비개입적이다. 또한 어둠의 생활상과 함께 시는 비극적 풍경

---

17) 윤지관, 앞의 글, p.197.

생산에 보다 가까이 있다.

'녯城의 돌담에 달이 올랐다/묵은 초가지붕에 박이/또 하나 달같이 하이얗게 빛난다/언젠가 마을에서 수절과부 하나가 목을 매여 죽은 밤도 이러한 밤이었다'(<흰 밤>전문)나, '흙담벽에 볕이 따사하니/아이들은 물코를 흘리며 무감자를 먹었다//돌덜구에 天上水가 차게/복숭아나무에 시나리타래가 말러갔다'(<初冬日>전문) 역시 자연의 원형세계와 일체가 된 '수절과부의 죽음'이고 '물코를 흘리며 무감자를 먹고 있는 아이들'의 세계이다. '흰 밤'의 흰색과 '돌덜구에 천상수'가 내리고 따스한 햇볕이 있는 풍경 속의 아이들이 있는 흰색의 세계는 어두운 생활의 무거움을 탈색시키며 순수로의 미학적 승화를 일으키기도 한다. 그러나 자연과 일체가 된 순수영혼의 원형[18]일지라도 거기에는 비극적 삶이 함께 한 원형세계이기 때문에 건강한 생활인과 결합된 백석의 유토피아 열망에 이르기 전 단계에 있다. 자연의 서정적 대상 속으로 들어가 탈주관화된 시적 자아가 상실의 현실을 비탄하면서도 비극의 주체가 되지 않고, 시적 거리를 견지하여 무거운 현실을 객관화한 심미적 세계이다.

3. 아동화자와 신화적 시간

자연의 원형 세계에 들어간 앞장의 탈주관화와는 달리 아동화자로 탈주체적인 시적 자아[19]가 들어간 세계는 자연이 아니라 민속의 세계이다. 아동화자로서의 탈주체는 시적 자아가 과거의 동굴 속으로 들

---

18) 과거는 하나의 원형이며, 과거는 변화로부터 사회를 방어한다고 옥타비오 파스는 말한다(옥타비오 파스, 『흙의 자식들』, 솔, 1999, p.25).

19) 자아는 내면의 나로서 주로 나와 나의 과거에 관련되어 본질적 나를 투시한다면, 주체는 외면적(사회적) 나로서 보다 나를 미래투시로 연결시키는 능동적 나의 현시이다.

어가는 것과 같은 의식으로의 시적 거리를 형성한다. 유년 시절의 현재는 신화의 현재와 동일시되고[20] 있으며, 자아가 시간의 깊이인 과거에 관여함으로써 그 자아는 현재의 시간형식에서 분열되었던 자기 자신에게로 되돌아간다.[21] 또 이러한 태고적인, 개인적으로는 유년 시절에 가까이 갈수록, 그는 과거라는 동굴에 담겨져 있는 마술적인 언어를 더욱 잘 알 수 있게도 된다.[22]

신화적 시간으로의 회귀로서 백석의 유년회귀[23]는 아동화자의 등장으로 시를 탈주체화하며, 상실의 현재 시점으로부터 시간적 거리를 둠으로써 이 또한 '가벼움의 시학'을 생산한다. 민속의 세계는 민족의 원형양식이기도 하지만, 그 원형이 신화적 낙원의 현장일 수만은 없는 것이 밝음과 어둠이 공존하는 민중의 구체적 삶의 현장이기도 하기 때문이다. 가벼움의 시학은 아동화자로서 자아가 현재와 '거리 두기'라는 심미적 장치에서 비롯된다. 물론 자연 속으로 해체된 서정적 자아와 아동화자에 의한 신화적 시간으로의 회귀 역시 유년의 낙원에 대한 향수와 민중적 삶에 대한 애정투여라는 점에서는 다르지 않다. 그러나 자연과 합일된 시원적 낙원이 배제되고, 신화적 시간일지라도 아동화자의 말하기로서 비극적 민중 군상 및 비극적 생활상에 대한 백석의 사회 의식이 표면화된 점이 다르다. 자연이라는 시원적 낙원이 퇴각하고 민중의 생활상이 전면에 부각한 모티프의 차이가 빚은 차이이다.

---

20) 칼 하인츠 보러, 앞의 책, p.108.
21) 칼 하인츠 보러, 앞의 책, p.110.
22) 칼 하인츠 보러, 앞의 책, p.111.
23) '유년회귀'는 '유년회상'의 태도와는 차이가 있다. '유년회상'의 시적 화자는 현재의 주체와 다르지 않지만, '유년회귀'의 시적 화자는 유년의 화자, 곧 시인의 유년으로 돌아간 상태로 나타난 아동화자가 등장하는 차이이다.

명절날 나는 엄매아배 따라 우리집 개는 나를 따라 진할머니 진할아버지
가 있는 큰집으로 가면

얼굴에 별자국이 솜솜 난 말수와 같이 눈도 껌벅거리는 하로에 베 한 필
을 짠다는 벌 하나 건너 집엔 복숭아나무가 많은 新里 고무 고무의 딸 李女
작은李女
열여섯에 四十이 넘은 홀아비의 후처가 된 포족족하니 성이 잘 나는 살
빛이 매감탕 같은 입술과 젖꼭지는 더 까만 예수쟁이 마을 가까이 사는 土
山 고무 고무의 딸 承女 아들 承동이
六十里라고 해서 파랗게 뵈이는 山을 넘어 있다는 해변에서 과부가 된
코끝이 빨간 언제나 흰옷이 정하든 말끝에 설게 눈물을 짤 때가 많은 큰골
고무 고무의 딸 洪女 아들 洪동이 작은洪동이
배나무접을 잘하는 주정을 하면 토방돌을 뽑는 오리치를 잘 놓는 먼섬에
반디젓 담그려 가기를 좋아하는 삼춘 삼춘엄매 사춘누이 사춘동생들
　　　　　　　　　　　　　　　　　　　　〈여우난골族〉 일부

아배는 타관 가서 오지 않고 山비탈 외따른 집에 엄매와 나와 단둘이서
누가 죽이는 듯이 무서운 밤 집뒤로는 어늬 山골짜기에서 소를 잡어먹는 노
나리꾼들이 도적놈들같이 쿵쿵거리며 다닌다

날기멍석을 져간다는 닭보는 할미를 차 굴린다는 땅아래 고래 같은 기와
집에는 언제나 니차떡에 청밀에 은금보화가 그득하다는 외발 가진 조마구
뒷山 어늬멘 조마구네 나라가 있어서 오줌누러 깨는 재밤 머리맡의 문살에
대인 유리창으로 조마구 군병의 새까만 대가리 새까만 눈알이 들여다보는
때 나는 이불속에 자즈러붙어 숨도 쉬지 못한다　　　　　〈古 夜〉 일부

승냥이가 새끼를 치는 전에는 쇠메 든 도적이 났다는 가즈랑고개

가즈랑집은 고개 밑의
山너머 마을서 도야지를 잃는 밤 즘생을 쫓는 깽제미 소리가 무서웁게 들려
오는 집

닭 개 즘생을 못 놓는
멧도야지와 이웃사춘을 지나는 집

예순이 넘은 아들 없는 가즈랑집 할머니는 중같이 정해서 할머니가 마을을
가면 긴 담뱃대에 독하다는 막써레기를 몇대라도 붙이라고 하며

〈가즈랑집〉 일부

민중의 삶에 대한 백석의 애정어린 시선은 아동화자의 시선 속으로 회귀하여 '유년의 우물'이라는 마술의 세계를 당시의 마술적 언어로 구현한다. 그럼으로써 민중의 비극상은 비극적이기 보다는 오히려 신비화되며, 시적 자아는 현재의 시간에서 분열되었던 자기 자신에게로 되돌아가 안정적 자아로 회복된다. 유년 시절의 현재는 신화와 동일시되며, '현재 이상'[24]이고 현재를 창출해 내는 세계이다. 때문에 아동화자가 보여주는 백석의 유년이지만, 그것은 백석의 유년으로 제한되는 것이 아니라, 민족의 원형상이며 민족의 신화세계이다.

<여우난골族>에서 백석은 유년의 동굴에 대한 향수를 보이는 경향이 짙다. 짙은 향수로 인해 미래전망의 이상현실을 꿈꾸는 시적 주체의 사회개입, 혹은 갈등구조의 형상화가 약화되었거나 부재한다. 아동화자의 시간속으로 해체된 시적 자아의 탈현실 인식이다. 그러나 백석이 '명절날'에 대한 향수로서 <여우난골족>을 구사했을지라도, 아동화자라는 시적 자아의 현재일탈이 향수의 정조를 배제시킨다. 때문에 시는 '명절날의 기쁨'이라는 아동화자의 현재를 노래하여 명절날의 신화가 이상의 현재와 동일시되고 있다. 신화적 시간과 동일화된 아동화자는 상실된 명절날의 기쁨과 거리를 유지하지 않는다. 백석의 낙원향수가 아동화자로의 유년회귀라는 낙원의 현재화로써 대신

---

24) 칼 하인츠 보러, 앞의 책, p.108.

하고 있다. 그러므로 백석 시 속에서 유토피아로의 지향태를 찾기 어려운 까닭은 탈주체 및 무시간적 일탈이라는 심미적 모더니티가 크게 작용하기 때문이다.

'얼굴에 별자국이 솜솜 난 말수와 같이 눈도 껌벅거리는 하로에 베한 필을 짠다는 신리 고무', '열여섯에 사십이 넘은 홀아비의 후처가 된 포족족하니 성이 잘 나는 예수쟁이 마을 가까이 사는 토산 고무', '육십리라고 해서 파랗게 뵈이는 산을 넘어 있다는 해변에서 과부가 된 말끝에 설게 눈물을 짤 때가 많은 큰골 고무'에 대한 인물묘사는 비극적 민중상이라는 점에서 이견이 있을 수 없다. 이때 시적 화자는 아동화자이기 보다는 '회상의 화자'에 더 가깝다. 또한 아동화자에 의한 직접화법이 아니라, 회상의 전달자로서 아동화자라는 언술태도가 시적 거리감을 형성하고 있다. 그럼에도 비극적 민중상에 대한 화자의 시선은 사회비판적 의식우위보다는 왜곡된 언술에 의한 해학미로써 가벼움의 시학을 산출하고 있다. 특히 '얼굴에 별자국이 솜솜 난', '포족족하니 성이 잘 나는', '코끝이 빨간, 말끝에 눈물을 짤 때가 많은' 등 비하적 아이러니의 인물묘사가 생산한 리얼리티 속에서도 해학미가 비극미를 압도하고 있다.

<여우난골族>과 달리 <古 夜>의 화자는 단순한 이야기꾼으로서 화자라는 태도와 달리, 보다 사건에 직접 개입하고 있다. 그럼으로써 '나'의 이야기라는 효과를 강화시키며, 신화적 시간에 보다 함몰하는 서정적 자아의 해체구도를 보인다. 시의 정경은 백석의 대부분의 시와 마찬가지로 비극적 정경이다. '아배는 타관 가서 오지 않고, 산비탈 외따른 집에 엄매와 나와 단둘이서, 누가 죽이는 듯이 무서운 밤'이 그렇고, '날기멍석을 져간다는 닭보는 할미를 차 굴린다는 땅아래 고래 같은 기와집에는 언제나 니차떡에 청밀에 은금보화가 그득하다

는’ ‘닭보는 할미’와 ‘고래 같은 기와집’의 대립적 풍경이 그러하다. 기와집의 등장으로 백석의 민중적 삶에 대한 애정과 역사비판의식을 다른 시에서 보다 확연히 찾을 수 있다. 단순히 과거로의 낙원지향이 아니라, 미래의 이상현실에 대한 갈망이 내재된 백석의 의식이다. 그러므로 유년회상차원에서 <古 夜>는 벗어나 있다.

특히 ‘이 눈세기물을 냅일물이라고 제주병에 진상항아리에 채워두고는 해를 묵여가며 고뿔이 와도 배앓이를 해도 갑피기를 앓어도 먹을 물이다’는 민중의 생활상이 신화적 세계와 다르지 않음을 말한다. 동시에 주술적이며 마술적인 민중의 생활상이 ‘니차떡에 청밀에 은금보화가 그득한 기와집의 생활상’과 대비되어 공동체적 삶에 대한 향수로만 볼 수 없게 한다. 아동화자의 사건개입으로 제시되어 있지만, 근대적 주체의식이 투여된 화자의 시선이기 때문에 시는 가벼움의 시학에서 멈추지 않는다. 그러나 ‘오줌누러 깨는 재밤 머리맡의 문살에 대인 유리창으로 조마구 군병의 새까만 대가리 새까만 눈알이 들여다보는 때 나는 이불 속에 자즈러붙어 숨도 쉬지 못한다’는 사건묘사와 함께, ‘군병의 새까만 대가리, 새까만 눈알’이라는 비하적 아이러니는 가벼움의 시학을 위한 해학적 장치에 기여한다. 그러한 가운데에도 시의 전체적 구조는 근대성과 주술적 민중성의 대립구조가 더 지배적이어서, 유토피아를 향한 백석의 지향태가 대립구조에 실려서 나타난 것으로 보이게 한다.

반면 <가즈랑집>의 풍경은 ‘가즈랑집에 마을을 가서/당세 먹은 강아지같이 좋아라고 집오래를 설레다가였다’는 아동화자의 기쁨이 있어도, ‘승냥이가 새끼를 치는 전에는 쇠메 든 도적이 났다는 가즈랑고개’에 있는 ‘가즈랑집’이라서 기쁨의 세계 보다는 어둠의 세계에 가깝다. ‘가즈랑집’은 ‘즘생을 쫓는 깽제미 소리가 무서웁게 들려오는 집’

이며, '멧도야지와 이웃사춘을 지나는 집'이며, '병을 앓을 때면 신장
님 단련이라고 하는, 구신의 딸이라고 하는 할머니'가 사는 집이다.
샤머니즘의 세계를 상징하는 <가즈랑집>은 인간의 세속적 세계가
아니라, 무속의 탈인간적 세계이다. 그래서 '산나물을 하는 가즈랑집
할머니를 따르며, 달디단 물구지우림 둥굴레우림을 생각하고, 도토리
묵 도토리범벅까지도 그리워하는' 신화적 우물에 들어간 자아일지라
도, 무속의 탈인간적 세계와 일체된 자아는 시를 '가벼움의 시학'으로
이끌지 못한다. 더욱이 '살구벼락을 맞고 울다가 웃는 나를 보고 밑구
멍에 털이 멫자나 났나 보자고 한 것은 가즈랑집 할머니'라는 가벼운
풍경조차도 해학의 미학에 기여하지 않는다. 무속의 어둠이 근대문명
주체의 내면풍경조차 탈문명화하는 작용을 한 결과이다. 이는 또 단
순한 민중적 삶의 풍경을 넘어서고 있으며, 신화적 낙원으로의 향수
도, 유토피아 갈망의식도 무속의 풍경 속에 침몰하고 만다.

아동화자가 진입한 신화적 시간은 단순한 유년회귀, 혹은 유년회상
차원이 아니다. 유년으로의 진입은 자아의 깊이를 가리키는 것이 아
니라, 삶의, 곧 밖의 깊이[25]를 가리키는 신화적 과거이다. 그러나 무
속이 지배하는 세계는 신인동형의 신화세계가 아니며, 주체적 인간이
전의 미망의 세계이기 때문에 화자의 언술을 언술차원으로만 읽을 수
없다. 무속의 세계는 시적 자아가 탈이성적이며 탈일상적인 탐미적
세계에 몰입된 디오니소스적 세계이다. 탈역사적 시간이며 탈인간의
세계, 혹은 탈민중의 세계이기 때문에 빛의 세계가 아니라 어둠의 세
계에 침잠한 화자가 탐미의식에 함몰한 것으로 보인다. 아폴로적 아
이러니가 아니라 악마적[26] 이미지에 몰입한 전율의 미학[27]에 가까운

---

25) 칼 하인츠 보러, 앞의 책, p.110.
26) 샤마니즘을 정신착란과 동일시하는 것은 극북지방의 샤마니즘뿐만 아니라

모더니티이다.

　단지 과거의 시간대로서 신화적 시간이 아니라, 역사이전의 시간대로서 무속의 세계는 인류의 원형이면서도 무시간성의 세계로서 탐미적 세계이며 전율의 미학을 생산하게 한다. 역설적으로 전율의 미학이라는 악마성에 의해 무속의 세계는 오히려 현대성 담지의 미학적 세계를 형성하고 있다. 아동화자가 이야기 전달자가 아니라, 무속세계의 세례를 받고 있다는 사실이 시적 자아와 대상과의 거리를 무화시키며, 동시에 탈시간의 정지된 세계를 형성하고 있어서, 시는 역설적으로 '절대적 현존'의 자율성을 확보한다. 가령 '여우가 우는 밤이면/잠없는 노친네들은 일어나 팥을 깔이며 방뇨를 한다/여우가 주둥이를 향하고 우는 집에서는 다음날 으레히 흉사가 있다는 것은 얼마나 무서운 말인가'(<오금덩이라는 곳>에서)나, '마을에서는 삼굿을 하는 날/건넌마을서 사람이 물에 빠져 죽었다는 소문이 왔다'(<여우난골>에서), 그리고 '아랫마을에서는 애기무당이 작두를 타며 굿을 하는 때가 많다'(<三 防>에서) 등의 무속의 세계는 현대적 '추의 미'로서 전율의 미학을 생산하는 것은 아니다. 그것은 역사시간 이전의 탈역사적 세계라는 미망의 세계로서, 그 미망의 세계가 역사적 존재에게 오히려 위협적인 공포의 세계로 다가와 산출된 전율의 모더니티이다.

　아동화자가 이야기 전달자로서, 혹은 직접 개입하여 이야기하는 신

　　극북지방 이외의 여러 지역에서도 볼 수 있는 현상이라고 엘리아데는 지적하고 있다(미르치아 엘리아데저/이윤기 역, 『샤마니즘』, 까치글방, 1998).
27) 보러는 전율의 현상에 대한 작가의 상상력이 사회적인 이성이나 도덕적 범주와는 무관하게 나타난다는 것이며, 이것이 문학과 사회의 궁극적인 차이점을 형성한다고 강조한다. 또 문학의 자율성으로서의 절대적 현존은 이성의 붕괴, 무시간성, 탈역사적인 상태를 지니기도 하며, 문학 외적인 개념으로 환원될 수 없는 문학작품의 미적인 독특성을 뜻하는 것이라고 한다(칼 하인츠 보러, 앞의 책, p.314-320).

화적 풍경의 시는 폄하적 비유의 방언과 함께 시적 거리를 조성하여 가벼움의 장치에 기여한다. 그러나 무속의 유년과 일체가 된 탈근대 적 자아의 시는 아동화자라는 현재로부터의 거리와 함께, 그 무시간 성과 탈이성적 도취의 상태로써 어둠의 세계 또한 생산하여, 전율의 미학을 낳고 있다. 이처럼 가벼움의 시학이 지닌 미학적 거리와 전율 의 미학이 지닌 탐미라는 백석 시의 다양한 장르적 특성을 통해서, 아폴로와 디오니소스적 모더니즘의 이원적 특성이 공존하는 심미적 모더니티로서 백석 시를 확인할 수 있다.

4. 페시미즘적 화자와 과장의 언술

탈주관화에 의한 시적 태도와 방언의 사실적 언술, 그리고 비하적 아이러니는 그 미학적 효과에 의해 민중의 어두운 생활상을 해학적으 로 객관화시키면서 동시에 '가벼움의 시학'을 생산하였다. 페시미즘적 화자가 개입한 시에서 '탈진정성의 시학'은 왜곡된 과장의 언술에서 나타난다. 물론 페시미즘의 언술과 자기비하적 아이러니의 태도는 시 를 상실의 현실을 비탄하는 비가 단계의 시로 보이게도 한다. 또 현 실의 어둠을 타개하기 위한 적극적 개입의 화자가 아니라, 현실체념 적이며 자포자기적인 화자의 등장은 패배적이며 자조적인 시인의 자 화상을 사실화하는 것으로도 보인다. 그러나 비가적이면서 동시에 왜 곡의 성찰자로서 자화상이라는 점에서, 그리고 그 패배적이며 자조적 인 태도는 모더니즘의 과장적 장치로서 디오니소스적 주체에 의한 심 미성에 가깝다.

어느 사이에 나는 아내도 없고, 또,
아내와 같이 살던 집도 없어지고,

그리고 살뜰한 부모며 동생들과도 멀리 떨어져서,
그 어느 바람 세인 쓸쓸한 거리 끝에 헤매이었다.
바로 날도 저물어서,
바람은 더욱 세게 불고, 추위는 점점 더해 오는데,
나는 어느 木手네 집 헌 삿을 깐,
한 방에 들어서 쥔을 붙이었다.
이리하여 나는 이 습내 나는 춥고, 누긋한 방에서,
낮이나 밤이나 나는 나 혼자도 너무 많은 것 같이 생각하며,
딜옹배기에 북덕불이라도 담겨 오면,
이것을 안고 손을 쬐며 재 우에 뜻없이 글자를 쓰기도 하며,
또 문밖에 나가디두 않구 자리에 누어서,
머리에 손깍지벼개를 하고 굴기도 하면서,
나는 내 슬픔이며 어리석음이며를 소처럼 연하여 쌔김질하는 것이었다.
내 가슴이 꽉 메어 올 적이며,
내 눈에 뜨거운 것이 핑 괴일 적이며,
또 내 스스로 화끈 낯이 붉도록 부끄러울 적이며,
나는 내 슬픔과 어리석음에 눌리어 죽을 수밖에 없는 것을 느끼는 것이었다.

〈南新義州 柳洞 朴時逢方〉 일부

　민중적 삶에 대한 비하적 비유가 해학미를 생산했다면, 위시에서도 자기비하적 아이러니 언술은 고아나 다름없는 시적 주체의 현재에 대한 리얼리티를 생산하기 보다는 과장적 자기비하에 의해 주체를 희화화시키고 있다. 때문에 상실의 현실을 역설적으로 반영하는 아이러니의 언술 속에서 비가로서의 비극성이 부각되기보다는 오히려 감소되며, 동시에 상실의 현실에 대한 진지한 성찰성 역시 삭감시키고 있다. 시적 주체는 비이성적인 디오니소스적 주체일 뿐만 아니라, 부정적 현실을 체념할 수밖에 없다는 무의지적이기도 한 탈주체적 존재이다. 부정의 태도에 의한 부정정신을 내포한 모더니즘의 발화이다.

　'그 어느 바람 세인 쓸쓸한 거리 끝에 헤매이거나', '어느 목수네

집 헌 샷을 깐, 한 방에 들어서 쥔을 붙이거나’, ‘문밖에 나가디두 않고 자리에 누어서, 머리에 손깍지벼개를 하고 굴기도 하면서, 슬픔이며 어리석음이며를 소처럼 연하여 쌔김질하는’ 비이성적 상상의 주체에 의해 시는 오히려 심미적 주관성을 획득한다. ‘남신의주 유동 박시봉방’에 기숙하면서 사회 현실을 외면한 시적 주체는 ‘자기생존의 파멸이 극단적으로 그려지고, 사유보다는 도취적인 상태, 행위보다는 심미적 명상’28)이 중시되는 심미적인 가상 현실속에서 체념적이 된다.

‘나는 내 뜻이며 힘으로, 나를 이끌어 가는 것이 힘든 일인 것을 생각하고, 이것들보다 더 크고, 높은 것이 있어서, 나를 마음대로 굴려 가는 것을 생각하는 것’이거나, ‘낮이나 밤이나 나는 나 혼자도 너무 많은 것 같이 생각하’듯이, 주체가 주체적으로 하는 행위는 자기비하적 생각에 도취된 상태이거나, 자기생존의 파멸적 상태를 상상하거나 할 뿐이다. 페시미즘적 화자29)가 주어진 운명에 자기 파멸적으로 순응하겠다는 무의지적 상상의 세계는 상실의 현실에 대한 비탄의 노래를 넘어서서, 문학의 자기준거적 심미적 주관성을 획득하는 역설에 위치한다. 심미적 명상의 끝에 도달한 ‘그 드물다는 굳고 정한 갈매나

---

28) 칼 하인츠 보러, 앞의 책, p.320.

29) 유종호는 백석의 이 시를 「한국의 페시미즘-운명론의 계보」로 설정하여, 운명이라는 말을 인간의 무력감이 집약적으로 토로되어 있는 말로 정의하면서, 그것은 운명의 극복의식이 주는 용기가 아니라 오로지 정신의 평정을 희구해 마지않는 체념적인 자기위로라고 지적한다. 그러면서 <남신의주 유동 박시봉방>을 “이 페시미즘의 절창이 한국 최상의 시의 하나라는 사실이다.-중략-나는 이 작품에서 한국역사의 굵은 주름살을 본다. 그리고 이 겨레의 한숨의 코라스를 듣는다-중략-무력한 인간의 의지를 깨닫고 운명의 힘에 강복한 그는 비애와 영탄을 여과하여 체념을 배우게 된다.”(유종호, 『현대문학』, 1961, 9, p.191)고 평하고 있다. 물론 페시미즘의 절창은 절창일지라도, 근대성을 인식한 근대적 주체로서의 그와 같은 시적 태도는 디오니소스적 모더니티 구현을 위한 왜곡의 장치로 보는 것이 더 타당하며, 이로써 모더니티의 심미성을 획득할 수 있다.

무라는 나무를 생각한다는' 마지막 언술에 긍정적 의미를 부여하는
연구30)도 있다. 그러나 이 부분이 자기생존의 파멸에 대한 생각보다
야 긍정적일 수 있지만, 그와 같은 생각 역시 '심미적 명상'의 일환으
로 이루어진 태도의 시학으로 보인다. 심미적 주체는 극단적으로 주
체를 대상화하여 '나는 내 슬픔과 어리석음에 눌리어 죽을 수밖에 없
는 것을 느끼는' 자포자기적으로 상상된 주체이다. 그러므로 '굳고 정
한 갈매나무'는 시의 구조적 전환을 위하여 전반부의 자기비하에 도
취된 폐쇄성이 후반부에 이르러 반전을 이루고 있는 심미적 구조를
위한 언술이다. 시는 전체적으로 공포의 현실에서 빚어진 페시미즘적
주체의 공포의 내면이 자기파멸의 과장적, 극단적 언술로 빚어져 있
다. 이에 따라 전율의 단계조차 넘어서서 자기희화화의 가벼움을 생
산한다.

나는 그때
아모 이기지 못할 슬픔도 시름도 없이
다만 게을리 먼 앞대로 떠나 나왔다
그리하여 따사한 햇귀에서 하이얀 옷을 입고 매끄러운 밥을 먹고 단샘을 마
시고 낮잠을 잤다
밤에는 먼 개소리에 놀라나고
아츰에는 지나가는 사람마다에게 절을 하면서도

---

30) 윤지관은 "백석의 마지막 시들이 허무주의적·운명론적이라고 규정하는 여
러 평자들의 견해는 지나친 듯하다. 백석의 시정신은 여전히 그의 순수에의
지향, 즉 비타협의 정신에 의해 지배되고 있다. <남신의주 유동 박시봉방>
의 마지막 부분은 특히 어둠을 살아내려는 시인의 단호한 의지가 거의 직설
적으로 표명된다.·'그 드물다는 굳고 정한 갈매나무'처럼 정직성을 지켜내겠
다는 도덕적 결심의 표현이다. 이 견딤의 자세에는 삶의 미래를 긍정하는 지
사적인 정신이 엿보일 뿐, 허무론자의 태도는 찾아보기 힘들다(앞의 글,
p.200)"고 평한다. 그러나 윤지관의 이와 같은 평가는 <남신의주 유동 박시
봉방>의 의의를 오직 마지막행에만 두고 있는 극단적인 평가에 가깝다.

나는 나의 부끄러움을 알지 못했다

그동안 돌비는 깨어지고 많은 은금보화는 땅에 묻히고 가마귀도 긴 족보를
이루었는데
이리하야 또 한 아득한 새 넷날이 비롯하는 때
이제는 참으로 이기지 못할 슬픔과 시름에 쫓겨
나는 나의 넷 한울로 땅으로--나의 胎盤으로 돌아왔으나

이미 해는 늙고 달은 파리하고 바람은 미치고 보래구름만 혼자 넋없이 떠도
는데

아, 나의 조상은 형제는 일가친척은 정다운 이웃은 그리운 것은 사랑하는 것
은 우러르는 것은 나의 자랑은 나의 힘은 없다 바람과 물과 세월과 같이 지
나가고 없다   〈北方에서〉鄭玄雄에게, 일부

위시도 전반부와 후반부의 대립구조가 중심구조를 이루는데, '나는
나의 부끄러움을 알지 못했다'는 전반부의 자아부인의 태도에서 '나
는 나의 넷 한울로 땅으로--나의 태반으로 돌아왔으나' 하고 후반부에
서는 깨닫고 돌아온 자의 태도를 취한다. '나의 태반으로 돌아왔다'는
태도는 <남신의주 유동 박시봉방>의 '그 드물다는 굳고 정한 갈매나
무라는 나무를 생각하는' 태도와 같은 구조의 장치이다. 때문에 탈주
관화의 시적 화자가 지배적인 백석 시중에서도 드물게 등장한 페시미
즘적 화자에 의한 자조적 분위기가 '돌아온 나의 태반'에 의해 반전
되기도 한다. 그러나 그 돌아옴 역시 '참으로 이기지 못할 슬픔과 시
름에 쫓겨'서 비롯된, 즉 상황에 밀려서 비롯된 행위라는 점에서 주체
는 여전히 비탄에 빠져 비가를 노래하는 페시미즘적 주체이다. 객관
적 및 주관적 비극에 도취되어 있는 심미적 상태이다.
　더욱이 '이미 해는 늙고 달은 파리하고 바람은 미치고 보래구름만

혼자 넋없이 떠도는데'의 비유적 상상력 역시 페시미즘적 화자의 내면을 의인화한 상상력이다. '늙고, 파리하고, 미치고, 혼자 넋없이 떠도는' 화자와 자연현상과의 동일시이다. 또 '아, 나의 조상은 형제는 일가친척은 정다운 이웃은 그리운 것은 사랑하는 것은 우러르는 것은 나의 자랑은 나의 힘은 없다 바람과 물과 세월과 지나가고 없다'는 상황 역시 조국도, 가족도, 사랑도, 역사도 부재한 현실로서 오직 '혼자 넋없이 떠도는' 화자의 현실체념적이며 탈의지적 도취상태를 강화하는 언술이다. 그럼으로써 시는 심미적 명상이라는 자기준거적 미학에 속한다.

페시미즘적 화자는 탈이성적이며 자기파멸적 주체라는 아이러니한 자화상을 통해서 부정적 역사현실을 재현하고 있는 미학적 화자이다. 때문에 미학을 위한 백석의 '송어와 메기와 개구리를 속이고 나는 떠났다', '아모 이기지 못할 슬픔도 시름도 없다/다만 게을리 먼 앞대로 떠나 나왔다', '나는 나의 부끄러움을 알지 못했다'는 자학의 자기부정이 탐미적 세계를 축조한다. 그럼으로써 '그동안 돌비는 깨어지고 많은 은금보화는 땅에 묻히고 가마귀도 긴 족보를 이루었는데/이리하야 또 한 아득한 새 녯날이 비롯하는 때'에 내재된 그의 역사 참여의식을 약화시킨다. 페시미즘적 주체가 참여한 역사인식은 오히려 역사현실에 대한 탈색의 태도로 보이게 하면서 역설적으로 역사의 탈주체가 되고, 시는 탐미의 미학을 생산하는 결과이다.

탈주관화의 시적 거리를 유지하는 그의 시는 인간상실, 이상상실이라는 상실의 현실에서도 비탄의 상황을 견지하고 반성적 태도를 취하면서 '가벼움의 시학'을 생산한다. 그러나 화자의 개입에 의한, 가령 아동화자의 개입에 의한 무속의 풍경이나, 페시미즘적 화자의 자학적 과장의 언술은 그의 역사인식을 오히려 탈역사적 및 탈진정성이라는 역설성과 함께 심미적 주관성을 획득하고 있다. 심미적 주체의 페시미즘이 생산한 모더니티이다.

5. 맺음말

백석 시는 상실의 현실, 이상의 상실 등 상실의 모티프들로 채워져 있다. 때문에 그의 시는 어둡고 무거워, 가벼운 시가 될 수 없다. 그러나 이와 같은 어둡고 무거운 상실의 모티프들을 백석은 객관적 태도로 장치하여 '가벼움의 시학 및 탈진정성의 시학'을 생산하고 있다. 이는 심리적 해방 및 미학적인 극복을 위한 가벼움의 태도로써 모더니티의 심미적 근원에서 비롯된 장치이다. 아이러니 주체가 비극의 현실을 초극하기 위한 심미적 장치에 백석 시의 모더니티 위상이 있는 것이다. 구체적으로는 <탈주관화와 객관적 거리>의 시에서 백석은 몰개성적이고 탈주관적인 아폴로적 모더니즘의 미학을 성취하며, <아동화자와 신화적 시간> 및 <페시미즘적 화자와 과장의 언술>의 시에서는 보다 주관성에 입각한 디오니소스적 모더니즘의 미학을 성취한다.

시어의 역사성 및 거기에 결합된 민중성과 생명에 대한 존중의 태도라는 백석의 시정신에도 불구하고, 탈주관화로서 객관적 거리를 형성한 미학적 특성이 백석 시의 모더니즘 위상을 확고히 해주고 있다. 탈주관화가 두드러진 백석의 이미지즘 시들은 평안북도 정주의 풍경과 정서를 그 지방의 언어로 구사하여 민족의 보편적 고향을 형상화하고 있음에도, 그의 역사인식을 읽게 하기보다는 모더니티의 심미성을 강화하고 있다. 특히 자연의 원형세계와 일체를 이룬 민중의 생활이 모티프를 이룬 시에서 시인의 지향의식이 전통적 양식인 원형세계에 있다해도, 비극적 민중의 생활조차 미래지향의 이상세계로 볼 수 없게 한다. 때문에 이미지즘의 시에서 역사발전을 향한 백석의 열망을 찾기는 부정적이다. 서정적 자아의 탈주관화가 생산한 가벼움의 시학이 역사의 비극적 모티프들을 객관화시키는 모더니티 심미성이 우위에 있는 까닭이다.

자연의 원형세계에 들어간 탈주관화와는 달리 아동화자로서 탈주체인 시적 자아가 들어간 세계는 자연이 아니라 민속의 세계이다. 신화적 시간으로의 회귀로서 백석의 유년회귀는 아동화자의 등장으로 시를 탈주체화하며, 상실의 현재 시점으로부터 시간적 거리를 둠으로써 이 또한 가벼움의 시학을 생산한다. 가벼움의 시학은 아동화자로서 자아가 현재와 '거리 두기'라는 심미적 장치에서 비롯된다. 물론 자연 속으로 해체된 서정적 자아와 아동화자에 의한 신화적 시간으로의 회귀 역시 유년의 낙원에 대한 향수와 민중적 삶에 대한 애정투여라는 점에서 다르지 않다. 그러나 자연과 합일된 시원적 낙원이 배제되고, 신화적 시간일지라도 비극적 민중 군상 및 비극적 생활상에 대한 백석의 사회의식이 표면화된 점이 다르다. 사회의식 표면화의 시와는 달리 무속의 세계로서 신화적 시간대는 원형의 세계라기 보다는 시적 자아가 탈이성적이며 탈일상적인 탐미의 세계에 몰입된 디오니소스적 세계이다. 탈역사적 시간이며 탈인간의 세계, 혹은 탈민중의 세계이기 때문에 빛의 세계가 아니라 어둠의 세계에 침잠한 화자가 탐미의식에 함몰한 것으로 보인다. 근대의 문명적 주체가 악마적 이미지에 몰입하여 생산한 전율의 미학에 가까운 모더니티이다. 따라서 아동화자가 이야기 전달자로서 기능하는 신화적 풍경은 폄하적 비유의 방언과 함께 시적 거리를 조성하여 가벼움의 아이러니에 기여한다. 그러나 아동화자라는 시간적 거리와 함께 무속의 유년과 일체가 된 탈근대적 자아의 시는 그 무시간성과 탈이성적 도취의 상태로써 어둠의 세계 또한 생산하여, 전율의 미학을 낳고 있다.

페시미즘적 화자가 개입한 시에서의 왜곡된 과장의 언술은 '탈진정성의 시학'을 생산한다. 물론 페시미즘의 언술과 자기비하적 아이러니의 태도는 시를 상실의 현실을 비탄하는 비가 단계의 시로 보이게 한다. 또 현실의 어둠을 타개하기 위한 적극적 개입의 화자가 아니라, 현실체념적이며 자포자기적인 화자의 등장은 패배적이며 자조적인 시인의 자화상을 사실화하는 것으로도 보인다. 그러나 비가적이면서 동시에 왜곡의 성찰자로서 자화상이라는 점에서, 그리고 그 패배적이며 자조적인 태도는 모더니즘의 과장적 장치로서 디오니소스적 주체에 의한 심미성에 가깝다. 페시미즘적 화자는 탈이성적이며 자기파멸적 주체라는 아이러니의 자화상을 통해서 부정적 역사현실을 재현하고 있는 미학적 화자이다.

따라서 백석 시의 심미적 모더니티는 몰개성적인 아폴로적 모더니즘과 주관성의 디오니소스적 모더니즘, 즉 '차갑고 뜨거운' 모더니즘의 이원성을 각각 구현하고 있다. '과격파 모더니즘', 혹은 '페시미즘의 진수', 혹은 '리얼리즘의 탁월한 정신' 등처럼 일관된 방향을 거부하는 다양한 평가는 백석 시의 특징을 요약하여 말하고 있는 것이나 다름없다. 그럼에도 어둡고 무거운 모티프를 가볍게 장치한 모더니티의 심미성이라는 평가로서 이상의 모든 관점을 아우르는 해석으로 볼 수 있을 것이다. 민속의 생활상이라는 소재주의적 정서로서 백석 시의 위상이 있는 것이 아니라, 민족의 민속적 정서를 모더니즘의 심미적 태도로 장치한 시적 태도, 즉 아이러니적 거리 두기 및 전율의 모더니티에 백석 시의 근원적인 위상이 있다.

Ⅵ. 박목월 시의 신화적 시간

1. 머리말

박목월 시에 대한 그동안의 연구성과[1]를 보면, '근원에의 향수와 반근대의식' 및 '서정시의 정수'로 평가되고 있다. 특히 <청록파> 일원으로서의 목월 시에 대한 평가가 시사적 의의를 주도적으로 부여받고 있다. 그러나 『靑鹿集』(1946)이후의 『山桃花』(1955), 『蘭・其他』(1958), 『晴 曇』(1964), 『경상도의 가랑잎』(1968), 『어머니』(1968)의 시세

---

[1] 김형필, 「박목월시연구」, 한양대 박사학위논문, 1988.
한광구, 「박목월 시에 나타난 시간과 공간연구」, 한양대 박사학위논문, 1990.
김혜니, 「박목월시공간의 기호론적 연구」, 이화여대 박사학위논문, 1990.
권명옥, 「박목월시연구-심상과 형태를 중심으로」, 한양대 박사학위논문, 1990.
이숭원, 「청록파 시의 자연표상」, 『근대시의 내면구조』, 새문사, 1998.
한영옥, 「서정시 다시 생각하기」, 『서정시의 본질과 근대성 비판』, 다운샘, 1999.
김재홍, 「목월시의 성격과 시사적 의미」, 『생명・사랑・자유의 시학』, 동학사, 1999.
최승호, 「박목월론:근원에의 향수와 반근대의식」, 국어국문학회, 2000.5.
최승호, 「박목월 서정시의 이데올로기와 '어머니'」, 우리말글학회, 2001.8.
금동철, 「박목월 시에 나타난 근원의식」, 『한국 현대시의 수사학』, 국학자료원, 2001.
서경온, 「박목월 시 연구」, 성신여대 박사학위논문, 2002.

계 또한 자연 표상으로 대변되는 그의 시세계와 연계된 변용의 세계이다. 『어머니』 이후의 시집 『砂礫質』(1970), 『無順』(1976)과 유고집인 『크고 부드러운 손』(1979) 등도 근원에의 지향의식에서 멀지 않지만, 본고에서는 신화적 시간과 그 시적 변용을 중심으로 하여 『어머니』까지를 포함한다.

연구중심으로 설정한 '신화적 시간'의 '신화'2)라는 기호는 '우주의 질서, 혹은 자연'에 대한 다른 이름으로 보아도 무방하다. 시간의 가속화 선상에 있는 근대의 문명인에게 자연은 현실이 아니라 욕망의 관념적 또는 상상적인 영역3)으로 신화적 세계가 되어버렸기 때문이다. 근대 이전의 사람들에게 오늘이란 어제의 반복이지만, 근대인들에게 오늘은 어제의 부정이기 때문에, 근대성이란 비판의 동의어이며 변화와 동일시되기도 한다. 또 근대성은 초시간적 원리를 긍정하지 않으며 검증하고 파괴하는 비판적 이성의 전개과정이고, 동일성의 원리도 아니며 엄청나게 빠른 속도로 진행되는 비판으로서의 차별성과 모순이다. 달리 말해 근대성은 분리이며 단일성이 깨지는 것4)을 의미하며, 이처럼 분리되고 깨진 단일성이 원초적 시간의 타락이고, 가차없는 쇠락의 과정을 걷는 근대의 역사인 것이다.

때문에 제2의 자연으로서 상상력의 시의 시간은 시간 이전의 시간이며, 날짜없는 원형적 시간이고, 곧 날짜없는 상상력의 시간이란 신화적 시간5)이다. 그러나 신화적인 원형의 시간은 근대적 조건과는 달

---

2) 시몬느 비에른느는 신화를 근원적 현실을 재체험하게 하는 이야기로서 깊은 종교적 욕구에, 정신적 열망에, 사회적 질서에 의한 구속과 요청에, 현실적 욕구에 부응하는 이야기로서 간주될 수 있다고 한다. 즉 근원적 현실로서 신화라는 의미다(시몬느 비에른느, 『통과제의와 문학』, 문학동네, 1996, p.99).
3) 노스럽 프라이, 『비평의 해부』, 한길사, 2000, p.242.
4) 옥타비오 파스, 『흙의 자식들』, 솔, 1999, p.20-46.
5) 신화적 시간은 근대적 인간에 의한 시간의 조건이 성립될 수 없다. 신화적

리 이전의 시간이 아니라 지금의 시간으로서 시작과 끝의 화해의 시간이므로, 원초적인 신화 시간으로의 복귀는 현재로의 복귀[6]로 봐야 한다. 그러므로 자연상징에서 출발한 박목월 시의 신화적 세계는 근대의 문명적 역사에 반대하며, 변화와 소멸의 근대에 대한 처방에서 비롯된 순환의 사고를 의미한다. 과거는 지나가면 그만인 시간이 아니라, 하나의 원형이며 불변하는 시간이고, 순환의 끝에서 역사적 존재인 우리를 기다리는 화해의 시간[7]이듯이, 순환의 사고에 근거한 박목월의 신화적 세계로의 지향은 순수회복을 향한 소망의 세계와 다름 없다.

자연, 고향, 어머니의 기호로 대변되는 박목월의 시를 신화의 시간으로 읽는다는 것은 시간의 가속화 선상에 놓인 문명인의 위상을 진단하는 의미와 다름없다. 이는 곧 동경하는 낭만적 주체의 탈근대적 진단으로서 박목월 시의 신화적 시간의 의의이다. 본고에서는 『靑鹿集』과 『山桃花』의 세계를 "우주적 자연의 신화적 시간과 상징의 언어"로, 『蘭·其他』『晴 曇』『경상도의 가랑잎』을 "향토적 자연의 신화적 시간과 몸의 언어"로, 『어머니』를 "어머니 회상의 신화적 시간과 회감의 언어"로 파악하여 쇠락과 타락의 근대에서 박목월 시의 신화적 시간의 의의를 확립할 것이다. 김재홍은 박목월 시의 시사적 의미를 1) 자연탐구의 시 및 언어미학 추구의 시라고 초기시를 보고 있고, 2) 인생론의 시 및 방황의 시로서 『蘭·其他』『晴 曇』의 세계를, 3) 자아탐구의 시 및 깨달음의 시로서 『경상도의 가랑잎』과 『어머니』를 보

시간과 인간은 분리의 존재가 아니라 단일한 존재였기 때문에, 인간들 사이의 관계 속에 그리고 역사 속에 있는 근대의 시간의 조건과는 다른 것이다 (엠마누엘 레비나스, 『시간과 타자』, 문예출판사, 1996, p.93).

6) 옥타비오 파스, 앞의 책, p.63-204.

7) 옥타비오 파스, 앞의 책, p.25.

고 있으나, 본고에서는 『경상도의 가랑잎』과 『어머니』를 분리한다.
『蘭・其他』이후부터 박목월 시의 변모는 자연표상의 변모뿐만 아니
라, 시적 대상에 대한 1인칭 화자의 개입으로도 변모를 보이는데,
『蘭・其他』부터 『경상도의 가랑잎』까지는 주로 현재시점이라면, 『어
머니』에 이르러서는 1인칭 화자의 개입뿐만 아니라 과거시점에 의한
회상의 시선으로 변모한다. 때문에 『어머니』를 독립항으로 분류한다.

2. 우주적 자연의 신화적 시간과 상징의 언어

근대의 문명인에게 우주적 질서로서 자연은 현실로서 실재하는 자
연은 아니지만, 상징으로 현현되어 태초의 시간으로의 회귀를 가능하
게 한다. 자연의 질서는 우주 창조를 해마다 반복함으로써 시간이 재
생되고 다시 근원의 시간으로 근대인을 향하게 한다. 순환하는 주기적
시간에 의해 영원한 현재로 회귀하는 시간인 것이다. 때문에 자연은
단지 자연스러운 것으로서의 의미만이 아니라, 근대인에게 신화적 상
징이 되어 우주적 생성의 재생을 현현한다. 상징이란 감추어진 의미
를 나타나게 만드는 재현이며 신비의 현현[8]이듯이, 우주 창조의 신성
성, 혹은 신화적 시간을 박목월은 자연의 상징을 통해서 복원시킨다.

머언 산 靑雲寺
낡은 기와집

山은 紫霞山
봄눈 녹으면

느릅나무

---

8) 질베르 뒤랑, 『상징적 상상력』, 문학과지성사, 1983, p.17.

속ㅅ잎 피어가는 열두 구비를

靑노루
맑은 눈에

도는
구름   〈靑노루〉 전문

　위 시는 <<청록파>>의 '청록'이라는 명명을 열어준 작품으로, 실
재의 노루가 아닌 상상의 청노루로써, 박목월의 자연은 상상된 자연
이며 그의 시의 풍경은 자연과 인간의 진정한 혼융의 소산이 아니라,
주관적인 욕구에 의하여 꾸며진 자기만족의 풍경[9]이라는 김우창의
지적을 일견 타당해 보이게 한다. 그러나 아직 봄눈은 녹지 않았을지
라도, 머잖아 봄눈 녹으면 보편적 재생의 상징인 느릅나무 속잎 피어
날 푸른 자연이 올 것은 당연하므로, 근대의 시인은 상징적 상상력으
로 근대적 시간을 초월하여 신화적 세계로 먼저 복귀한다. 때문에 단
지 자기만족의 풍경으로서 자연이 아니라, 근원적 질서를 동경하는
낭만적 주체의 상징적 자연이다.
　뿐만 아니라 '머언 산'이라는 지시는 근대의 시인과 근원적 산과의
사이에 분절된 사실적 거리를 의미할 뿐만 아니라, 시인과 자연 사이
에 놓인 상상적 거리, 곧 동경의 거리를 밝히고 있다. 또 '청노루 맑
은 눈에 도는 구름'도 시인과 자연 사이에 놓인 상상의 거리를 함유
하면서, 동시에 교감의 세계를 상징한다. 근원의 신화적 시간과의 지
속성이 단절된 근대적 존재로서의 거리감을 '머언'은 규정할 뿐만 아
니라, <청노루>의 자연이 단순히 순환에 의해 재연될 자연을 제시하

---

9) 김우창, 「한국시와 형이상」, 『궁핍한 시대의 시인』, 민음사, 1977, p.55.

는 차원이 아니라, 우주 창조의 근원의 시간을 갈망하는 시인의 동경
이 투여된 상징적 상상력으로서 자연임을 '머언'은 보다 구체화한다.
'청노루'가 가공적 노루일지라도 투명한 원형세계를 지향하는 시인의
소망의식이 내재된 노루인 것이다. '청노루 맑은 눈에 도는 구름'이라
는 상상의 세계가 아니어도 '머언 산'을 바라보는 시인의 실재 시선
역시 상상력의 시선과 마찬가지로 무한의 공간인 하늘을 우러르고 있
는데, 이는 곧 우주가 창조된 거룩한 시간[10]으로의 회귀를 꿈꾸는 낭
만적 의식투여에 다름 아니다.

배꽃가지
반쯤 가리고/달이 가네.

경주군 내동면
혹은 외동면
佛國寺 터를 잡은
그 언저리로

배꽃 가지
반쯤 가리고
달이 가네.   〈달〉 전문

달은 우주적 생성의 원형[11]으로써 그 상징성을 지니는데, 생성의
근원이 해가 아니라 달이라는 점은 달이 곧 여성성에 비유되는 것과
무관하지 않다. 한 달 동안의 순환을 통해서 달은 생성과 소멸, 그리
고 또 다시 돌아온 생성의 과정을 되풀이하듯이, 달에 투여된 박목월

---

10) 멀치아 엘리아데, 『성과 속』, 학민사, 1983, p.72.
11) 멀치아 엘리아데, 앞의 책, p.159.

의 생성의식 역시 우주의 가장 깊은 구조적 원리에 대한 탐구를 드러
낸다. 그것은 디오니소스적 생생력의 원리에 대한 탐구이며 아폴론적
질서를 창조하는 근원의 원리에 대한 탐구의식이다.

따라서 구름 속을 뚫고 언뜻언뜻 내비치며 '배꽃가지 반쯤 가리
고', '가고 있는' 달이란 정지된 물상이 아니어서 시인과의 심리적 및
사실적 거리를 더욱 멀게 한다. 움직이고 있으니 시인의 시선에 고정
적으로 포착될 수 없음은 당연하다. 또 불국사 터를 잡은 그 '언저리'
로 가고 있는 달이라 하여, '언저리'의 이미지 역시 멀어져가는 이미
지로 시인과의 거리감을 규정한다. <청노루>의 '머언 산'의 지시처
럼 '가고 있는 달' 역시 근대적 시인의 위치와 신화가 돼버린 우주적
자연과의 거리감을 현시한다.

그럼에도 <청노루>와 마찬가지로 <달>에서도 시인의 시선은 하
늘을 향하고 있어서 무한한 우주로의 초월을 지향하는 시인의 소망을
계시적으로 드러낸다. 우주와 지상의 시인과의 거리에도 불구하고 시
인의 소망의식은 그 거리를 무화시키는 지향태를 멈추지 않는다. 상
상의 청운사나, 지시된 불국사가 아니라 터를 잡은 언저리로 부각된
불국사 역시 우주적 자연과 다름없이 초월적 혹은 신성의 세계를 상
징하는데, 이 또한 시인의 탈근대적 순환인식이 함유된 종교적 대상
이다. 종교적 대상에 투여된 신화적 세계나 지향된 우주적 자연으로
현현된 신화적 세계나 근원적 질서를 동경하는 낭만적 주체의 상징적
언어가 빚은 교감의 세계라는 점으로 동일하다.

3. 향토적 자연의 신화적 시간과 몸의 언어

근원적 질서로서 우주적 자연과 다르지만, 근대적 문명사회의 근원
적 사회라는 의미에서 향토적 자연은 신화적 시간대와 다르지 않다.

인류의 농경 발견은 성, 풍요, 여성과 대지의 신화 등을 새로 등장하게 하였고, 위대한 어머니로서 여신, 풍요의 정령 등은 천지창조적 세계보다 더 역동적인 존재[12]가 되었다. 근대문명 이전의 역동적 농경사회는 대지의 신화시대였을 뿐만 아니라, 여전히 자연과 인간과의 동일성의 원리가 지배했고 제의가 지배한 사회였던 것이다. 근대적 분리의 삶이 아니라 주기적으로 반복되는 자연의 원리에 의해 지배된 어제의 반복으로서 오늘의 삶이었고, 원초적 시대가 아니라 문명시대였을지라도 근대 이전의 농경사회는 자연의 모방일 뿐만 아니라, 자연에서 전적으로 인간적인 형식[13]을 만드는 과정으로서 농경사회였다. 그것은 곧 향토적 자연으로 근대 이전의 신화적 시간인 것이다.

고모요,
고모집 울타리에
유달리 기름진 경상도의 뽕잎,
그 뽕잎에 달빛.
가난이 죄라지만
六十평생을,
三十里 밖을 모르고
살림에만 쪼들린.
손님 床에
모지러진 숟갈.
고모요,
칠칠한 그 솜씨로도
못 휘어잡은 가난을
山川은 어쩌자고
저리도 기름지고

---

12) 멀치아 엘리아데, 앞의 책, p.112.
13) 노스럽 프라이, 앞의 책, p.220.

쑥국새는 아침부터
저리도 우능기요.
고모요,
막내 고모요.
花川ㅅ골 진달래는
지천으로 피는데
사람 평생
잘 살믄 별난기요.
그렁
저렁
살믄 사는 보람도 서고,
아들이 컸잖는기요.
저 덩치 보이소.
며누리 보고 손자 보믄
사람 일 다 하는거로
유달리 넓직한
경상도 뽕잎에
밤이슬은 왜 이리도 굵은기요.

〈노래〉 전문

향토의 자연은 '잘 살믄 별난기요./그렁/저렁/살믄 사는 보람도 서
고/아들이 컸잖는기요./저 덩치 보이소./며누리 보고 손자 보믄/사람
일 다 하는거로' 라고 자연의 원리에 순응하여 사람사는 보람을 찾게
한다. 타자가 된 자연이 아니며 주체가 된 인간이 아니라 자연과 혼
융된 인간의 시간으로 근대이전의 신화적 시간이다. 육십 평생을 삼
십리 밖을 모르지만, 울타리의 유달리 기름진 뽕잎위에 맺힌 굵은 밤
이슬이, 혹은 기름진 산천과 쑥국새의 울음이 삼십리 보다 먼 무한으
로 유인하는 힘으로 작용한다. 우주적 자연의 관념적 자연과 달리, 울
타리의 뽕잎과 쑥국새 울음이 있는 산천은 시인에게 체화된 향토의

자연이다. 때문에 시인의 시선은 무한의 창공으로 향하고 있지 않으며, 그래서 상징의 자연이 아니라 몸의 자연이지만, 분리의 근대를 지양하고 자연으로의 동일성을 꿈꾸는 의식은 상징의 자연보다 더 사실적이다.

근대의 문명은 아들 손자 3대가 함께 사는 대가족 혹은 공동체의 삶을 붕괴시켰고, 때문에 이와 같은 근대 이전의 가족구조 및 사회는 근대의 원형이나 다름없다. 원형사회로서 전통사회는 불변하는 시간대이며 제의와 축제 중심의 사회이고, 풍요와 대지의 신화가 존재한 사회다. 비록 가난지배의 삶일지라도 그 가난은 자연의 치유력으로, 혹은 제의적 성격에 의해 치료가 가능한 삶이었다. 그러므로 향토적 자연 역시 상징의 자연의 힘과 마찬가지로 원형적 시간에 대한 갈망을 반영하며, 뿐만 아니라 순수한 사회로의 회복을 보다더 구체화한다. 오히려 상징의 자연에 비하여 소망하는 태도가 구체적이고 직접적이어서 원형에 대한 생래적 유인력을 지닌다.

가난의 치유를 노래하는 <노래>는 자연의 치유력으로 기능할 뿐만 아니라, 민요적 가락이 풀어내는 치유력으로도 원형사회의 순수의 세계를 또한 노래한다. 나아가 '우능기요, 커잖는기요, 보이소, 굵은기요' 등의 경상도 방언 역시 <노래>가 지닌 치유적 초월성으로 작용한다. 방언은 특히 시의 언어 중에서도 시의 언어로서 몸의 언어[14]를

---

14) 몸의 언어라는 명칭은 이성의 언어에 대립한 시의 언어라는 명칭과 다르지 않다. 그러므로 넓게는 상징의 언어, 회감의 언어가 모두 몸의 언어에 포함될 수 있다. 그러나 본장에서는 시의 언어로서의 총칭에 해당하는 몸의 언어가 아니라 보다 좁은 의미로서 삶의 언어, 생활의 언어, 감성의 언어라는 개념으로 사용한다. 상징의 언어는 시적 주체가 지향하는 순수 이데아의 세계로서 관념의 세계가 내재된 개념이라면, 본 장의 몸의 언어는 관념의 세계가 아니라 생활을 시적 범주로 설정한 보다 좁은 테두리의 시의 언어라는 개념이다. 옥타비오 파스는 몸의 언어를 계몽주의 시대의 언어와 구별하여 낭만주의적 열정으로 의미하면서, 몸의 언어란 감성의 언어로 대체할 수 있고,

대변한다. 몸이 말하는 언어는 꿈과 상징과 은유의 언어로서, 거기서 聖과 俗이 기묘한 동맹관계를 맺듯이[15], 그중에서도 방언에 의한 몸의 언어는 관념이 제거된 온전한 감성의 담지체이다. 기의의 기호를 초월한 감성의 담지체로서 경상도 방언에 의한 박목월의 시는 농경사회의 원형을 노래하여 신화적 시간으로 근대를 환원시킨다. 결국 박목월 시의 현실에 대한 승화적 태도는 '천상의 질서를 동경하고 그 질서에 존재하는 절대자인 신이 내리는 은총을 받아들임으로써 얻어지는 기독교적 달관'[16]과 같은 맥락일 수 있지만, 보다 엄밀히는 종교적 주체로서의 달관에서 출발한 것이기 보다는 신화적 시간에 대한 낭만적 동경과 그를 향한 자연매개의 치유력에서 비롯된 승화이다. 시인은 시를 창작하는 과정에서 비로소 자신이 재발견한 것이 무엇인지를 알게 되기 때문[17]에, 박목월의 승화적 태도는 대지의 신화를 비롯한 몸의 언어가 지닌 치유력에 있으며, 그 치유력에서 비롯된 초월인 것이다.

'우리 고장에서는/오빠를/오라베라 했다./그 무뚝뚝하고 왁살스러운 악센트로/오오라베 부르면/나는/앞이 칵 막히도록 좋았다.//나는 머루처럼 透明한/밤하늘을 사랑했다./그리고 오디가 샛까만/뽕나무를 사랑했다./혹은 울타리 섶에 피는/이슬마꽃 같은 것을…/그런 것은/나무나 하늘이나 꽃이기보다/내 고장의 그 사투리라 싶었다.//참말로/경상도 사투리에는/약간 풀냄새가 난다./약간 이슬냄새가 난다./그리고 입안에

감성은 자연과의 일치이며, 열정은 사회적 질서에 대한 위반이라고 한다. 감성과 열정은 자연의 산물이지만, 인간화된 자연, 즉 몸이라고 한다(옥타비오 파스, 앞의 책, p.52). 따라서 인간화된 자연으로서 몸이란 박목월 시에서 향토적 자연의 중심구조로 작용한다고 보았다.

15) 옥타비오 파스, 앞의 책, p.52.

16) 금동철, 앞의 책, p.230.

17) 존 홀 휠록, 『시란 무엇인가』, 울산대학교출판부, 2000, p.28.

마르는/黃土흙 타는 냄새가 난다.'는 <사투리>는 상상력이 불필요하고 무의미한, 오직 사투리에 대한 은유의 해설로 이루어져 있다. 시인이 사랑한 것은 밤하늘이고 오디가 샛까만 뽕나무고 울타리 섶에 피는 이슬마꽃 같은 것이지만, 그러나 보다 더 깊이 사랑한 것은 나무나 하늘이나 꽃이기 보다 '내 고장의 사투리'이다. 내 고장 '사투리에는 약간 풀냄새가 나고, 이슬냄새가 나는, 그리고 황토흙 타는 냄새'가 나는 삶이 있는 향토적 자연인 것이다. 그래서 '오라베'는 곧 풀냄새요 이슬냄새며 황토흙 타는 냄새다. 시의 언어로서 사투리는 향토의 자연과 같이 몸의 언어로서 대지의 신화력을 은유한다. 그래서 고향의 자연은 고향의 방언과 함께 근원의 세계를 보다 구체적으로 현재화하는 기능을 하는 것이다. 특히 향토적 자연의 신화적 시간속에서 박목월의 시선은 천상적 세계에 대한 동경의 시선이 아니라 대지를 향하고 있어서, 낭만적 주체의 현실태를 보이기도 한다. 결국 카오스에서 천지창조를 이룬 코스모스는 자연이며, 그 자연은 근대에 이르러 상징적 자연이거나, 향토적 자연이거나 시의 시간으로써 시간 이전의 시간을 구성하는 원형적 시간의 현현이며, 곧 신의 현현[18]으로로 작용한다.

4. 어머니 회상의 신화적 시간과 회감의 언어

어머니 기호는 대지의 기호와 같을 수도 있지만, 물론 박목월 시에서도 대지의 여신으로서 가이아와 같은 맥락의 어머니 기호이기도 하지만, 그러나 보다는 박목월 개인의 어머니 회상으로서 개인적 신화

---

18) 독일의 신비주의 철학자인 뵈메는 신과 자연을 동일시하였으며, 자연은 기호를 통하여 인간에게 말하거나 계시한다고 하였다(로이 헤리스, 『소쉬르와 비트겐슈타인의 언어』, 보고사, 1990, p.39).

중심으로 설정한다. 대지의 여신으로서 어머니 기호는 앞장의 향토적 자연과 같은 맥락으로 보아, 본 장에서는 시인의 개인적 일체의 세계로서 어머니 기호로 제한한다.

박목월이 어머니 기호를 통한 유년회상으로 회귀한 시적 근거 역시 유년의 상징의 자연이나 향토의 자연처럼 분리된 근대적 주체가 회귀할 수 있는 가장 순수의 원형시간이기 때문일 것이다. 관념적 순수의 세계도 아니며, 삶의 초월을 꿈꾸면서 비롯된 순수도 아닌 순수 체험의 온전한 시간대로서 시간이전의 시간[19]인 유년은 어머니 기호로서 대체된다. 근대의 주체는, 특히 유년에서 분리되어 타자, 즉 거울 속의 시니피에와 시니피앙과 항상 대결상태에 놓이는데, 그 대결상태에 처한 근대의 주체에게 온갖 요구의 수신자인 풍성한 어머니의 몸은 나르시시스적인, 따라서 상상적인 모든 효과와 만족을 대신[20]하기도 한다. 그러나 어머니로부터 분리된 비극적 주체가 꿈꾸는 세계로서 어머니 기호는 상상적인 모든 효과를 만족시키는 대신, 오히려 부재중인 어머니를 향한 그리움의 정서만을 강화시키기도 한다. 그래서 언어는 과거시제에 의한 회감의 언어일 수밖에 없다.

지금은 月城郡이지만
그때는 商州郡이었다.

---

19) 옥타비오 파스는 혁명과 시는 현재의 불평등한 역사의 시간을 부수고 다른 시간을 세우려는 시도라고 보면서, 그러나 시의 시간은 혁명의 시간과는 다르며, 혁명의 시간은 비판 이성에 의하여 기록되는 시간, 즉 유토피아의 미래라고 한다. 반면에 시의 시간은 시간 이전의 시간이며 어린아이의 눈에 보이는 날짜없는 원형적 시간이며, 상상력의 날짜없는 시간은 혁명적 시간이 아니라 신화적 시간이라고 한다. 비판이성과 혁명이 지향하는 미래라는 시간에 대항해서 시는 감수성과 상상력의 날짜없는 시간, 원초적 시간을 긍정한다(옥타비오 파스, 앞의 책, p.63-71)는 것이다.
20) 줄리아 크리스테바, 『시적 언어의 혁명』, 동문선, 2000, p.50-51.

경상북도 경주군
서면 모랑리에
쨍쨍한
햇빛과
향기로운 바람.
으뜸 산기슭에
오두막 三間
어머니와 살았다.
사립문 옆에는
대추나무,
울밖에는 옹당 벌샘.
그때만 해도
어머니는 파랗게 젊으시고
초가지붕에 올린 박은
달덩이만큼 컸다.
서리 온 지붕에는
빨간 고추
반쯤은 하얀 목화.
행복이 무엇인지
나는 몰랐다.
알 리도 없는 어린 그때는
눈 오는 밤이면
처마에 종이 초롱
돌방아를 찧는 밤에는
웅성거리는 사람 소리.
밤참은 찬밥에
서걱서걱 무김치.
나는
모랑리에서 어린날을 보냈다.
경상북도 경주군
서면 모랑리

코뚜레도 꿰지 않는
부륵쇠
굴레 없이 자라난
부륵 송아지.
〈부륵쇠〉 전문

시집 『어머니』는 시적 화자가 1인칭 시점에서 주로 '나'의 유년의 이야기 하기를 중심구조로 하고 있다. 또 어머니 기호를 중심으로 한 나의 유년의 이야기지만, 유년에는 어머니뿐만 아니라 시인의 고향이 등장하지 않을 수 없듯이, 위 시에서도 박목월의 고향인 경주군 서면 모량리에 쨍쨍한 햇빛과 향기로운 바람은 으뜸 산기슭의 삼간짜리 오두막을 행복의 터전으로 변화시키는 자연으로써 치유의 힘으로 작용한다. 유년회상은 고향회상의 다른 언표이며 분리 이전의 전일적 세계로서 자연의 치유력이 유효했던 신화적 시간인 것이다. 시인은 이와 같은 유년의 신화성을 '행복이 무엇인지 몰랐다'고 하지만, 이는 곧 '불행이 무엇인지 몰랐다'에 대한 역설이나 다름없다.

행·불행 미분리의 유년은 파랗게 젊으신 어머니가 있고, 초가지붕의 박이 달덩이만큼 크고, 빨간 고추, 하얀 목화 때문이기도 하고, 분리이전의 신화적 시간이 지닌 원형때문이기도 하다. 그 원형의 순수는 코뚜레도 꿰지 않고 굴레없이 자라난 부륵쇠와의 동일체적 묘사에서 강화되는데, <부륵쇠>는 '부륵쇠'를 말하기 위함이 아니라, '유년의 나'와 '유년의 향수'를 말하기 위한 동일체적 매개물로서 부륵쇠다. 행·불행을 모르는 부륵쇠나 유년의 나는 불변하는 어머니의 풍성한 대지가 있기 때문에 비로소 가능했다. 그러므로 유년이란 불변하는 의식의 공간이며, 그 의식의 공간을 차지하는 불변의 원형을 어머니 기호가 지배한다.

그러나 시는 아름답지만, 시의 정조는 비극적 회감이다. 특히 어머니는 현재 파란 어머니가 아니기 때문이다. 어머니 회상으로 시의 시간은 시간이전의 시간으로 회귀해 있지만, 시의 주체는 분리의 시간대에 속함을 외면할 수 없다. 문체도 '오두막 삼간 어머니와 살았다'라거나 '나는 어린날을 모량리에서 보냈다' 등 사실에 준한 과거시제의 서술체지만, 그러나 마지막 행에서, '경상북도 경주군/서면 모량리/코뚜레도 꿰지 않는/부륵쇠/굴레 없이 자라난/부륵 송아지'로 마감하여 굴레 없었던 유년의 원형을 운율적 배열에 의해 회감하고 있다. 비록 시간의 간극이 빚은 비극적 정조속에서도 회감에 의한 어린애다운 음조와 원형의 세계가 시적 기교를 무의미하게 하는 감동의 힘, 마술의 힘으로 작용한다. 언어기호가 의미를 전달하는 것이 아니라 언어속에 해소된 원형의 세계가 회감의 정조를 생산하는 것이다.

서정적인 작품은 전적으로 외로운 생활속에 깃든 정적에서만 그 꽃을 피운다[21]는 에밀 슈타이거의 지적처럼, 어머니 기호에 의한 유년회상의 박목월 시는 그의 시를 가장 서정적이게 한다. 과거 시점은 시적 주체가 과거의 원형에서 분리되어 있는 현재와의 간극을 강조해 보여주기 때문에, 동시에 근대의 주체가 돌아갈 수 없는 단절의 세계라는 사실이 확인되기 때문에 비극적 서정을 강화한다. 시인의 심연에 내재된 어머니는 파랗게 젊은 어머니겠지만, 지금의 어머니는 그렇지 않으므로, 시간의 간극이 서정의 비극미를 극명하게 생산한다. 그러나 비록 회감의 언어에 의한 비극적 서정속에서도 어머니 기호에 의한 유년의 원형은 훼손되지 않은 시간이전의 시간이기 때문에 신화적 시간이며 순수의 시간으로 아름답게 회상될 수밖에 없다.

갈밭 마을의

---

21) 에밀 슈타이거, 『시학의 근본개념』, 삼중당, 1978, p.78.

명주 고름처름 새하얀
보름밤의 오솔길.

한가닥은 감밭으로 묻혀 버리고
한가닥은 개울을 돌아
들판으로 건너가고

갈림길 어구에서
나는
갈잎피리만 불었다.

바람이 불때마다
갈잎에 살아나는
어머니의 음성.

달빛에 나부끼는
갈잎에 살아나는
하얀 어머니의
얼굴.

어머니는
버선을 뽑으신 일이 없었지만
달빛에 나부끼는
갈잎에
빛나는 어머니의 맨발.　　　　　　　　　〈갈밭 마을의 명주고름 같은〉 전문

　<갈밭 마을의 명주고름 같은>에서는 보다 어머니회상을 중심으로
하여 원형세계를 빚고 있다. 가령 '갈밭 마을의 명주 고름처럼 새하얀
보름밤의 오솔길'의 '갈림길 어구에서 나는 갈잎피리만 불었다' 라거
나, '바람이 불때마다 갈잎에 살아나는 어머니의 음성' 혹은 '달빛에

나부끼는 갈잎에 빛나는 어머니의 맨발' 등은 외로운 서정적 자아를 매개하면서도, 동시에 그 외로움을 해소시키는 기능을 한다. 갈림길 어구에서 갈잎피리만 불고 있는 나, 혹은 갈잎에 살아나는 어머니의 음성, 그리고 갈잎에 빛나는 어머니의 맨발 등, 유음중심의 감성의 언어는 유년의 순수를 보다 살아있게 회감하는 매개물이다. 비극과 순수의 이중주가 시적 자아의 외로움을 해소시키면서 동시에 강화하는 것이다.

특히 소리와 흰색의 감각적 언표에 의한 순수회귀를 지향하고 있는 위 시는, 가령 '명주 고름처럼 새하얀 보름밤의 오솔길', '갈잎에 살아나는 하얀 어머니의 얼굴', '버선을 뽑으신 일이 없었지만 달빛에 나부끼는 갈잎에 빛나는 어머니의 맨발' 등의 자연의 흰색 이미지와 어머니의 흰색 이미지과 융합하여 근원의 세계에 대한 동경의식을 대변한다. 또 '나는 갈잎피리만 불었다' 거나 '바람이 불때마다 갈잎에 살아나는 어머니의 음성' 등은 자연의 소리와 어머니의 음성 및 나의 갈잎피리소리가 융합되어 이 또한 근원의 세계에 대한 동경의식을 대변하고 있다. 유음중심의 감성의 언어와 함께 소리와 색감의 감각적 언어는 근대적 주체의 비극적 간극을 해소시키면서 동시에 순수의 세계를 향한 외로움을 강화하는 기능을 한다. 동경은 욕구와 공허에 의해 충족을 추구하는 아름다운 영혼의 불행한 의식상태이므로, 낭만적 주체의 비극성이 강화되는 비극적 주체로의 전환이 일어난다.

이처럼 어머니 기호는 시적 자아의 생명체적 근원이며 존재론적 근원이기 때문에 어머니 기호가 부재한 향토의 세계와는 달리 서정적 자아의 회감의 근원을 보다 구체적으로 심화시킨다. 비록 근대적 주체가 아닐지라도, 그리고 순환하는 자연의 시간에 순응할지라도 인간 존재는 시간의 존재일 수밖에 없으므로, 어머니로부터 분리될 수밖에 없는 숙명적 존재성을 지닌다. 더욱이 근원에서 분리된 근대의 서정적 주체가 보이는 어머니 회상은 유년으로의 회귀가 불가능한 신화시간임을 역설적으로 확인시킨다. 어머니 기호에 의한 회감의 정서에서 낭만적 주체는 비극적 주체로 전환하여 근대의 비극적 실존태를 확인시킬 수밖에 없다. 우주의 자연과 향토는 실재하는 현실이 아니라 타자로서 현실일지라도 현실이지만, 파란 어머니는 영원히 부재중인 그리움의 대상이기 때문이다.

5. 맺음말

본 고는 박목월 시의 시간구조를 신화적 시간이란 관점으로 접근하여 박목월 시세계의 현재적 의의를 재고하고자 하였다. 자연과 동일체였던 인간의 언어는 근대와 더불어 근원에서 분리되고, 본질은 없고 역사만 있는 언어로 해체되어왔다. 근대의 시간이 공간을 정복하여 원초적 시간은 불가사의한 현실이 되어 멀어져버린 것이다. 이러한 때에 우주적 생성을 위하여, 혹은 보편적 재생을 위하여 자연, 고향, 어머니 기호에 의한 박목월 시에 대한 신화적 관점이 보다 의의있는 접근이 아닐 수 없다.

박목월은 초기, 주로 우주적 자연을 통해 순수 이데아의 세계를 지향하였다. 우주 생성의 근원적 자연은 상징의 언어에 의해서 신화적 시간이라는 낭만적 주체의 동경의 세계로 표상되었고, 중기에는 1인칭 화자가 시의 표면에 등장하는 변모를 보이면서, 동시에 자연표상에 있어서도 근원적 자연에 대한 동경이 아니라, 향토적 자연으로써 천상보다는 지상적 자연에 시선을 맞추고 있다. 이는 곧 생활이 있는 자연이다. 특히 생활이 있는 자연으로서 향토의 자연은 가난조차 해소시키는 감성의 언어, 곧 방언에 의한 몸언어와 함께 시를 보다 살아있게 한다. 단지 기의로서 언어가 기능하는 것이 아니라, 생활이, 삶이 시의 전면으로 부각되는 방언의 미학으로, 말이 곧 시가 되는 언어 미학이다. 시집 『어머니』에서는 어머니 기호에 의한 유년회상을 중심으로, 유년의 원형에서 분리된 시적 화자의 비극적 현재를 과거 시제에 의해 표출하고 있다. 회감의 언어가 지닌 서정미학은 유년회 상에서 보다 강화되지만, 과거시제는 신화적 시간을 향한 회귀불가능 을 보다 사실화하기도 한다. 그러므로 우주적 자연이나 향토적 자연 에서 낭만적 주체였던 시적 주체는 어머니 회상에서 비극적 주체로 전환한다.

그럼에도 신화적 시간의 박목월 시는 이데아 지향의 자연이든, 향 토적 자연이든, 어머니 기호와 함께 한 자연이든 신화적 시간으로서 자연이 시의 중심에 있다. 자연을 중심으로 한 신의 현현태인 것이다. 우주창조의 질서는 자연으로 가시화되므로, 자연과 함께 한 시세계는 근대의 분리적 주체에게 신화세계나 다름없다. 오늘은 어제의 부정이 고 내일 역시 오늘의 부정이라는 근대에서, 오늘이 어제의 반복이었 던 신화시대를 순환적 시간에 의해 재생되는 우주창조의 자연에서 만 나게 되는 것이다. 그러므로 자연, 향토, 어머니 기호로 대변되는 박 목월의 시는 분리되고 단절된 근대인을 원형의 시간으로의, 혹은 신 화적 시간으로의 복귀를 꿈꾸게 하는 근대극복의 의의를 지닌다.

VII. 박용래 시의 동일성의 시학

1. 머리말

박용래 시에 대한 그동안의 연구[1]결과는 그의 시에 대한 구조시학적 접근과 전형적인 전통서정시로서의 세계라는 접근으로 나누어진다. 이와 같은 연구결과는 박용래 시의 특징을 일축하여 지시하고 있는 것이나 다름없다. 그러나 박용래 시의 특징은 전통 서정시라는 서정성에 천착하고 있으면서도, 동시에 묘사력에 있어서는 '말하기'의 기법이 아니라 '보여주기' 기법에 의한 형상화라서 현대적 시쓰기를 담지한 독특함을 지니고 있다. 때문에 그의 시는 '절제의 시학', 혹은 이미지즘 시학에 의한 풍경화를 그리고 있다. 그 풍경 속에는 자연과

---

1) 이승훈, 「박용래의 시세계-빈잔의 시학」, 『백발의 꽃대궁』, 문학예술사, 1979.
　　오탁번, 「콩깍지와 새의 온기」, 『현대문학산고』, 고려대학교출판부, 1979.
　　김재홍, 「전원상징과 낙하의 상상력」, 『시와 진실』, 이우출판사, 1984.
　　손종호, 「박용래 시세계 연구」, 충남대인문연구소 논문집, 1989.
　　최동호, 「박용래론-한국적 서정의 좁힘과 비움」, 『평정의 시학을 위하여』, 민음사, 1991.
　　정효구, 「박용래 시의 기호론적 분석」, 『시와 시학』봄호, 1991.
　　조창환, 「박용래 시의 운율론적 접근」, 『시와 시학』봄호, 1991.
　　최승호, 「박용래론:근원의식과 제유의 수사학」, 우리말글학회, 2000.

분리된 근대인의 그림자는 찾아보기 어렵다. 비록 근대인으로서의 시인의 분리적 정조가 음영으로 내재되어 있어도, 그것은 시인과 시와의 사이에 형성된 거리에 의해 제거된다. 즉 시는 시인과 분리되어 자연으로 남는다. 그러므로 그의 시는 자연화로서 풍경화이다. 비록 인간이 함께 한 풍경일지라도, 그 인간은 근대적 인간이 아니라, 자연이 된, 즉 자연으로서 인간이다. 때문에 자연으로서 인간이란 자연의 풍경화에서 일탈된 근대적 인간이 아니라, 자연 그 자체로 있는 인간이다. 이와 같은 관점이 외형의 구조적 측면에 입각한 박용래 시의 자연연구라면, 무의식의 반영인 상징으로서 자연은 박용래를 지배하는 내면세계에 대한 접근이다.

따라서 서정의 세계와 절제의 태도가 통합된 박용래 시의 근원은 '동일성의 시학'에 닿아있다. 박용래 시는 사물들 사이의 내적 연관성의 통합이라는 서정성[2] 차원에만 준한 것이 아니라, 절제의 태도로서 시쓰기라는 형상화의 방법 역시 그의 동일성의 시학을 구성하고 있다. 절제의 태도는 시인의 시선이 시의 중심 모티프를 향하여 모아짐으로써 이루어진다. 즉 중심 모티프를 향한 시인의 동일시의 시선이 절제의 태도를 빚고있다. 뿐만 아니라 무의식의 반영으로서 상징의 자연 또한 동일성을 지향하는 박용래의 동일시의 태도이다. 이처럼 내용과 형식이 동일성의 시학으로 통합된 시로서 박용래 시의 근원적 특징이 있다. 특히 시적 화자가 은폐된 탈주관화[3]의 태도가 인물을

---

2) 최승호, 앞의 글, p.406.

3) 탈주관화는 칼 하인츠 보러(『절대적 현존』, 문학동네, 1998)의 개념인데, 이는 서정적 자아가 말하고 있는 것이 아니라, 서정적인 대상 속으로 들어가 버린 자아를 의미한다. 박용래 시에서 탈주관화는 '절제의 태도' 및 '이미니즘' 기법에 의한 시쓰기에서 형성된다. 이외에도 탈주관화에 의한 서정적 시쓰기는 박용래 시뿐만이 아니라, 백석의 이미지즘 시(진순애, 「백석 시의 심미적 모더니티」, 『비교문학』2003.2), 정지용의 이미지즘 시 등에서도 찾아볼 수 있다.

포함한 시의 풍경조차도 탈인간적 자연화로서의 기능을 하게 하는 절제미를 형성한다.

그러므로 시적 화자로 비유된 근대적 인간, 곧 근대적 자아가 은폐된 박용래의 시는 탈근대로서 근대에 대한 비동일화[4]의 담론을 시적 대상과 시적 태도의 통합으로써 보여준다. 전통적인 방법으로 서정적 동일성을 이루어내는 사상이 근대 이전에는 지배 이데올로기에 가까웠다면, 근대 이후에는 그것이 하나의 저항 이데올로기로 작용하게 된다[5]는 논리처럼, 사상으로서 서정적 동일성은 탈근대적인 비동일화의 담론이다. 따라서 본 논고는 박용래 시를 '동일성의 시학'으로 보면서, 이에 따라, '동일성의 시학'을 형성하는 시의 구체적 요인들을 자연중심으로 규명하는 데 있다. 즉 어떠한 방법 혹은 태도로서 자연에 대한 '동일성의 시학'이 구축되어 있는가에 본 연구의 목적이 있다. 서정시가 근대에 대한 비동일화의 담론으로써 동일성의 사상을 담지하고 있다는 서정시 연구자들의 결과는 이제 일반적인 인식화 단계에 이르렀다. 그러므로 이와 같은 연구결과와 더불어 시적 대상과 시적 태도가 통합된 '동일성의 시학'에 준한 박용래 시의 자연연구는 그의 시적 독특성을 보다 견고히 할 것이다.

2. 계합적 이미저리로서 자연

문학 텍스트에서 관찰되는 관계의 얽힘을 크게 두 부류로 나눌 때, 텍스트 안에 함께 나타나 있는 요소들 사이의 관계, 즉 現前 관계와,

---

4) 페쇠에 의하면 비동일화의 주체는 이데올로기 중심의 지배적 실천에 편승하는 동시에 저항하는 작업의 결과로서 역설적인 통합 paradoxical integration의 주체라고 한다(진순애, 『한국 현대시와 모더니티』, 태학사, 1999, p.99에서 재인용).

5) 서림, 「다산성의 서정시학」, 『말의 혀』, 새미, 2000, p.71.

다른 한편으로는 나타나 있지 않은 요소들 사이의 관계, 즉 非現前 관계가 그것이다.6) 이때 비현전 관계는 의미의 관계와 상징의 관계이다. 이에 대한 명칭에 있어서 언어학에서는 현전 관계가 통합적 관계로, 비현전 관계가 계합적 관계로, 혹은 언어의 통사적 국면과 의미적 국면으로 대응된다. 문학 텍스트의 현전 관계에 대한 연구는 통사적 혹은 언표적 국면으로의 접근에서 비롯되고, 비현전 관계에 대한 연구는 의미적 국면으로의 접근에서 이루어진다.

박용래 시의 주 대상인 자연이 계합적 이미저리로서 조직을 이룬 경우, 그 이미저리는 상징적 이미지에 의한 계합구조이다. 물론 자연7) 이란 박용래 시에서뿐만 아니라, 대부분의 서정시에서 상징적 이미지의 대상으로 작용한다. 상징적 이미지로서 박용래 시의 자연 역시 여타 전통 서정시와 다르지 않다. 그러나 다르지 않은 가운데서도 나타나는 차이는 박용래의 시쓰기의 독특함에서 비롯된다. 이는 곧 <무기교로서의 기교의 시학>을 의미하기도 하며, 또 한 편의 시에 선택된 자연물이 모두 계합적 이미저리로서 구심을 이루고 있다는 점에서 나타난다. 무기교로서의 기교의 시학이란 의도된 시적 장치가 시속에 흡수되어 버려서 표출되어 보이지 않거나, 시적 주체의 목소리가 은폐된 동일성 지향의 태도에서 비롯된다. 더불어 율조를 조성하는 자연스러운 시어의 배열에서도 비롯된다. 때문에 박용래 시의 자연물들은 중심 모티프를 향하여 독립적으로 존재하면서, 동시에 융합되는 동일한 상징적 이미지를 이룬다. 동일한 상징적 이미지를 이루는 박용래 시의 조직은 동일성의 시학에 근거한 이미저리이며 조직이다.

---

6) 츠베탕 토도로브, 『구조시학』, 문학과지성사, 1987, p.33.

7) 상징적 상상력은 시간의 지속성으로 형성된다. 자연은 인간의 역사를 앞지른 가장 오랜 지속성의 세계이다. 그러므로 지속성의 근원으로서 자연은 원형상징의 세계이다.

특히 근대적 자아가 일탈된 상태에서 구축된 동일성의 시학은 박용래
시의 계합적 이미저리로서 자연대상을 보다 돋보이게 하고 있다.

나직한
담
꽈리 부네요

귀에
가득
갈바람 이네요

흩어지는 흩어지는
汽笛
꽃씨 뿐이네요.   〈秋日〉 전문

　시는 가을날의 적막한 이미지를 향해 사물들의 소리이미지 중심의
계합구조를 이루고 있다. '나직한 담'은 농촌의 허름하면서 나직한 흙
담 이미지를 연상시키고, '담/꽈리 분다'는 언술은 담 옆의 꽈리나무
에서 익어가는 꽈리를 일컫는 활유적 수사법이다. 이는 꽈리나무가
있고 나직한 흙담이 있는 허름하지만 정겨운 이미지를 생산하고 있는
풍경이다. 그러나 비록 풍경은 정겹지만, <추일>의 계합적 이미저리
를 향한 형상화로서의 꽈리소리는 적막한 의미적 국면을 환기시킨다.
또 '귀에 가득 이는 갈바람' 소리도 말 그대로 '가을바람'의 적막한
이미지가 <추일>의 이미저리에 계합하고 있다. '흩어지는 기적'은
'흩어지는 꽃씨'와의 계합을 위해 '퍼지는 기적소리'를 대신하면서,
동시에 <추일>의 이미저리를 향해 기여한다.
　빛이 겨울의 소멸대를 찾아가기 전에 마지막을 남기는 가을의 시

간대는 소멸의 빛과는 반대로 소리가 서서히 살아나는 시간대이다. 그래서 꽈리 부는 소리는 꽈리나무와 나직한 담을 융합하고, 갈바람 소리는 닫혀있던 인간의 귀를 열게하여 가을과 융합시키고, 기적 소리는 흩어지는 꽃씨와 융합한다. 소리가 사물을 융합하고 세상조차 융합하여 적막한 <추일>의 서정을 극대화하는 기능을 한다. 시는 단지 <추일>의 서정을 극대화하기 위한 감각의 열림에서 멈추지 않는다. <추일> 서정 속에서 열리는 자연의 소리는 동일성의 세계를 꿈꾸는 시인의 지향태이다. 인간과 세계, 의식과 존재, 존재와 실존의 최종적인 동일성은 인간의 가장 오래된 믿음이며 과학과 종교, 주술과 시의 뿌리8)라는 옥타비오 파스의 지적처럼 박용래의 시를 비롯한 서정시의 근간은 근원으로서 세계와의 동일시에 있다.

따라서 근대에서 근원과의 동일성을 지향하는 서정이 인간의 꿈이라는 이유로써, 이는 곧 신뢰의 세계이며 희망의 세계이기도 하다. 그러나 지금·여기에 부재한 신뢰의 세계라는 이유로써, 그와 같은 태도는 동시에 비극성을 함유한다. 그것은 세계에 대한 비극적 인식으로서의 비극성이 아니라, 근원과의 분리된 존재성이라는 근대인의 현실태가 곧 비극적임을 의미한다. 그러므로 <추일>은 가을의 소리를 통해 열리는 인간의 감각이라는 이유로써, 세계와의 동일시라는 꿈의 실현을 의미한다. 그러면서 동시에 근원에서 분리된 근대인의 현실태를 역설적으로 반추시키고 있어서 비극적 의미국면 또한 환기시킨다. 뿐만 아니라 그 비극은 근대에 비동일화하는 시적 주체의 현실에서 비롯된 비극의 환기이기도 하다.

반쯤은 둔벙에 묻힌

---

8) 옥타비오 파스, 『활과 리라』, 솔, 1998, p.137.

菖蒲 실뿌리 눈물 지네
맨드래미 꽃판 총총 여물어
그늘만 길어 가네
절구에 깻단을 털으시던
어머니 生時같이
오솔길에 낮달도 섰네.   〈낮달〉 전문

　하늘에는 낮 달이 서 있고, 지상에는 반쯤은 둔벙에 묻힌 창포가 있으며, 그늘이 길어가는 맨드래미 꽃판도 있고, 오솔길도 있다. 더욱이 하늘에 서있는 낮 달 덕택에 지상의 오솔길에는 '절구에 깻단을 털으시던 生時의 어머니'조차 서 계시다. 낮 달의 수용력이 지상의 둔벙, 창포, 맨드래미, 오솔길을 융합하며, 나아가 어머니의 영상조차 일깨우고 있다. 영상으로서 어머니는 생시와 사후의 세계를 분리가 아니라, 일원화시키는 대상으로 기능한다. 또 하늘과 지상 사이의 경계를 무화시키는 통합적 대상이기도 하다.

　따라서 시의 주 모티프인 낮달은 오솔길로, 어머니로, 맨드래미로, 창포뿌리로, 둔벙으로 이미지 전이가 일어나게 하는 지배소이다. 천상의 존재인 낮 달의 수용력이 지상의 사물들을 수용한다는 우주구조적 원리에 준하지 않고, 달 혹은 낮 달의 '여성성'의 이미지를 중심으로 하여도 <낮 달>은 계합적 이미저리에 속한다. 둔벙은 그 형태의 圓形과 물의 속성으로도 여성성이며, 창포 실뿌리 역시 창포물에 머리감는 여성성의 전통과 더불어 뿌리라는 근원적인 이미지 또한 여성성이다. 맨드래미 꽃판도 꽃으로서, 더욱이 화려하지 않는 견고한 이미지의 꽃으로서 '절구에 깻단을 털으시던 어머니'이미지에 비유되는 여성성이다. 이 모두는 또 근대적 시류속에서 소외된 소박한 위상의 대상들이다. 그러므로 오솔길 역시 세상으로 향한 길이 아니라, 세상 뒤

에서 보이지 않는 소박하며 외로운 길의 이미지로서 여성성에 준한다. 그 오솔길에 서 있는 지상의 낮 달 또한 소박하면서 외로운 이미지로서 앞의 소박한 여성성의 대상들과 함께 계합적 이미저리에 포함된다. 즉 <낮 달>은 하늘의 달 중심이기 보다는, 지상으로 내려와 '오솔길의 어머니같이' 외로운 서정의 이미저리를 계합하는 것이 중심이다.

이처럼 자연에 의한 계합적 이미저리로서 구성된 박용래 시의 동일성의 시학은 자연의 상징적 이미지를 근간으로 하고 있다. 근대인은 자기 자신에 대한 인식을 획득하자마자 자연 세계에서 분리되었고 자신의 내부에서 타자가 되었다.[9] 때문에 자연은 동일화를 지향하는 근대인의 원형의 세계이다. 특히 상징은 대립을 조화시키고 재통합하는 자연의 시도이다.[10] 마찬가지로 이미지는 인간을 변화시켜, 상반되는 것들이 서로 융합되는 공간, 즉 이미지로 만든다. 이와 같은 이미지로서 타자가 될 때, 태어나면서 찢겨진 인간은 자기 자신과 화해한다.[11] 따라서 근원을 향한 박용래 시의 동일성의 시학은 자연의 상징적 이미지를 토대로 한 계합적 구조에서 그 한 조건을 구축하고 있다. 상징의 책으로서 자연이 중심인 것이다. 상징이란 인간과 자연 사이에 거리가 존재함을 의미하며, 동시에 상징을 통해 동일화가 가능하다는 이중적 기능을 한다.

3. 자연이 된 인간의 자연

근대의 인간은 인식적 존재가 되어 근원의 세계인 자연에서 분리되었고, 자신의 내부에서 타자가 되는 분열의 존재가 되었다. 분열의

---

9) 옥타비오 파스, 앞의 책, p.44.
10) 칼구스타프 융 외, 『무의식의 분석』, 홍신문화사, 1995, p.157.
11) 옥타비오 파스, 앞의 책, p.148.

존재로서 인간은 자기 자신과 그리고 세계와 화해하기를 요구한다.[12)]
그러므로 세계와의 화해를 꿈꾸는 근대의 서정시는 근대부정의 기능
을 한다. 근대부정의 한 방법으로, 혹은 세계와의 동일시의 표출로서
박용래의 시는 인간과 자연이 분리되어 있지 않다. 자연으로서 인간
이다. 자연이 된 인간의 자연풍경은 박용래의 무기교의 시학이나 다
름없는, 즉 절제의 태도와 흡수적 시적 장치가 생산한 자연스러운 풍
경이다.

> 木瓜나무, 구름
> 소금항아리
> 삽살개
> 개비름
> 主人은 不在
> 손만이 기다리는 時間
> 흐르는 그늘
> 그들은 서로 말을 할 수는 없다
> 다만 한 家族과 같이 어울려 있다 〈뜨락〉 전문

시의 마지막에서 '그들은 서로 말을 할 수는 없다/다만 한 家族과
같이 어울려 있다'고 시인은 직유로서 사람과 자연을 하나로 묶고 있
다. 그러나 이와 같은 부연설명이 없어도 시의 대상들은 이미 한 가
족과 같이, 혹은 한 가족으로 어울려 있다. 木瓜나무와 구름, 개비름,
삽살개, 흐르는 그늘은 자연이고, 이에 반해 소금항아리, 부재중인 주
인, 기다리는 손은 비자연물일지라도 이와 같은 구분은 근대적 구분
일 뿐이다. 근대적 구분으로서 자연과 비자연물이라는 대립적 대상일
지라도, 그 대상들은 모두 '뜨락'을 중심으로 하여 동일성을 이루고

---

12) 옥타비오 파스, 앞의 책, p.45.

있다.

 ‘뜨락’은 가족들이 들락거리는 안과 밖의 경계 장소이다. 이는 또 자연과 인간사이의 경계를 의미하기도 한다. 집은 인간의 확대이기도 하므로, 자연으로부터 분리된 인간이미지를 상징하는 집이며, 동시에 미분리상태인 자연으로서 인간을 의미하기도 한다. 수사학적 이유로 보면, ‘뜨락’은 집의 제유로서 인간을 의미한다. 따라서 <뜨락>은 집의 제유로서, 또는 인간의 미디어적 확장이라는 개념으로써 기다림의 주체인 인간, 그리고 인간의 기다림의 모티프를 근간으로 하고 있다. 특히 ‘기다리는 시간’이라는 말은 주체중심의 어법이라면, 반대로 ‘시간’이 주체일 때는 ‘흐르는 시간’이라고 서술해야 한다. 그러므로 ‘기다리는 시간’이란 곧 ‘흐르는 시간’으로써 ‘흐르는 그늘’과 같은 말이다.

 나아가 부재중인 주인은 ‘부재중’이라는 이유로써 기다림을 의미한다. 소금항아리도 삽살개도 주인을 기다리는 ‘손’과 같은 위치에 있다. 소품처럼 제시된 ‘木瓜나무, 개비름’ 역시 ‘기다리는 손과 집’의 이미지를 위해 기여한다. ‘구름’의 이미지는 기다림의 이미지와 마찬가지로 ‘흐르는 그늘’의 이미지와 또한 결합되고 있다. 그러나 ‘기다린다’는 말은 인간중심의 ‘시간’이라면, 자연중심의 ‘시간’은 ‘흐르다’이다. 또한 ‘말’은 인간중심의 표현법이라면, 자연의 말은 ‘어울림’이다. 따라서 박용래는 ‘그들은 서로 말을 할 수는 없다/다만 한 家族과 같이 어울려 있다’고 마지막에서 ‘기다림’과 ‘어울림’으로 자연에서 분리된 인간의 경과를 자연이 된 인간의 풍경으로 정리하고 있다.

 라이얼 왓슨의 지적처럼, 지구에는 생물이 존재하고, 시간이 그것을 수백만 개의 부분으로 분할해 놓았다. 그러나 그 하나하나는 전체를 구성하는데 빠뜨릴 수 없는 필수요소이다. 우리는 모두 같은 도가니에서 나온 하나의 몸으로 이루어져 있다. 각 부분은 다른 모든 부분과 연관되어 있고, 우리는 모두 전체의 일부, 즉 초자연의 일부인 것이다.[13] 전체의 일부이며, 부분으로 전체를 구성하는 근원적 지구의 구조처럼 <뜨락>은 순환적 시간 속에서 인간과 자연을 묶어 하나의 도가니에 담고 있다.

> 눈보라 휘돌아간 밤
> 얼룩진 壁에
> 한참이나
> 맷돌 가는 소리
> 高山植物처럼
> 늙으신 어머니가 돌리시던
> 오리 오리
> 맷돌 가는 소리.
>
> 〈雪 夜〉 전문

<설야>는 단순히 눈오는 밤의 정경이 아니라, 눈보라가 '휘돌아간' 밤풍경이다. 눈보라가 휘돌아가는 소리는 겨울의 찬바람이 휘도는 소리와 형태의 이중적 감각을 일깨운다. 그 이중적 감각에 '눈보라 휘돌아간 밤'이라는 시 전체 분위기를 전제해 주고 있는 첫행의 기능이 있다. 이야기 도입부로서의 의의이다. 시의 공간은 눈보라가 휘도는 들판에서 '얼룩진 벽'이 있는 집, 혹은 방의 공간으로 이동한다. '맷돌 가는 소리'는 '눈보라 휘돌아간 소리'와 형태의 이중적 감각 기능으로써 동일하다. 즉 시 전체의 흐름을 전제한 '휘돌아간'이란 돌아가며 내는 맷돌 가는 소리를 위한 전제인 것이다.

단지 소리와 형태의 이미지를 살리기 위한 <설야>의 눈보라와 맷돌가는 소리가 아니라, 시가 궁극적으로 이르고자 한 지점은 '고산식물처럼/늙으신 어머니가 돌리시던' 맷돌 가는 소리에 있다. 모진 환경

---

13) 라이얼 왓슨, 『초자연, 자연의 수수께끼를 푸는 열쇠』, 물병자리, 2002, p.20-21.

에서 자라면서, 특히 뿌리가 잘 발달된 고산식물에 비유된 늙으신 어머니가 맷돌 돌리시는 <설야>의 풍경은 '오리 오리'라는 맷돌 돌아가는 소리 이상의 상황을 연상시킨다. 눈보라 휘돌아가는 소리와 '오리 오리'라는 맷돌 가는 소리는 광야와 집이라는 공간의 차이에서 비롯된 대조의 소리로도 보인다. 때문에 시인이 '휘돌아간' 소리에 의도한 풍경은 '오리 오리'라는 소리가 아니라, '고산식물처럼 늙으신 어머니가 맷돌 돌리시는' 행위에 있을 것이다.

이때의 자연은 친화적 자연이 아니라 적대적 자연으로 원초적 두려움을 내재한 자연에 가깝다. 특히 고산식물처럼 늙은신 어머니를 형상화하기 위한 동일성의 시학은 친화적 자연보다는 원초적 두려움의 자연이 보다 타당하다. 고산식물처럼 '늙어오신' 어머니와 동일한 자연은 '눈내리는 밤'이 아니라, '눈보라 휘돌아간 밤'풍경이 적절하다. 고산식물이 된 어머니, 곧 자연이 된 인간이다. '오리 오리' 맷돌 가는 소리는 눈보라 휘도는 소리에 묻혀서 자연에 동일화한다. 자연이 된 인적으로서 맷돌 가는 소리인 것이다. 특히 기교란 인간중심의 태도라면, 눈보라 휘도는 적대적 소리조차 자연스런 리듬으로 변화시키는 무기교로서 박용래 시의 근원은 탈인위적 자연으로의 동일성에 있다.

라깡에 의하면 환상동일시는 인간이 이상과 현실의 부조화를 해결하려는 시도에서 비롯된다[14]고 한다. 이는 진지한 인간이 되려는 열정을 나타내는 나르시시즘적 욕망과 같은 의미이기도 하다. 박용래 시의 동일성의 시학은 자연과 하나였던 전통적 삶의 양식을 향한 열정으로서의 나르시시즘적 욕망과도 유사하다. 전통의 세계에서 자연은 친화적 자연이었으며, 동시에 적대적 자연이기도 했다. 근대 과학

---

14) 강응섭, 『동일시와 노예의지』, 백의, 1999, p.183.

주의에 이르러 인간의 자연정복에 의해 적대적 자연에 대한 원초적 두려움은 소멸되어 왔다. 그러므로 근대부정의 정신으로서, 혹은 나르시시즘적 동일시로서도 박용래 시의 동일성의 시학은 "자연이 된 인간"을 또 하나의 조건으로 하고 있다. 그 자연이 친화적 자연일 수만은 없는 것은 전통적 삶의 양식에서 민중의 자연성은 친화적 자연뿐만 아니라, 적대적 자연에 보다더 열린 채 내던져진 것이나 다름없었기 때문이다. 따라서 어머니로 상징되는 민중의 자연성은 '얼룩진 벽'이 있는 방에서 나오는 '맷돌 가는 소리'가 '눈보라 휘돌아가는 소리'와 융합되는 소리로서 자연스럽다.

4. 무의식의 상징으로서 자연(성)

상징이라는 것은 마음 속에 있어서의 대립을 조화시키고 재통합하는 자연의 시도라는 융의 정의처럼 상징은 동일성의 시학을 위해 근원적 기능을 한다. 융에 의하면, 무의식이 무엇이든 간에 그것은 상징을 산출하는 하나의 자연현상[15]이다. 즉 융의 정의에 준한 상징은 무의식의 세계이다. 그러므로 인간의 본질은 그의 마음에 있고, 인간 마음의 복잡하고 알려져 있지 않은 부분, 그곳으로부터 상징이 산출된다. 무의식은 인간이 가진 성질의 모든 측면, 즉 빛과 어둠, 아름다움과 추함, 선과 악, 심오함과 어리석음을 포함하고 있다. 이처럼 무의식은 자연현상이고 또한 자연 그 자체와 마찬가지로 중성적인 것이다.[16] 따라서 집단적인 면뿐만 아니라 개인적인 면에서도 무의식의

---

15) 자연현상은 자연성이라는 개념으로 본 단원에서는 사용한다. 본 단원에서의 자연 또한 자연성을 포함한 개념이다. 자연성이란 자연이라는 사물의 성질을 의미하고, 자연은 이와 같은 자연성을 포함하여 자연물을 아우르는 개념이다.

16) 칼 구스타프 융, 앞의 책, p.157-164.

통로로서 상징[17]에 관한 연구는 무의식에 관한 연구이다.

무의식을 포함한 인간의 마음은 그 자체의 역사를 가지고 있으며, 그 마음은 발달의 초기단계에서부터 무수한 발자취를 남긴다. 그리고 무의식의 내용은 마음의 형성에 그 이상의 영향을 미친다. 무의식이 자기 자신을 표현하고 있는 상징적인 형식에 반응하게 되는 것이다. 자신의 인격을 발견하고 강화시키려고 하는 개인이나, 집단적 동일성을 확립할 필요가 있는 사회 전체는 거의 신과 같은 존재를 통해 마음 전체를 상징적으로 나타낸다. 그것은 개인적인 자아 혹은 공동체에 결여되어 있는 힘을 공급해주는 보다 크고 넓은 의미에서의 동일성인 것이다.[18]

따라서 박용래 시의 자연은 전통서정시의 세계를 대변하는 상징적 상상력에만 머무는 것이 아니다. 상실의 자아 및 결여된 자아에 힘을 공급하는 치유력으로서 자연이며, 뿐만 아니라 무의식의 세계인 자연성의 상징적 표출로서 자연이기도 하다. 박용래의 개인적이며 집단적인 무의식의 내용으로서 자연(성)은 박용래의 상실의 자아를 드러내면서 동시에 치유하는 기능을 한다. 그 치유의 기능은 자연을 향한 동일시의 의식에서 비롯된다. 마음속의 대립을 조화시키고 재통합하는 상징의 기능이야말로 분리된 근대인의 결핍의식을 치유하는 형식이기 때문이다.

잠 이루지 못하는 밤 고향집 마늘 밭에 눈은 쌓이리.

잠 이루지 못하는 밤 고향집 추녀밑 달빛은 쌓이리.

---

17) 이때의 상징은 외부세계에 조준한 상징적 상상력이라는 의미의 상징이 아니다. 무의식의 통로로서의 발현형식을 의미한다.

18) 칼 구스타프 융, 앞의 책, p.167-178.

발목을 벗고 물을 건느는 먼 마을.

고향집 마당귀 바람은 잠을 자리.　　　　　　　　　　　　〈겨울 밤〉 전문

융의 논리에 따른 상징 연구가 무의식 연구를 의미하듯이, 무의식이 상징적인 형식에 반응함으로써, 상징에 의한 시 연구는 시인의 무의식 연구이다. 상징으로서 무의식은 시인의 개인적이면서 동시에 집단적인 세계를 그 내용으로 한다. 그러므로 유년을 자연과 함께 보낸 시인의 무의식은 자연일반 뿐만 아니라, 집단적 세계인 향토적 자연이 중심내용이다. 고향이미지는 타자가 된 인간에게 근원의 이미지로 일반화되어 있다. 즉 향토적 자연으로서 고향은 시인 개인의 무의식적 세계이며 동시에 근대인의 근원의 세계이다. 그러므로 고향이미지는 근대의 분리된 시인이 무의식적으로 동일시를 지향하는 상징의 통로이다.

위 시에서 시인이 '잠 이루지 못하는 밤'은 고향집에서 맞는 밤이 아니다. 고향집으로의 동일시를 투여하면서 타향에서 눈오는 겨울 밤을 보내는 시인이다. 그러므로 고향집 마늘 밭에 눈은 '쌓인다'가 아니라 '쌓이리'인 것이다. 동일시의 구체적 대상들은 고향집, 마늘 밭, 고향집 마늘 밭의 눈, 추녀밑, 고향집 추녀밑 달빛, 발목을 벗고 건너는 개울, 먼 고향 마을, 고향집 마당, 고향집 마당귀를 빠져나간 바람, 그리고 겨울 및 겨울 밤 정경이다. 시인의 무의식을 길러내는 상징의 통로는 현재를 초월하여 과거를 현재화하고 있다. 시인이 현재 머물고 있는 겨울 밤의 풍경은 도시의 어느 추운 방일지라도, 상징이 끌어온 시인의 무의식은 도시의 누추한 풍경을 초월하여 따뜻한 근원의 정경에 동일시되고 있다. 그러므로 고향은 집단적 무의식의 통로이며 동시에 시인의 개인적 무의식의 통로이기도 하다. 또한 과거가 아니

라, 현재의 무의식으로서 살아있는 고향이다. 타향에서 잠 못 이루는 겨울 밤의 시적 자아가 고향 회상을 통해 근원성이라는 상실된 자연성을 표출시키며, 동시에 치유력으로 승화시키는 고향동일시이다.

　머리가 마늘쪽 같이 생긴 고향의 少女와
　한 여름을 알몸으로 사는 고향의 少年과
　같이 낯이 설어도 사랑스러운 들길이 있다

　그길에 아지랑이가 피듯 태양이 타듯
　제비가 날듯 길을 따라 물이 흐르듯 그렇게
　그렇게

　天然히

　울타리 밖에도 花草를 심는 마을이 있다
　오래 오래 殘光이 부신 마을이 있다
　밤이면 더 많이 별이 뜨는 마을이 있다.　　　　　〈울타리 밖〉 전문

　산업사회의 소외된 존재로서 근·현대인에게 집단적 무의식의 세계인 향토적 자연은 신화적 시간대[19]로서 원형의 세계나 다름없다. 그 원형은 개인주의적 삶의 양식인 근·현대인에게 집단적 삶의 양식이라는 측면에서도 신화적 세계이다. 향토적 자연을 근원으로 하지 않는, 곧 도시공간을 근원으로 한 현대의 개인에게 내재된 무의식은 어둠과 추와 악에 가까운 자연성일 것이다. 현대의 개인에게 자연이 준 빛과 아름다움과 선이란 상실된 자연성이 아니라, 근원적으로 부재한 자연성이다. 때문에 현대인의 개인적 무의식은 상실이 아니라,

---

19) 진순애, 「박목월 시의 신화적 시간」, 우리말글학회, 2002.8.

결핍의 자연성이다. 그 무의식 또한 상징으로서 무의식이 아니라, 은유로서 무의식이다. 은유로서 무의식의 개념은 융의 개념이 아니라 라깡의 개념에 속한다. 따라서 향토적 자연을 근원으로 한 개인에게는 집단적 및 개인적 무의식의 내용을 자연이 형성한다.

<겨울 밤>이 울타리 안의 정경을 노래하고 있다면, <울타리 밖>은 말 그대로 집밖의 정경이다. 비록 울타리 안이 아니라 밖일 지라도, 그곳은 울타리 안이나 다름없는 밖의 세계이므로, '낯이 설어도 사랑스러운 들길'이다. 고향의 소녀와 소년을 비유하는 대상 또한 '머리가 마늘쪽 같다'고 고향 소녀를 비유하고, '한 여름을 알몸으로 산다'고 고향 소년을 비유한다. 자연이 된 인간으로의 풍경이면서, 동시에 유년으로의 동일시를 지향하는 시인의 무의식의 반영인 상징적 산출이다. 자연의 근원적 상징세계를 통해서, 그리고 무의식으로 내재된 고향이미지를 통로로 하여 시인은 대립적 존재에서의 초월을 꿈꾸고 있다. '그길에 아지랑이가 피듯 태양이 타듯/제비가 날듯 길을 따라 물이 흐르듯 그렇게/그렇게'라는 직유중심의 수사학도 기교로서 표출되지 않는다. 오히려 직유조사에 의해 자연물들이 융합되는 자연스러운 현상으로 발현되고 있다.

특히 '울타리 밖에도 화초를 심는 마을이 있다'는 말은 시인의 마을, 즉 시인의 고향마을에 대한 심미적 내용을 내포한다. 또 '마을이 있다'는 '마을이 있었다'를 내포함으로써 현재진행형의 '화초심는 마을'이 아니라, 시인의 무의식을 형성하고 있는 세계임을 상징한다. '울타리 밖에도 화초를 심는(던) 마을'은 현재의 시인에게는 이미 신화적 시간대로 내재화한 무의식의 세계이다. '오래 오래 잔광이 부신 마을'은 '오래 오래 잔광이 부셨던 마을'이고, '밤이면 더 많이 별이 뜨는 마을'은 '밤이면 더 많이 별이 떴던 마을'이다. 물론 그 마을에

는 지금도 여전히 잔광이 오래오래 부실 것이고, 밤이면 별이 더 많이 뜨겠지만, 그와 같은 세계는 현재의 시인에게는 신화가 돼버린 세계이므로 과거완료형처럼 서술하고 있다. 이처럼 고향이미지와 더불어 동사활용으로써 박용래는 무의식의 세계를 의식화한다. 동시에 박용래의 상실의 세계는 그의 개인적 세계에 국한한 것이 아니라, 근원에서 분리된 현대인의 결핍된 현재를 지시하는 이중의 기능을 한다.

5. 맺음말

본 논고는 박용래 시를 동일성의 시학이라는 관점으로 접근하여, 동일성의 시학을 구성하는 구체적 요인들을 탐구하는 것을 주 목적으로 하였다. 동일성의 시학을 구성하는 구체적 요인들에는 먼저 자연 중심의 시적 모티프에 있음을 확인하였다. 자연모티프 뿐만 아니라, 절제의 태도에 의한 보여주기로서의 시쓰기 또한 동일성의 시학을 구성하는 요인임을 확인하였다. 특히 시적 화자가 은폐된 탈주관화의 태도가 그의 절제의 시학을 형성하는데, 이와 같은 근대적 자아 일탈의 시쓰기의 태도는 인물이 있는 시의 풍경조차 탈인간적 자연화로서의 기능을 하게 한다.

자연모티프의 시세계에 있어서도 첫째 계합적 이미저리로서 자연에 의한 보여주기가 박용래 시의 동일성 시학을 위해 중심 역할을 한다. 자연에 의한 계합적 이미저리로서 구성된 동일성의 시학은 자연의 상징적 이미지를 근간으로 하고 있다. 자연은 동일화를 지향하는 근대인의 원형의 세계이다. 특히 상징은 대립을 조화시키고 재통합하는 자연의 시도이다. 마찬가지로 이미지는 인간을 변화시켜 상반되는 것들이 서로 융합되는 공간, 즉 이미지로 만든다. 이와 같은 이미지로서 타자가 될 때, 태어나면서 찢겨진 인간은 자기 자신과 화해한다.

따라서 근원을 향한 박용래 시의 동일성의 시학은 자연의 상징적 이미지를 토대로 한 계합적 구조에서 그 한 조건을 구축하고 있다.

둘째로는 자연이 된 인간의 자연이라는 자연화에서 박용래 시의 동일성 시학의 조건을 찾을 수 있다. 세계와의 화해를 꿈꾸는 근대의 서정시는 근대부정의 기능을 하듯이, 근대부정의 한 방법으로, 혹은 세계와의 동일시의 표출로서 박용래의 시는 인간과 자연이 분리되어 있지 않다. 자연으로서 인간이다. 자연이 된 인간의 자연풍경은 박용래의 무기교의 시학이나 다름없는, 즉 절제의 태도와 흡수적 시적 장치가 생산한 자연스러운 풍경이다. 따라서 근대부정의 정신으로서, 혹은 나르시시즘적 동일시로서도 박용래 시의 동일성의 시학은 자연이 된 인간을 또 하나의 조건으로 하고 있다.

다음으로는 무의식의 상징으로서 자연(성)을 근간으로 하고 있다. 인간의 본질은 그의 마음에 있고, 인간 마음의 복잡하고 알려져 있지 않은 부분, 그곳으로부터 상징이 산출된다. 집단적인 면뿐만 아니라 개인적인 면에서도 무의식의 통로로서 상징에 관한 연구는 무의식에 관한 연구이다. 자신의 인격을 발견하고 강화시키려고 하는 개인이나, 집단적 동일성을 확립할 필요가 있는 사회전체는 신과 같은 존재를 통해 마음 전체를 상징적으로 나타낸다. 그것은 개인적인 자아 혹은 공동체에 결여되어 있는 힘을 공급해주는 보다 크고 넓은 의미에서의 동일성이다. 따라서 박용래 시의 자연은 서정시의 세계를 대변하는 상징적 상상력에만 머무는 것이 아니다. 상실의 자아 및 결여된 자아에 힘을 공급하는 치유력으로서 자연이며, 무의식의 세계인 자연성의 상징적 표출로서 자연이기도 하다. 박용래의 개인적이며 집단적인 무의식의 내용으로서 자연(성)은 박용래의 상실의 자아를 드러내면서 동시에 치유하는 기능을 한다. 마음속의 대립을 조화시키고 재통합하는 상징의 기능이야말로 분리된 근대인의 결핍의식을 치유하는 형식이기 때문이다.

이와 같이 박용래 시의 동일성의 시학은 자연이 중심모티프이다. 계합적 이미저리 구조에 의한 자연과 자연이 된 인간의 풍경으로서 자연은 시의 외적 구조에 의한 접근이다. 반면 무의식의 통로인 상징으로서 자연은 같은 자연일지라도 시인의 무의식을 형성하고 있는 대상이며, 동시에 성향으로서 자연성이기도 하다. 이때의 상징은 상징적 상상력이라는 외적 자연계에 준한 의미중심의 상징개념이 아니라, 무의식의 표출통로라는 형식적 개념의 상징이다. 때문에 무의식의 상징으로서 자연은 자연물만 포함되는 것이 아니라, 자연현상의 자연성을 아우르는 개념이다. 따라서 박용래 시의 의 시학은 외부세계를 형성하는 자연계 및 시인 개인의 내면을 지배하는 무의식으로서 자연(성), 그리고 무기교적 기교로서의 시쓰기에 의해 형성되어 있다.

VIII. 박재삼 시의 낭만적 거리

1. 머리말

최근까지 꾸준히 이루어져온 박재삼 시에 대한 연구성과[1]를 보면, 주로 접근 관점에 있어서 자연과 함께 한 '전통의 세계'라는 점으로, 혹은 '서정'에 준한 '한'의 세계라는 점으로, 그리고 시의 수사학적 특징에 준한 표현태도에 따른 관점으로 대별된다. 그중에서도 표현태도

---

[1] 김춘수, 「소박과 감상」, 『사상계』, 1959.3.
정창범, 「의식적인 아나크로니즘」, 『세대』, 1964.9.
고 은, 「실내작가론」, 『월간문학』, 1970.1.
김주연, 「1945년 이후 시인개관」, 『현대한국문학의 이론』, 민음사, 1972, p.242-259.
김주연, 「한과 그 이후」, 『천년의 바람』, 민음사, 1975, p.14-23.
이상섭, 「'천년의 바람'의 가능성」, 『심상』, 1976.1.
윤재근, 「박재삼론」, 『현대문학』, 1977.5.
이광호, 「박재삼 시 연구」, 고려대학교대학원 석사학위논문, 1987.
김강제, 「박재삼 시 연구」, 동아대학교대학원 박사학위논문, 2001.
오용기, 「한국 현대시의 한에 대한 연구」, 우석대학교대학원 박사학위논문, 2001.
장만호, 「박재삼 시의 공간상상력 연구」, 고려대학교대학원 석사학위논문, 2001.
이현정, 「박재삼 시 연구」, 숙명여자대학교대학원 석사학위논문, 2001.
박순오, 「박재삼 전통지향적 자연서정시의 근대성 비판」, 대구대학교대학원 석사학위논문, 2001.

보다는 박재삼 시세계 중심에 의한 전통과 서정세계에 초점이 맞춰져 있다. 이와 같은 연구성과는 '당대의 한국시가 서구시의 어법을 무리하게 접합시키는 무모함을 보여준 것과는 다르게 천연적인 언어조립의 기술을 가지고 있었으며, 한국시의 전통적인 체계에 회귀함으로써, 서구적인 제스처에 매달리고 있던 당대 시인들의 자기기만으로부터 벗어나 있었기 때문'이라는 모더니즘 경도의 문학태도와 대비된다는 박재삼 시에 대한 고은의 지적이다. 이는 '천연적인 언어조립'으로 혹은 '전통적인 체계로의 회귀'라는 박재삼 시의 일반적 특징파악에서 더 나아가지 못한 것으로 보인다.

뿐만 아니라 '현실에 대한 이해를 자신의 무기력함과 자연에의 존숭, 절대권력에 대한 추종이라는 습성 속에서 행사하여 온 한국문학의 일반성을 가장 충실하게 따르고 있는 시인'이라는 김주연의 박재삼 시 혹은 서정시에 대한 평가절하적 평가와 '표현방식에 있어서의 독특한 스타일과 여백의 형식미가 자연시가 빠지는 함정으로부터 피할 수 있는 박재삼의 특성'이라는 김주연의 덧붙인 지적 역시 박재삼의 시세계에 대한 일반적 견해를 뒤받침한다. 윤재근도 자연에 준한 전통 서정시의 범주로서 박재삼 시를 평가하여 '삶의 체험이 개입되지 않고 감수성이 자연의 존재와 직접 교감되어 환상의 세계로 직결되는 것'이라고 설명하면서 '환상적인 상상력은 낡은 상상적 기능으로서 현대의 서정시로서는 허점이 있다'고 지적한다. 이광호는 '시의 구조란 폐쇄적이고 절대적인 자율성을 가진 것이 아니라 상대적인 자율성을 가진 개방된 체계'라는 관점을 투여하여 박재삼 시를 어조 중심으로 연구하였다. 시의 어조는 시인이 세계와 교섭하는 방식이고, 경험현실이 작품에 개입하는 지점이기 때문에 어조연구를 통해 시인의 정신적 편향과 시사적이며 사회적인 문맥을 찾아내고자 했으나,

그 결과는 박재삼 시세계의 일반적 평가에서 멀지 않다.

이상의 연구 성과에서 결핍된 것은 박재삼 시의 특성이 어떠한 창작 토대에 의한 것이며 그 토대에 따른 작품의 결과가 어떠한 효과를 발현하는가에 대한 안목 부재로 보인다. 창작 토대 및 그 시적 효과에 대한 안목부재는 박재삼 시 전체를 아우를 수 있는, 즉 박재삼의 시적 원리, 창작 원리에 대한 통찰을 끌어내지 못함으로써 그의 시가 지닌 미학적 세계에 대한 깊이 있는 천착부재로 이어진다. 또한 박재삼이 시집에 따라서 주제나 이미지 중심의 변화양상을 보인다고 해도 그것은 시적 대상의 변화일 뿐이기 때문에 시인의 시세계 및 정신사적, 존재론적 태도규명을 위해서 대상 파악은 중점적 연구관점이 될 수 없다. 시적 대상의 차이에 따른 시인의 시세계를 특색짓기 위해서는 형상화의 차이 역시 함께 할 때 시세계의 변별성 파악이 의미있는 연구 결과로 되겠지만, 박재삼은 창작원리에 있어서는 일관되기 때문에 초기시, 후기시 등의 구분을 무의미하게 한다. 뿐만 아니라 후기시에서는 오히려 초기시에서 보여준 낭만적 주체에 의한 낭만적 거리로의 시적 긴장력이 약화되기 때문에 박재삼의 시사적 의의를 초기시에서 찾는 것이 타당하다.

자아를 둘러싼 세계를 투쟁의 시각으로 바라보는 태도와 마찬가지로 자아를 둘러싼 우주의 실재를 비극적 본질로 인식하는 시각 역시 대부분 시인들의 작품을 관통하는 일관성이다. 사물의 비극적 본질로부터 그 의미를 끌어낸다[2]는 예술에 대한 정의처럼 시 역시 사물의 비극적 본질로부터 비극적 의미를 끌어낸다. 끌어낸 비극적 의미에 침잠하거나, 혹은 외면하거나 하는 차이가 있을지라도 주체의 비극적 존재인식 및 세계인식이라는 점은 동일하다. 박재삼의 시종일관한 시

---

2) 존 홀 휠록, 『시란 무엇인가』, 울산대학교출판부, 2000, p.28-29.

각 역시 비극적 인식에 있으며, 박재삼의 시는 이 비극적 인식과의 투쟁으로 출발하여 낭만적 거리에 의해 그 극복을 일궈내고 있다. 비극적 삶의 체험이 없어서, 혹은 삶의 체험이 시에서 누락된 것이라서, 그리고 한국시가 추종적이거나 의지가 약해서라는 기존 연구가들의 부정적 평가처럼 세계에 대한 투쟁의식, 대결의식이 박재삼 시에서 제거된 것이 아니다. 박재삼은 비극적 세계를 극복하기 위한 적극적이며 미학적 대안으로써 문채로, 신화적·원형적 세계로, 낭만적 자연, 그리고 추억의 시간 등으로 '액자효과'3)를 의도하여 '현실로부터의 거리감'을 확립한다. 현재를 거부하는 낭만적 주체의 낭만적 환기 및 낭만적 수사에 의한 미학의 생산이다.

박재삼의 시는 시적 대상이 시집에 따라 차이를 보이기는 한다. 가령 '춘향' 같은 민족의 집단의식 투영의 대상이나, '어머니와 가족' 기호로 대변되는 가난 현실 등으로 차이가 있기는 하다. 그러나 비극적 세계인식에서 출발한 그의 시적 거리는 그 비극 극복을 위해 온전히 투여된다는 창작 인식으로써, 시적 대상간의 변별성을 무화시킨다. 그의 문채적 특징을 이룬 어조의 독특성 역시 비극초월을 향한 거리감 생산으로 기여할 뿐만 아니라, 시적 자아가 세계와의 상호작용에서 빚어진 시적 토대로서의 비극의식4) 역시 아우르고 있다. 때문에 시적 대상은 발현의도에 따라 현실반영이기도 하거니와 현실초월의 대상이기도 하여 다를 수밖에 없다. 그리고 어조로서의 문채는 현실반영 및 초월의 방향을 지시하는 동시에 시적 출발로서의 의식 및 시적 환기로서의 의식을 함께한다. 그러므로 '낭만적 거리'5)라는 액자효과의 창

---

3) 빅토르 어얼리치, 「문학과 삶」, 『러시아 형식주의』, 문학과지성사, 1987, p.269.
4) 의식이란 훗설에 의하면 데카르트류로 지식을 아는 것이 아니라 외계와의 진정한 교류다. 그 안에서 주관이 지향하고 대상이 지향되는 행위로서 자아와 세계와의 상호작용이며 문학은 그 의식의 표현이라고 한다.

작 의식 연구에 의해 戰後상황에서의 시인의 비극인식 및 그 비극극
복을 향한 박재삼 시의 시사적 의의 및 미학적 효과를 아우를 것이다.

2. 낭만적 문채와 미적 거리

문채는 문체 혹은 수사학적 방법과 유사하게 적용되지만, 보다 정
확히 문채는 말하는 스타일로서의 문체와 수사학적 방법을 아우른다.
그러면 동시에 고유어가 비유어로 언어의 일탈을 겪는 순간 화자의
내면세계가 내포됨으로써 사고의 수사학으로써 문채6)라는 기능으로
전환된다. 때문에 '낭만적'이라는 수사와 병행된 문채의 의미는, 즉
'낭만적 문채'에 주체의 낭만적 사고 혹은 세계와 교류하는 주체의
의식세계가 낭만적 관점에 의해 투여된다는 의미이다. 이광호가 박재
삼 시의 어조 연구에서 시인이 세계와 교섭하는 방식으로써 어조를
의미했듯이, 낭만적 문채란 시인이 낭만적 태도 혹은 낭만적 세계관
으로 세계와 교섭하는 방식이다.

본 연구에서는 문채의 유형 중에서도 제반 비유법을 포함한 수사
학적 방법을 포함하는 것은 아니다. 박재삼 시의 어조에 낭만적 세계
관이 통합적으로 함유되었다고 보아, 현실과 작품 자체로부터의 거리
확보라는 어조 중심의 낭만적 문채에 의해 낭만적 주체의 세계인식
및 세계대응 태도를 파악할 것이다. 자기충족적인 언어의 결(texture)로
서 어조는 박재삼 시에서 그의 수사학적 특징을 확보하는 낭만적 거
리이며, 비극적 현존성과 동시에 초월적 사고를 함축하는 언어형식미

---

5) 낭만적 거리란 미적 거리의 한 범주로서 낭만적 세계관에 의한 현실과의 거
    리두기와 다르지 않다. 물론 '미적'인 태도와 '거리'라는 말은 이음동의어로
    서 동어반복이다. 미적인 것이란 작가가 현실 및 작품 자체로부터 초연한 입
    장을, 즉 '초연한' '거리 두기'를 취한다는 것을 의미하기 때문이다.
6) 김현 편, 『수사학』, 문학과지성사, 1995.

의 의장 또한 확보하고 있다. 때문에 비극적 세계일지라도 낭만적 거리라는 시적 원리에 의해 낭만적 세계로 재탄생된다. 궁극적으로는 낭만적 어조의 결에 의해 박재삼 시는 제2의 자연[7], 즉 태초에 창조되었던 자연이 아니라 시적 창조에 의한 자연이라는 제2의 자연을 창조한다. 결국 낭만적 세계를 구축한 박재삼 시는 내적 체험에 의한 자연, 곧 제2의 자연으로써 시라는 낭만주의적 창작원리에 입각해 있다.

집을 치면, 정화수 잔잔한 위에 아침마다 새로 생기는 물방울의 선선한 우물 집이었을레. 또한 윤이 나는 마루의, 그 끝에 평상의, 갈앉은 뜨락의, 물냄새 창창한 그런 집이었을레. 서방님은 바람 같단들 어느 때고 바람은 어려올 따름, 그 옆에 순순한 스러지는 물방울의 찬란한 춘향이 마음이 아니었을레.

하루에 몇 번쯤 푸른 산 언덕들을 눈 아래 보았을까나. 그러면 그때마다 일렁여오는 푸른 그리움에 어울려, 흐느껴 물살짓는 어깨가 얼마쯤 하였을까나. 진실로, 우리가 받들 산신령은 그 어디 있을까마는, 산과 언덕들의 만리 같은 물살을 굽어보는, 춘향은 바람에 어울린 수정빛 임자가 아니었을까나.

〈수정가〉 전문

<수정가>는 곧 '박재삼의 <춘향가>'이다. 박재삼에 의해 새롭게 탄생한 <춘향가>로서 <수정가>란 의미이다. '었을레'로 이어지고, '었을레'로 마감하는 첫연에서의 화자는 이도령을 향한 춘향의 마음을 '신선한 물방울, 창창한 물냄새, 찬란한 물방울'과 같은 순수의 극미로 응축하여 '었을레'에서 '었을 것이나'와 같은 의문의 외적 태도로 치환한다. 그러나 내적으로는 오히려 춘향마음의 순수를 향한 의심치않는 화자의 숨겨진 내면을 역설화시키는 효과를 내포하고 있다.

---

7) 노드럽 프라이, 『비평의 해부』, 한길사, 2000, p.182.

'춘향'은 단순히 『춘향전』과 동일한 차원의 기표로서 '춘향' 및 시인의 개인적 지향태로서의 기표가 아니라, 민중적 민족원형의 하나로서 전통 세계의 연상을 위한 집단적 매개체[8]로서 기능한다. 때문에 '한'의 표상으로서 <춘향가>가 아니라 순수의 응축으로서 <수정가>인 것이다.

물론 관습적인 연상관념의 상징태로서 '춘향'기호를 '한'의 정서로 주로 읽고 있다. 그러나 본고에서는 한의 차원을 초월하여 그 기호에 실린 시인의 창작원리에 초점을 맞춤으로써 '춘향'기호의 보다 폭넓은 의미파장을 확인할 것이다. 때문에 이도령과의 합일이라는 춘향의 바램이 단지 한의 표출 및 한의 해소로서 제한되지 않는다. 원형의 기호로서 '춘향'의 의미파장은 꿈꾸는 시인의 낭만적 구조에 의해 모든 염원과 모든 좌절에서 해방되어 충족된 욕망의 세계에 이르는 효과로 치환된다. 꿈의 세계는 전적으로 꿈꾸는 사람의 마음 속에 있듯이 '춘향'의 연상은 일차적으로는 꿈꾸는 시인의 것이다. 그러나 시인을 벗어난 <수정가>는 독자에 의해 민족적 연상으로 계승되는 원형세계로 또한 치환된다.

이와 같이 '춘향'기호를 원형기호로 받아들인 시에서 박재삼의 어조는 단정적인 의미부여 태도를 보이는 대신 의도의 세계를 응축하기 위한 초월적 태도, 혹은 원심적 태도를 취함으로써 낭만적 시선에 의한 미적 거리를 확보한다. 둘째 연에서도 '보았을까나', '하였을까나',

---

8) '집단적 매개체는 복합관념을 지니는데, 복합관념은 일정한 문화권에 속해 있는 대부분의 사람들이 그것에 친숙해 있기 때문에 이따금 전달 가능한 다수의 습득된 특수한 연상을 포함하고 있다'(노드럽 프라이, 앞의 책, p.215)고 프라이가 지적하듯이, 춘향은 곧 우리민족의 관습적인 연상관념의 상징태로서 문학장르의 중심에 놓여있음을 외면할 수는 없다. 즉 '춘향'은 민족의 원형세계의 하나로서 관습적인 연상을 일으키는 상징의 기호로 보아 틀리지 않다.

'아니었을까나' 등의 설의적 어조 혹은 탄식조의 거리를 취하는데, 그 효과는 시적 대상과 시인과의 거리감을 내포하면서 동시에 그 내면에는 시인의 염원의 세계 또한 내포되어있음을 역설적으로 강화한다. 결국 미적 어조는 한의 정서 반영으로 제한될 수 있는 '춘향'기호가 그 한계성을 벗어나 민족의 관습적 연상작용을 가능케하는 원형 상징 기호로 전환하는 중심구조를 이룬다. 즉 낭만적 태도이며 낭만적 세계인식에 의한 자아의 세계교류이다.

저저히 할 말을 뇌일락하면 오히려 사무침이 무너져 한정없이 멍멍한 거라요. 문득 때까치가 울어오거나 눈은 이미 장다리꽃밭에 홀려 있거나 한 거라요. 비오는 날도, 구성진 생각을 앞질러 구성지게 울고 있는 빗소리라요. 어쩔 수 어쩔 수 없는 거라요. 우리의 할 말은 우리의 살과 마음 밖에서 기쁘다면 우리보다도 기쁘게 슬프다면 우리보다도 슬프게 확실히 쟁쟁쟁 아리랑이 되어 있는 거라요. 참, 그때, 아무도 없는 단오의 그네 위에서 아뜩하였더니, 절로는 옷고름이 풀리어, 사람에게 아니라도 부끄럽던 거라요.

〈無縫天地〉 일부

<수정가>의 어조가 낭만적 주체의 설의형 혹은 탄식조에 현실 대응 혹은 현실 극복의 역설의식을 내포시켰다면, 위 시에서는 시적 화자를 춘향으로 설정하여 춘향이 이도령과 취하는 대화형식에 미적 거리를 두고 있다. 이때의 춘향은 원형상징적 기호이기 보다는 시적 주체의 어눌한 시선을 대신하고 있어서 상징적 초월성은 제외된다. 그러면서 어눌한 대화체에 의한 동사어미와 그 간접성에 의해 미적 거리가 획득된다. 물론 어조뿐만 아니라 원형공간으로서 자연몰입9)에

---

9) '자연은 이제 은하수로부터 도시를 건설하는 무한한 인간의 마음 속에 있다. 이 자연은 현실이 아니라 욕망의 관념적 또는 상상적인 영역이며, 이 영역은 무한하고 영원하며 그리하여 묵시적'(프라이, 앞의 책, p.242)이라고 프라이는 말한다. 분리된 인간은 묵시적인 자연을 향하여 몰입의 태도로서 동일성을

의해 박재삼 시의 낭만적 거리가 구현되는데, 위시에서도 춘향화자의 현실상이 '무봉천지'의 자연과 결합되면서 현실로부터 멀어지기, 즉 거리감을 확보한다.

특히 낭만적 자연으로의 미적 세계와 더불어 '한정없이 멍멍한 거라요', '흘려 있거나 한 거라요', '울고 있는 빗소리라요', '쟁쟁쟁 아리랑이 되어 있는 거라요' 등의 의성어, 의태어와 결합된 '라요'의 어눌한 종결어조도 그 유음효과에 의해 유동적 부드러움의 효과를 환기한다. 그 효과는 규격진 현실상과의 대립적 부각과 함께 '서러운 산등성' 같은 현실상을 극복하는 장치적 거리로 기여한다.

> 누님의 치맛살 곁에 앉아
> 누님의 슬픔을 나누지 못하는 심심한 때는,
> 골목을 빠져나와 바닷가에 서자.
>
> 비로소 가슴 울렁이고
> 눈에 눈물 어리어
> 차라리 저 달빛 받아 반짝이는 밤바다의 질정할 수 없는
> 괴로운 꽃비늘을 닮아야 하리.
> 천하에 많은 할 말이, 천상의 많은 별들의 반짝임처럼
> 바다의 밤물결되어 찬란해야 하리.
> 아니 아파야 아파야 하리.
>
> 이윽고 누님은 섬이 떠있듯이 그렇게 잠들리.
> 그때 나는 섬가에 부딪치는 물결처럼 누님의 치맛살에
> 얼굴을 묻고
> 가늘고 먼 울음을 울음을

취하며, 이는 곧 몰입이 도시적 존재로서 인간과 자연과의 거리를 낭만적으로 무화시키고 있음이다.

울음 울리라.   〈밤바다에서〉 전문

　자아와 '춘향'기표 사이와 같은 장치의 세계가 비극적 현실로부터 심리적 거리를 획득하게 한다면, 이와는 달리, 자아를 둘러싸고 있는 세계중에서도 자아와의 거리가 부재한 세계는 자아에게 보다 직접적인 비극으로 작용한다. 자아가 만나는 세계중에서도 가족이라는 보다 직접적인 세계는 자아의 현실을 구체적으로 반영하는 거울이기 때문에 바로 시적 자아의 또 다른 자아이다. 즉 자아의 현실상이면서 근원적 정체성이라는 이중적 기능으로서 가족인 것이다. 비극적 대상으로서 자아의 현실과 동일시되면서 자아의 근원이 되기도 하는 그 거리부재의 세계는 곧 자아가 극복하고자 한 현실이면서 동시에 회귀의식이 내재된 근원이라는 이중적 의미를 아우른다.

　특히 '누님'이라는 기표는 '어머니' 기표와 선조성을 이루면서 그 기의인 이미지는 시 제목인 '밤바다' 기표와 또한 선조성을 이루고 있다. 즉 '누님, 치맛살, 슬픔, 바닷가, 밤바다, 눈물, 달빛, 섬, 별' 등의 기표는 모두 계열관계이면서 동시에 통합관계에 놓인다. 지상의 공간은 천상의 공간과 대립관계이지만, 밤이라는 어둠의 현상속에서 그 대립은 합일되어 계열관계를 이룬다. 누님기표와 대립에 있는 화자이지만 그 대립 역시 시적 구성을 위한 구조로서 대립일 뿐 화자는 결국 '누님의 치맛살에 얼굴을 묻고/가늘고 먼 울음을 울음을/울음 울리라'는, 즉 누님과 바다와 밤과 동일체가 되는 화자이다. 그러나 밤, 바다라는 낭만적 세계와 함께하는 자아일지라도 자아의 개인적 체험에 토대한 가족사의 어둠은 낭만적 주체를 비극적 주체로 환기시킨다. 대상과 자아와의 거리부재인 것이다. 그럼에도 누님의 슬픔과 천하의 슬픔, 천상의 슬픔이 곧 화자의 슬픔으로 전이되지만, 그 슬픔에

대한 화자의 대응이 '바닷가에 서자', '닮아야 하리', '찬란해야 하리, 아파야 하리', '잠들리', '울리라' 등의 극복적 어조에 의해서 확고한 극복 다짐을 반영하여 슬픔과 거리를 둔다. 다짐의 어조와 함께 시제가 현재가 아니라 미래시점의 다짐이라는 점이, 그리고 자연과 동일시 된 슬픔이기 때문에 슬픔을 미적 정서로 객관화시키는 낭만적 거리를 확보한다. 현실의 슬픔을 비극미로 환원하는 낭만적 주체의 낭만적 어조이며 낭만적 시안이다.

> 해와 달, 별까지의
> 거리 말인가
> 어쩌겠나 그냥 그 아득하면 되리라.
>
> 사랑하는 사람과
> 나의 거리도
> 자로 재지 못할 바엔
> 이 또한 아득하면 되리라.
>
> 이것들이 다시
> 냉수사발 안에 떠서
> 어른어른 비쳐오는
> 그 이상을 나는 볼 수가 없어라.
>
> 그리고 나는 이 냉수를
> 시방 갈증 때문에
> 마실 밖에는 다른 작정은 없어라.　　　　　　　〈아득하면 되리라〉 전문

　박재삼의 시적 거리는 바로 '아득하면' 되는 거리로서 전체 시의 시적 거리를 대변한다. 지상에서 해와 달·별이 있는 천상까지의 거

리야 닿을 수 없다면 '그냥 그 아득하면' 될 것이고, '사랑하는 사람
과 나의 거리도' 함께 할 수 없다면 '또 아득하면' 될 것이다. 그러나
'아득한' 사실의 거리도 '냉수사발 안에 떠서' 어른어른하게 결합되기
도 하는 심적 세계, 즉 낭만적 몰입에 의해 환상으로의 결합으로 나
타난다. 더욱이 냉수사발 안에 떠서 어른어른 비쳐오는 해와 달과 별
과 사랑하는 사람까지를 갈증 때문에 마실밖에 '다른 작정은 없다'하
여 냉수를 마신다는 행위로서 환상적 몰입행위를 보다 구체적으로 실
행하는 의식을 투여한다. 그러나 환상의 실행은 가능할지라도 '아득
한' 사실의 거리는 실제할 수밖에 없기 때문에 '아득한' 시적 거리는
'되리라', '없어라', 그리고 '다른 작정은 없어라' 등의 독백적이면서
탄식적인 사실 환기의 어조에 의해 사실적 거리, 혹은 미학적 거리로
남는다.

　따라서 아득하면 되는 시적 거리는 시적 자아가 자아가 처한 비극
적 현실에서의 극복을 향한 거리이며, 현실적으로 결합 불가능한 초
월의 세계를 향한 동일화의 욕망적 거리이다. 이상세계를 향한 시적
자아의 지향태 역시 아득하면 되는 시적 거리에 의해서 제시되기 때
문에 현실의 현실화, 그리고 세계화보다는 현실의 이상화, 그리고 세
계화에 몰입된 박재삼의 시선은 끊임없이 낭만적 거리에 의해서 중개
될 수밖에 없다. 그럼으로써 가난 매개의 가족에 대한 노래 역시 존
재비극의 현실상으로 드러나기 보다는 중개된 미적 거리에 의해 낭만
성으로 위장된다. 삶의 체험이 낭만적 위장 뒤에 함몰된 것이다.

　이상에서와 같이 '춘향'가면으로, 춘향원형을 향한 몰입의 태도로,
아득한 심리적 거리로, 혹은 미래로 보내는 시안뿐만 아니라, 박재삼
시의 낭만적 거리는 낭만적 세계인 자연몰입과 관습적인 원형심상 몰
입에 있다. 이는 박재삼의 시선이 현재가 아니라 과거 아니면 미래에

있으며, 외부가 아니라 내면을 향한 내적 체험에 있음을 의미한다. 가시적 자연일지라도 그 자연은 창조적, 심미적 체험을 위한 자연이기 때문에 현상적 대상으로 기여한다. 때문에 비극상의 현실일지라도 미래로, 꿈꾸는 자연으로 혹은 천상으로, 그리고 순수의 내면으로 향한 시선에 의해서 시의 비극상은 초월적 비극미로 환원되며, 이는 곧 동경을 꿈꾸는 낭만적 주체의 현실인식에서 비롯된 초월적 태도이다.

3. 낭만적 세계와 시간 구조

낭만적 문체에 의한 미적 거리 확보와 마찬가지로 박재삼 시의 낭만적 거리는 낭만적 자연, 심상적 원형 등 꿈꾸는 주체의 낭만적 세계에 의해 구축된다. 낭만적 세계의 구축은 과거와 미래라는 현재 초월의 시간 구조와 더불어 비롯되는데, 그것은 추억의 시간대로서 과거이며, 원형의 시간대로서 근원이고, 꿈꾸는 주체에 의한 미래로 형성된다. 때문에 그의 시에 현재의 시간대에서 빚어지는 삶의 직접적이며 구체적 양상들은 제거된다. 현재에 직면한 주체일지라도 시적 시선이 미래 응시의 태도를 취하므로, 이에 의해 삶의 현재상은 미래 시점으로 소거된다. 현재가 부재한 시간구조와 마찬가지로 박재삼 시의 공간 역시 근원적 자연공간이거나, 현실의 자연이 아니라 꿈꾸는 자연으로서 상상하는 내적 체험의 창조적인 낭만적 자연이다. 상상하는 자연은 주체의 욕망적 관념의 영역이며, 이 영역은 무한하고 영원하며 그리하여 묵시적이다.[10] 영원을 꿈꾸는 낭만적 주체에 의해 탄생된 시는 제2의 자연이 되어 영원한 상상적, 미학적 자연이 된다.

시인과 혹은 인간과 전일체에 있지 않은 분리된 자연을 꿈꾸는 시

______

10) 프라이, 앞의 책, p.242.

인의식은 근대거부의 낭만주의 세계관에 근거한 의식이다. 가시화된 자연세계를 묘사하는 고전주의적 태도와는 달리 시적 주체의 염원, 동경, 환상, 몰입의 태도가 내재된 동일성 추구, 곧 동일화를 꿈꾸는 자아의 자연의식이 낭만주의적 주체로서의 비근대를 말한다. 탈근대, 비근대, 반근대 등, 근대를 비판하고 거부하는 여러 가지 태도들 중에서 낭만주의적 자아로서 박재삼은 비근대에 의해 근대를 거부하고 외면한 낭만적 영혼의 주체이다.

1) 꿈꾸는 원형과 현재의 시간

> 집을 치면, 정화수 잔잔한 위에 아침마다 새로 생기는 물방울의 선선한 우물 집이었을레. 또한 윤이 나는 마루의, 그 끝에 평상의, 갈앉은 뜨락의, 물냄새 창창한 그런 집이었을레. 서방님은 바람 같단들 어느 때고 바람은 어려올 따름, 그 옆에 순순한 스러지는 물방울의 찬란한 춘향이 마음이 아니었을레.
>
> 〈수정가〉 일부

<수정가>를 부르는 낭만적 주체는 부르는 노래속에서 수정같은 춘향을 꿈꾼다. 수정같은 춘향을 향한 동경은 근대의 현재를 거부하고 근대성을 거부하며, 원형지향의 꿈꾸는 의식에서 비롯된다. 꿈이기 때문에 '집을 친다'하고, 지어진 집이 아니라 치는 집이기 때문에 '아침마다 새로 생기는 물방울의 선선한 우물 집이었을 것'이라 하고, '물냄새 창창한 그런 집이었을 것'이라고 한다. 또 현재가 아닌 과거라는 원형의 시간대에 살던 춘향의 마음이기 때문에 '그러하였을 것'이라고 추측하며 꿈꿀 수밖에 없는, 즉 지금은 파괴된 원형의 심상에 대한 낭만적 주체의 그리움의 내면발현이다. 그리움의 객체는 단지 춘향기호의 관습적 의미에만 제한된 것이 아니라, 시적 주체의 자연으로의 동일화가 내재되어, '푸른 산 언덕들'과 함께 '푸른 그리움'으

로 영원한 원형의 자연을 내밀화한다. 그래서 '산과 언덕들의 만리 같은 물살을 굽어보는, 춘향은 바람에 어울린 수정빛 임자가 아니었을까나'라고 수정의 춘향에서 시작된 동경은 자연동경에 의한 자연몰입으로 나아가 꿈꾸는 영혼의 주체가 된다. 이때 시적 주체는 주체가 처한 현재인 근대를 외면하여 거부한다.

> 뉘라 알리,
> 어느 가지에서는 연신 피고
> 어느 가지에서는 또한 지고들 하는
> 움직일 줄을 아는 내 마음 꽃나무는
> 내 얼굴에 가지 벋은 채
> 참말로 참말로
> 바람 때문에
> 햇살 때문에
> 못 이겨 그냥 그
> 웃어진다 울어진다 하겠네.　　　　　　　　　　　　〈자연〉 전문

웃고 우는 나의 현재는 연신 피고 지고들 하는 자연 때문에, 특히 '바람 때문에/햇살 때문에' 못 이겨 그냥 웃어지고 울어진다 한다. 특히 '내 마음', 즉 꽃나무로서 웃고 우는 내 마음은 자연의 영향에 놓여있음을 자연지향의 낭만적 거리로서 관념화하고 있다. 꿈꾸는 원형으로서 자연이기 때문에 박재삼의 자연은 낭만적 주체의 의식에 내밀화된 미학적 자연인 것이다.

근대에 이르러 자연에서 분리된 '내 마음'이기 때문에 자연과 더불어 '피고 지는' 움직임을 '뉘라 알리'라 하여 자연에서 멀어진 주체를 원거리적 어조로 대변한다. 시적 주체는 분리된 주체로서 근대의 주체일 수밖에 없지만, 그것이 당위는 아니기 때문에 원형의 공간, 원형

의 세계를 꿈꾸는 낭만적 주체가 되어 비근대적 태도를 취한다. 특히 위시에서는 비근대의 태도에 의해 탈근대 혹은 반근대를 시도하여 근대비판의 주체를 낭만적 거리 이면에 깊숙이 내재시키고 있는 것으로 보인다. 경직된 근대를 거부하고 '움직일 줄 아는' 근원적 존재성을 근대와의 대립적 구조로 구축하여 '내 얼굴에 가지 벋은' 낭만적 주체의 정체성을 보존케한다.

'뉘라 알리'의 원거리적 거리만큼 낯설은 자연이 낭만적 주체에 의해 낭만적 시선으로 새롭게 구성되어 동일성의 상태로 발현되어 있다. '춘향'기호의 원형적 관습태와 마찬가지로 '자연'기호 역시 근대의 분리된 낭만적 주체가 꿈꾸는 영원의 세계이다. 때문에 자연앞에 직접 서서 바라 보는 자연, 그래서 실제 자연과 마주선 태도가 고전주의의 자연이라면, 낭만주의적 자연은 낭만적 주체의 마음에서 꿈꾸며 동경하고 마음이 몰입되어 새롭게 탄생한 제2의 자연이다. 낭만적 주체가 마주한 가시적 자연일지라도 그 자연은 마음의 자연을 위한 후경의 역할을 할 뿐이다. 실제로 자연에서 멀어진 채 낭만적 주체의 동일화 의식이 내재된 합일의 자연으로서 낭만적 자연은 고전주의적 자연 보다 자연몰입이 보다 강도 높다.

홍부 부부가 박덩이를 사이하고
가르기 전에 건넨 웃음살을 헤아려 보라.
금이 문제리,
황금 벼이삭이 문제리,
웃음의 물살이 반짝이며 정갈하던
그것이 확실히 문제다.

없는 떡방아소리도
있는 듯이 들어내고

손발 닳은 처지끼리
같이 웃어 비추던 거울面들아.

웃다가 서로 불쌍해
서로 구슬을 나누었으리.
그러다 금시
절로 面에 온 구슬까지를 서루 부끄리며
먼 물살이 가다가 소스라쳐 반짝이듯
서로 소스라쳐
本웃음 물살을 지었다고 헤아려 보라,
그것은 확실히 문제다.

〈흥부 부부상〉 전문

　‘춘향’기호처럼 ‘흥부’기호 역시 관습적 원형기호의 기능을 하는데, ‘춘향’기호와 달리 ‘흥부’기호는 가난상징 및 권선징악의 이중의미를 함유하고 있다. 가난상징의 흥부기호는 현재의 물질지배상에 비유하지만, 勸善상징의 ‘흥부 부부상’으로는 현재의 시간대를 초월하여 궁극의 인간상을 의도하고 있다. 즉 ‘흥부’기호와 ‘흥부 부부’는 계열관계이면서 동시에 비계열관계에 있는 것이다. 또 시의 초점은 박덩이에 있지 않고, 박덩이를 사이한 흥부 부부가 건넨 ‘웃음’에 있다. 그 웃음도 박덩이에서 나온 황금때문이 아니라, 현재는 여전히 ‘떡방아 소리도 없고’, ‘손발 닳은 처지’일뿐이지만, 그래서 서로를 불쌍하게 견줄 수밖에 없다. 그럼에도 같이 타는 박덩이가 있어서 서로를 마주 보며, ‘먼 물살이 가다가 소스라쳐 반짝이듯/서로 소스라쳐/本웃음 물살을 지었다’고, ‘그것이 확실히 문제’라는 역설적 은유에 사실은 탈인간적 현대의 시간을 ‘문제’라고 지적한 시인의 궁극적 의도가 있다. 그 ‘웃음’은 원형심상에 가까운 순수에 대한 표상으로 낭만적 주체의 지향태인 것이다.

특히 웃음이 아니라 '本웃음'이란 어떤 웃음인가의 의도속에, 그리고 웃음에서 멈추지 않고 '본웃음 물살'이라고 하여, 그 웃음은 파문을 일으켜 번져나간다는 확장적 빛의 세계로의 추구를 의도한다. '춘향'기호 보다는 현실상징의 '흥부'기호와 더불은 '흥부 부부상'의 내포성이 계몽적으로 비추지만, 이때에 시적 주체는 비근대의 주체에서 보다 적극적인 반근대의 주체로 전환된다. 궁극적 의도가 비록 '춘향' 기호와 마찬가지로 인간성이 살아있는 '흥부 부부'의 순수·순결의 원형세계를 동경하는 낭만주의적 세계에 있다해도 '흥부네'의 가난상징으로 인하여 <수정가><자연>에 비하여 보다 현대 참여적이다. 이때의 낭만적 거리는 '흥부'라는 전통의 기호에 의해서 형성되면서 동시에 遠視的 시선이 아니라 近視的 시선에 의해 지금·여기의 현대적 징후에 직접적으로 참여하고 있다.

<수정가>와 <자연>의 시간대는 꿈꾸는 주체의 형이상학적 세계가 응축된 온전한 원형의 시간대이기 때문에 현재의 시간에 대한 의미부여는 시적 주체의 실존적 시간대에 준할 수밖에 없다. 그러나 <흥부 부부상>의 시간대는 시적 주체의 실존적 시간과 무관하게 시적 언표가 지시한 물질의 세계에 의해 물질의 현대를 투영한다고 보아 틀리지 않다. 이는 시적 언표로서 지시된 <흥부 부부상>의 현재와 의식된 현재로서 <수정가>와 <자연>에 내재된 시간구조의 차이이다.

2) 꿈꾸는 원형과 추억의 시간

1
화안한 꽃밭 같네 참.
눈이 부시어, 저것은 꽃핀 것가 꽃진 것가 여겼더니, 피는것 지는것을 같이
한 그러한 꽃밭의 저것은 저승살이가 아닌것가 참. 실로 언짢달것가. 기쁘달
것가.

거기 정신없이 앉았는 섬을 보고 있으면,
우리가 살았닥해도 그 많은 때는 죽은 사람과 산 사람이 숨소리를 나누고
있는 반짝이는 봄바다와도 같은 저승 어디쯤에 호젓이 밀린 섬이 되어 있는
것이 아닌것가.

2
우리가 소시적에, 우리까지를 사랑한 남평 문씨 부인은, 그러나 사랑하는 아
무도 없어 한낮의 꽃밭 속에 치마를 쓰고 찬란한 목숨을 풀어헤쳤더란다.
확실히 그때로부터였던가. 그 둘러썼던 비단치마를 새로 풀며 우리에게까지
도 설레는 물결이라면
우리는 치마 안자락으로 코 훔쳐주던 때의 머언 향내속으로 살달아 마음달
아 젖는단것가.

돛단배 두엇, 해동갑하여 그 참 흰나비 같네.　　　　　　〈봄바다에서〉 전문

　'춘향'기호의 민족적 원형과 달리 남평 문씨 부인은 시적 주체의
개인적 원형세계를 은유하여 역사적 시간이 아니라 유년의 시간대를
환기시킨다. 개인은 문화적 전통 이전에 개인적 시간의 지배를 받는
다. 때문에 추억이라는 과거의 시간대는 주체적 존재에게 회귀불가능
의 원형적 시간이면서 동시에 의식적 회귀가능의 시간이다. 더욱이
추억의 시공이 고향이라는 구체적 공간일 때 추억의 시간대는 회귀가
능의 확고한 시간대로 살아난다.
　바다 및 섬과 유년을 보낸 박재삼에게 고향은 고정된 토대로서 고
향이미지가 아니라 끊임없이 유동하는 이미지로 각인됐을 것이다. 따
라서 유동적 존재의 바다가 고향이라는 사실이 그에게 '고향언덕'이
아니라 '봄바다'를 위시한 '고향바다'에 몰입하게 하는 근원으로 보인
다. 때문에 땅이 아닌 바다가 인간을 보다 영원이라는 죽음으로 유인
하는 환상적 공간일 수 있다. 그래서 바다로의 가시적 회귀를 꿈꾸던

낭만적 주체는 '피는 것 지는 것을 같이한 그러한 꽃밭의 저것은 저 승살이가 아닌것가 참'이라고 한계상황을 영원히 불식시키는, 즉 생과 사의 넘나듦을 하나로 묶는 비분리의 시선을 투여한다. 더욱이 '우리가 살았닥해도 그 많은 때는 죽은 사람과 산 사람이 숨소리를 나누고 있는 반짝이는 봄바다와도 같은 저승 어디쯤'이라고, 봄바다에서 저승 어디쯤을 연상하는 몰입의 낭만적 영혼이 비근대적 주체를 대신한다.

뿐만 아니라 그 바다는 '소시적에, 우리까지를 사랑한 남평 문씨부인'의 영혼이 살아있는 영원의 바다이다. '사랑하는 아무도 없어 한낮의 꽃밭 속에 치마를 쓰고 찬란한 목숨을 풀어헤쳤던', 그리고 '치마 안자락으로 코 훔쳐주던' 남평 문씨 부인에 대한 화자의 추억은 바다에서 남평 문씨 부인의 향내를 맡으며 '살달아 마음달아' 바다에 젖어 바다와 융합된다. 남평 문씨 부인에 대한 유년의 개인적 추억으로 출발한 개인적 원형의식은 남평 문씨 부인의 영혼이 바다와 함께하고 있다는 사건에 토대하여 바다라는 영혼의 원형에 몰입한다. 영혼의 원형으로서 바다이며, 근원공간이기도 한 바다는 나아가 생과 사를 묶는 구체적 공간이고, 영혼의 사슬이 되어 초월적 공간으로 살아있다.

그 추억의 시간은 우리를 키우는 '어지러운 혼'이기도 한데, '겨우 예닐곱 살 난 우리를 그리 사랑하신 남평 문씨 부인은/서늘한 모시옷 위에 그 눈부신 동전을 하냥 달고 계셨던 그와도 같이/마음 위에 늘 또하나 바래인 마음을 冠 올려 사셨느니라.//-중략-//혼도 어여쁜 혼은, 우리의 바다에 살아 바다로 구경나선 눈썹 위에서, 다시 살아 어지러울 줄이야⋯/밝은 날, 바다 밑이 이 세상 아니게 기웃거려지는 한려수도를 크고 너른 꽃 하나로 느껴보아라. 우리는 한시도 가만 못 있는 지껄이는 이파리 되어, 누구에게 손 잡혀 따라가며 따라가며 크고 있는가.'(<어지러운 혼>)에서 처럼 남평 문씨 부인에 대한, 그리고 그 부인을 통한 화자의 탐미적 태도는 영혼과의 에로스를 꿈꾸는 낭만주의적 태도의 발현이다.

> 시방도 안 죽은 것 같은
> 남평 문씨 부인의 마음가에 사랑일로서
> 햇무리로 손 잡고 놀던 날 생각하면
> 왜 안 기뻐, 세상은 왜 안 기뻐야.
>
> 하늘 가운데 해 있고
> 그 밑에 바다는 자고 있는데,
> 자다가도 우리 생각 해설까, 웃으시던 그 부인의
> 보면 알거, 보면 알거,
>
> 바다는 때로 때로 반짝이누나.
>
> 그 물살 엷은 잠 오는 바닷가에서
> 손가락 활짝 편, 어린 부끄럼이 해 가리고.
> 이승 끝이랴, 잠자는 정신이 벋은 가지 끝
> 우리는 눈부신 은행잎으로 달린 것일까.　　　　　　〈광명〉 전문

박재삼의 시에는 추억의 시간을 지배하는 사건으로 '남평 문씨 부인'에 대한 이야기 구조가 적지 않다. 근대의 육체적이며 직접적인 사랑과는 달리 원형의 시간대를 지배했던 사랑은 탈속적이며 신화의 세계에 가깝다. 남평 문씨 부인이 유년의 화자의 삶을 지배하여 현재까지도 지배하고 있는 구조란 관습적 원형은 아닐지라도 그에 못지않는 지배력으로 개인의 신화세계에 속한다. 그것은 근대의 부정적 사랑유형과 유년의 원형이 훼손된 크기와 대조적으로 반비례하여 크게 부각

되는 상대적 효과에 기인하기도 한다.

뿐만 아니라 사랑은 근대의 이성이 훼손시킨 순수성을 회복시킬 수 있는 근원적 힘이다. 순간으로 열리는 육체적 에로스와는 달리 신화적인 사랑의 세계는 현재의 시간대를 초월하여, 불변하며 소멸없는 영원으로, 소멸하는 인간의 제한적 생을 이끈다. 그러므로 영원의 이상세계를 동경하는 낭만적 주체는 신화적 사랑에서 영원의 세계에 몰입할 수 있다. 즉 유한 속의 무한과 현실 속의 이상을 가장 아름답게 드러내는 방법으로서 신화적 사랑은 그 중심에 있는 것이다.

> 진주 장터 생어물전에는
> 바닷밑이 깔리는 해다진 어스름을,
>
> 울엄매의 장사 끝에 남은 고기 몇 마리의
> 빛 발하는 눈깔들이 속절없이
> 은전만큼 손 안 닿는 한이던가
> 울엄매야 울엄매.
>
> 별밭은 또 그리 멀리
> 우리 오누이의 머리 맞댄 골방 안 되어
> 손 시리게 떨던가 손 시리게 떨던가.
>
> 진주 남강 맑다 해도
> 오명 가명
> 신새벽이나 밤빛에 보는 것을,
> 울엄매의 마음은 어떠했을꼬.
> 달빛 받은 옹기전의 옹기들같이
> 말없이 글썽이고 반짝이던 것인가.　　　　　〈추억에서〉 전문

보다 구체적 생활사에 토대한 박재삼의 '추억'은 가난지배의 유년

회상으로써, 이는 남평 문씨 부인과의 사랑이 있는 낭만적 유년회상과는 다르다. 신새벽에 나가 어물전에서 장사하는 어머니, 밤늦게 귀가하는 어머니를 기다리는 '오누이의 머리 맞댄 골방의 추위'가 있는 가난한 유년에 대한 추억이다. 그러나 '추억'의 시간대이기 때문에, 그리고 진주 장터의 생어물같은 싱싱한 生이 있고, 진주 남강 맑은 물과, 별빛·달빛 받은 옹기전의 옹기들같이 사랑으로 반짝이는 어머니의 마음이 있어서, 또한 날것으로 건재한 자연의 후경이 있어서 시는 낭만적 거리를 획득한다.

물론 이때의 자연은 회상된 자연으로 낭만적 주체의 어둠회상에 동화된 자연이기 때문에 어둠회상을 순화시키면서 꿈꾸는 원형이미지 생산에 기여한다. 가난 회상의 비극적 주체가 가난을 회상하는 것이 아니라, 가난과 함께 했을지라도 어머니의 사랑, 오누이간의 사랑이 살아있고, 원형의 자연이 있었던, 즉 원형의 자연이 훼손되지 않은 것처럼 인간의 원형이 훼손되지 않았던 근원의 시간대를 향한 유년회상이다. 비록 비극적이었을지라도 시간의 거리와 자연의 미학적 거리에 의해 지금은 낭만적 주체의 꿈꾸는 추억으로 내면세계에 깊이 인각된 근원공간인 것이다. 잃어버린 시간과 잃어버린 원형을 찾아가는 낭만적 주체의 미학적 동경이 근대외면의 기제로 작용한다. 나아가 순수를 향한 동경이란 동경의 거리만큼 미적 거리를 생산하면서 동시에, 역설적으로 미적 거리만큼 순수가 훼손된 근대를 확인시켜준다.

4. 맺음말

박재삼 시의 창작 원리는 낭만적 거리라는 미적 원리에 있다. 그 미적 원리는 박재삼의 현실극복 및 세계대응의 한 방법으로, 그 미적 원리 때문에 미학의 세계로 환원된 비극적 현실이 비극적이지만 낭만적이다. 낭만적 문채로서의 박재삼 시의 어조 또한 그의 낭만적 세계관을 함유한 미적 원리에 입각해 있어서 현실대응의 미학 생산에 기여한다. 어조와 마찬가지로 시적 대상으로서 자연이면서, 동시에 시적 주체의 몰입의 세계이기도 한 원형자연은 시적 주체의 현실극복을 위한 낭만적 기제로 투여되어 있다. 그 자연은 가시적 묘사에 입각한 고전주의의 자연과는 달리 낭만적 주체에 의한 낭만성 투여의 낭만적 자연이다. 박재삼 시의 낭만적 자연은 박재삼이 꿈꾸는 원형의 세계로서 자연이며, 이때의 자연은 시적 주체가 꿈꾸는 이상세계로 작용한다. 원형으로서 자연공간뿐만 아니라 시적 주체의 비극적 현실에 내밀화된 자연은 주체의 비극을 정화 및 순화시키는데 기여하여, 현실로부터 낭만적 세계로 고양시키는 낭만적 기제로 작용한다.

꿈꾸는 원형으로서 자연이며, 추억의 원형으로서 자연은 시적 주체의 시간의식과 밀접한 관계에 있는데, 원형에서 분리된 근대, 원형이 훼손된 현대와 대립된 원형은 비근대적 주체에 의해 근대거부 효과를 발한다. 즉 근대의 시간대에 선 낭만적 주체는 근대를 외면하고 잃어버린 시간을 향해 시선을 투여한다. 원형의 자연공간 외에도 현대와 대립된 원형으로 박재삼은 '춘향'기호, '흥부'기호 등 민중적 민족의 전통가치를 순수의 원형으로 취하고 있다. 소극적으로 혹은 적극적으로 지시된 근대거부의 시적 언술은 근대에서 돌아선 낭만적 주체의 꿈꾸는 영혼에 닿아있다. 이와 달리 추억의 원형을 꿈꾸는 주체의 시간의식은 주체의 실존적 시간대인 현재가 아니라 추억의 시간으로서 과거의 시간대로 나타난다. 이때 시적 주체는 보다 온전한 낭만적 주체가 되어 원형의 시공에 몰입하는 순수의 영혼이 된다.

이처럼 박재삼 시는 세계와 교섭하는 낭만적 어조와 낭만적 공간, 그리고 낭만적 시간구조에 의해 현실극복 및 현실대응의 태도를 취한다. 박재삼의 시적 원리이며 미학의 원리에 연구의 초점을 맞출 때, 박재삼 시의 낭만적 거리라는 미학의 세계가 현실과 주체적 상응관계에 있음을 해명할 수 있는 것이다. 때문에 자연과 함께 한 전통의 세계로서, 혹은 서정에 준한 한의 세계로서, 또한 현대의 서정시로는 상상력이 낡았다는 평가들은 재고되어야 할 평가이다. 단지 자연대상을 취했다는 사실에 준해 현대 서정시의 요건을 논할 것이 아니라 자연에 대한 시적 주체의 시선이 어떠한가에 준해야 할 것이다. 원형으로서 자연뿐만 아니라, 창조를 위한 현상적 대상으로서 자연에 대한 박재삼의 태도는 현재극복의 대안이며, 현재대응의 대안이다. 상실의 주체가 치유의 주체로 전환하기 위한 내적 체험에서 발현된 자연이며, 나아가 자연과 분리된 근대의 주체가 자연몰입이라는 낭만적 태도에 의해 현대 서정시의 위상을 새롭게 하고 있다. 낭만적 자연이라는 미학적 자연에 의해 현대 서정시의 위상을 새롭게 했으며, 戰後 현대 서정시의 시의적 의의 및 시사적 의의를 고취시킨 시세계이다.

IX. 릴케의 〈가을날〉의 한국적 변용

1. 릴케의 〈가을날〉과 시간인식

릴케의 <가을날>은 가을 이미지 혹은 가을 노래를 구사해야 할 때, 여타 시인들의 가을 노래를 물리치고 단연 선두에 선다는 사실을 그 누구도 부인하지 않을 것이다. 유무신론자[1]를 불문하고 가을이 오면 모두 '주'를 부르는 목소리를 내놓는 듯한 까닭 역시 릴케의 <가을날>에 있음이 틀림없다. 이는 <가을날>이 후배시인들에 의한 릴케의 영향뿐만 아니라, 대중적 가을노래이며 가을의 시심, 혹은 시인의 근원적인 시혼이라는 사실을 확인시켜준다. 릴케의 한국적 수용 및 변용은 30년대 박용철을 필두로 하여 김현승, 그리고 최근의 박남철 시에서도 나타나는데, 이는 앞으로도 <가을날>의 영향이 지속적일 것과 무관하지 않아 보인다. 그것은 자연 정조가 우리의 전통 정서이며 인식과 서정의 근원에 해당하듯이, 릴케의 <가을날> 역시 이와 같은 이유로 여타 외국작품의 영향을 추월하여 단연 대중적 중심을 차지한 것이다. 따라서 릴케의 <가을날>에 대한 한국적 변용의

---

1) 릴케는 범신론자로 알려져 있다.

연구는 단순히 릴케 연구에서 벗어나 '가을'의 보편적 서정에 대한 연구이며, '가을'의 창조적 정체성에 대한 연구로 확장한다.

<가을날>의 한국적 변용으로 대표적인 위 세 시인의 시에 나타난 영향은 '예술가의 길', 혹은 '시인의 길'에 대한 인식확립이다. 김재혁이 릴케연구에서 '보통 사람들은 기도나 다른 영적 체험 등의 신비스런 순간을 통해서 신과 접하지만, 예술가는 예술창작의 작업과정에서 신과 접한다. 릴케에게 있어서는 예술창조가 곧 종교적 행위요 종교적 고백으로 자리잡는다. 예술창조 자체가 예술가에게는 비예술가들이 신을 향한 내면화된 기도, 진정한 종교적 체험의 비범한 순간에 경험하는 그것과 일치하기 때문'[2]이라고 밝히듯이, 기도를 통한 신적 체험, 혹은 종교적 체험에 의해 예술가로서의 정체성 탐구를 <가을날>은 주제로 하고 있다. 박용철의 <기원>, 김현승의 <가을의 기도>, 박남철의 <11 월>에서도 각각의 차이는 있지만, 역시 예술가로서의 정체성 구현 혹은 확인을 위한 모티프를 만난다.

그러나 예술가로서의 존재성이든 인간으로의 존재성이든 존재자란 시간의 피지배자로서 시간의 존재이기 때문에 존재성 및 정체성 확인을 위한 창조적 작업에는 시인의 시간의 체험 및 시간인식이 보다 주요 모티프로 작용한다. '가을날'이라는 기표가 이미 시간인식임을 표방하고 있듯이, <가을날>이 말하는 예술가로서의 정체성 파악에 앞서서, 릴케의 시간 체험 및 시간인식에 대한 보다 구체적 접근에 의해서 <가을날>에 담긴 근대적 예술가로서의 정체성 탐구가 판명되어야 할 것이다. <가을날>의 한국적 변용 역시 그에 준해 판명되어야 할 내용이다.

---

2) 김재혁(1998), 『릴케의 작가정신과 예술적 변용』, 한국문화사, p.65.

주여, 때가 왔습니다. 지난 여름은 참으로 위대했습니다,
당신의 그림자를 해시계 위에 얹으시고
들녘엔 바람을 풀어놓아 주소서.

마지막 과일들이 무르익도록 명해 주소서,
이틀만 더 남국의 날을 베푸시어
과일들의 완성을 재촉하시고, 독한 포도주에는
마지막 단 맛이 스미게 하소서.

지금 집이 없는 사람은 이제 집을 짓지 않습니다.
지금 혼자인 사람은 그렇게 오래 남아
깨어서 책을 읽고, 긴 편지를 쓸 것이며
낙엽이 흩날리는 날에는 가로수들 사이로
이리저리 불안스레 헤맬 것입니다.   릴케, 〈가을날〉 전문[3]

엘리아데가 근대에 와서 인간을 종교적 인간과 비종교적 인간, 그리고 시간을 거룩한 시간과 세속적 시간[4]으로 구분하면서 원시인 혹은 전통 사회의 인간은 거룩함이 동시에 현실을 의미했다고 지적하듯이, 근대사회에서 거룩한 힘은 영원한 유효성과 동일시가 아니라 분리되었을 뿐만 아니라 시현조차 약해지고 있다. 오히려 탈신성화가 근대사회의 비종교적 인간의 전 경험에 침투되고 있어서, 근대인에게 시간은 역사속[5]에 있으며 가장 깊은 실존적 차원을 형성한다.

릴케의 <가을날>에는 종교적 양식과 비종교적 양식이 양립하고 있는데, 시적 주체로서 서정적 주체는 거룩한 시간과 세속적 시간의

---

3) 김재혁, 앞의 책, p.81의 번역을 따랐다. 이 시는 1902년 9월 21일에 릴케가 처음으로 파리에 체류하면서 실존적 위기에 처해 있던 시기에 쓰여진 작품이다.

4) 멀치아 엘리아데(1983), 『聖과 俗』, 학민사.

5) 엠마누엘 레비나스(1997), 『시간과 타자』, 문예출판사, p.93.

두 종류의 시간속에서 살고 있는 종교적 주체이다. 초월에로 향하는 출구가 있다는 믿음으로써 종교적 삶이 가능하다면, 믿음이 상실된 출구없는 근대인의 삶이란 불안과 허무의식의 부침속에서 초월로서의 죽음이 아니라 소멸의 죽음앞에 던져져있다고 할 때, 종교적 양식은 곧 초월적 세계로의 현현이다. 예술의 창조적 행위를 바로 종교적 행위와 연계했던 릴케에게 기도의 태도는 단지 종교적 행위를 넘어서 신과 교류하는 종교적 행위가 곧 창조적 행위와 동일시되는 서정적 주체의 기도였다. 이는 기도가 시인의 가장 내면적인 본질로부터 솟아나오는 예술작품6)이라는 서정양식임을 대변한다.

신을 향한 기도의 태도로서 신의 현현을 현실화한 <가을날>은 1연에서는 위대했던 '지난 여름'의 시간대를 중심으로 하여, 가고 있는 여름으로 위대한 신을 현시한다. 때문에 1행은 찬양적 주체의 찬가에 가깝지만, 시의 주체는 근대사회의 주체이므로 찬양의 기도는 직접적이지 않고 자연물의 상징성에 의해 간접화로 변용된다. 1연에서 2연에 걸쳐서 위대한 신의 증거를 과일의 완성으로 대신하는데, 과일의 완성이 곧 거룩한 힘의 상징이며, 자연의 신성성이고, 초월의 세계이다. 그러나 3연의 기도문은 신성성의 세계를 향한 것이 아니라, 지금 여기 실존적 고독의 시간대, 즉 세속의 존재태를 말한다. '지금' 집이 없는 사람은 이제 집을 짓지 않고, '지금' 혼자인 사람은 앞으로도 그렇게 남아, '낙엽'이 흩날리는 날에는 불안스레 헤맬 것이라는 고독한 존재자의 세속적 시간대를 지시한다. 낙엽으로 대신하는 자연은 1,2연의 자연과는 달리 신성성의 자연이 아니라 세속의 자연으로서 덧없는 실존적 존재태이다.

비록 시는 종교적 주체를 전면에 부각시키지만, 그 심층에는 자아

---

6) 김재혁, 앞의 책, p.66.

완성에 직면한 근대인의 실존적 불안의식이 자리하고 있기 때문에 <가을날>의 서정적 주체는 이중적 시간의식의 주체이다. 또 종교적 시간대보다는 탈신성성의 근대적 시간인식이 중심이기 때문에, 후배 시인의 수용 및 그 시적 변용이 현재와 미래를 향해서 보다 열려있을 것이다. 그것은 서정적 기도, 서정적 자연, 그리고 서정적 고독이라는 <가을날>의 서정시의 보편적 정체성에서 기인한다. 이와 같은 <가을날>의 모티프 중에서 종교적 주체로서의 기도는 박용철의 시에서, 종교적 주체로서 서정적 기도와 자연 및 고독의 영향은 김현승 시에서 나타난다. 또 비종교적 존재일 뿐만 아니라 기계인간 시대의 탈주체적이며 탈서정적 영향관계는 박남철의 시에서 변용된다.

2. 박용철의 〈기원〉과 릴케의 신

한국 현대시문학사에서 릴케 영향의 출발은 30년대 박용철의 시론 <시적 변용에 대해서>를 필두로 하여, 그의 시 <기원> 역시 릴케의 영향과 무관하지 않은 것으로 보인다. 이는 30년대 초 '해외문학파'[7]의 보다 적극적인 해외문학 수용에 의한 영향도 있겠지만, 독문학에 뜻을 두었던 박용철의 경우 릴케와의 영향은 다른 해외문학가와 달리 보다 직접적이었을 것이다.

> 文學에 뜻두는 사람에게, '너는 몬저 쓴다는 것이 네 心靈의 가장 깊은 곳에 뿌리를 박고있는 일인가를 살펴보라, 그리고 밤과 밤의 가장 고요한 시간에 네 스사로 물어보라- 그글을 쓰지않으면 너는 죽을 수밖에 없는가, 쓰지않고는 못배길, 죽어도 못배길 그런 內心의要求가 있다면 그때 너는 네 生涯를 이必然性에 依해서 建設하라'고, 이런 무시무시한 勸告를한 獨逸의詩 人 라이네르 마리아 릴케는 「브릭게의手記」에서 다음과 같이 말했다.[……

---

7) 진순애(1999), 『한국 현대시와 모더니티』, 태학사, p.79-83.

중략……]즘생들과 새의 날아감과 아침을 향해 피여날때의 적은꽃의 몸가짐을 알아야한다. 모르는地方의길, 뜻하지않았던 만남, 오래전부터 생각던 리별, 이러한것들과 지금도 분명치않은 어린시절로 마음가운대서 돌아갈수가 있어야 한다.[……중략……]陣痛하는 女子의 부르지즘과, 아이를 낳고 햇슥하게 잠든 여자의 기억을 가져야한다. 죽어가는 사람의 곁에도 있어봐야하고, 때때로 무슨소리가 들리는 방에서 창을 열어놓고 죽은 시체를 지켜도봐야한다.[8]

릴케의 『젊은 시인에게 보내는 편지』와 『말테의 수기』에서 일부분을 소개한 위 글에서 <가을날>의 이해를 돕는 부분을 발견할 수 있다. '즘생들과 새의 날아감과 아침을 향해 피여날때의 적은꽃의 몸가짐…'은 <가을날>의 1,2연에서 예찬한 우주의 신성성에 속하는 부분이고, '진통하는 여자의 부르지즘과, 아이를 낳고 햇슥하게 잠든 여자의 기억을 가져야한다.…' 등은 3연의 세속적 세계표상과 일치한다. 이는 신성한 것과 세속적인 것의 대립구도를 릴케가 중심 구도로 택했음을 암시하는데, 특히 세속세계의 모티프는 '진통하는 여자의 부르지즘과 아이를 낳고 햇슥하게 잠든 여자'처럼 사회에서 배척된, 혹은 고통받고 있는 존재들이다. 소외된 타자들을 향한 릴케의 작가정신은 타자를 향한 '사랑'의 정신으로써, 이는 곧 예술가적 정체성 실현의 이상적 형태를 대신한다. 즉 세속의 실체로서 객체일지라도 탈세속의 세계로 향하는 작가의 창조작용에 의해 사랑의 표상으로 변용되며, 이는 또 신을 향한 기도의 모티프와도 같다.

결국 시적 모티프가 어떻게 나타나느냐에 의한 언표의 차이일뿐 궁극적으로 릴케가 지향하는 세계가 신적인 것이라는 데는 이견이 있을 수 없다. '신은 사랑의 대상이 아니라 방향'이라는 『말테의 수기』

---

8) 박용철(1940), 「시적 변용에 대해서」, 『박용철전집 2권』, 동광당서점, p.3-10.

후반부의 지적은 결국 지상적 존재란 신을 추구하는 과정중의 존재일 수밖에 없다는 실존적 인식태를 내포한다. 따라서 신적인 것을 향한 릴케의 작가정신은 이상과 동경의 세계를 그리는 근대 낭만주의 주체의 지향과 다르지 않다.

우리는 구하는 것 없는 무리올시다
우리가 무엇을 바란다하오리까
다만 한 점 시원한 것을
우리의 가슴에 주시옵소서 가르쳐

시끄러운 무리 속에서 멀미에 어지럽고
산중에 고독을 즐기기에 어질지 못합니다
이 두 사이 아닌 곳에
마음 가라앉아 살 곳을 주시옵소서

주여 우리를 용서하시옵소서
우리가 주책없이 웃을 때에 우리를 용서하시고
우리의 눈물로 보아 우리의 울음을 용서하시옵소서
속물들을 피하여 흙창 속으로 들어갈 때에
우리의 손을 이끌어주시옵고
세상을 건지려는 이들의 손에서 우리를 구하시옵고
다만 새로운 공기로 우리를 길러주시옵소서
우리가 취하고 멀미하고 어지러워 비척거릴 때
무엇보다 우리를 사람 훈기에서 구하시옵소서
벗어진 산같이 거리낄 데 없이 밋밋한 우리의 하루를 이로 살리시옵고
우리의 손이 할 바를 모를 때에 우리의 손을 놀게 하시고
우리의 마음이 당나귀같이 말을 듣지 아니할 때에
우리 우에 멍에를 얹지 마시옵소서

가진 것이 없는 우리에게서 슬퍼하는 마음을 마저 빼앗으시고

'全生涯를 두고 될 수 있으면 긴 生涯를 두고 참을성있게 기다리며 意味와 甘味를 모으지아니하면 아니된다. 그러면 아마 最後에 겨우 열줄의 좋은 詩를 쓸수 있게 될 것'이라는 릴케의 시인을 위한 참을성을 박용철은 창조적 인내가 아니라 존재적 인내로 파악하여 <기원>과 같은 시를 만든 것으로 보이는데, <기원>은 변용을 거친 시작품이라기 보다는 창조주를 향한 피조물의 기도문에 가깝다. '다만 한 점 시원한 것을/우리의 가슴에 주시옵소서 가르쳐'를 비롯하여, '용서하시고, 이끌어주시옵고, 구하시옵고, 길러주시옵고, 살리시옵고, 마시옵고, 하시옵고' 등은 시적 변용에 이르지 못한 언표이며, 신을 향한 하소연에 가깝다.

릴케는 '기도란 갑자기 불타오르는 우리의 본질의 발산입니다. 기도란 도달점이 없는 끝없는 방향이며, 어디에 가서도 멈추는 일이 없이 우주를 꿰뚫는 우리들의 동경의 불타는 평행선'9)이라고 정의한다. 릴케의 기도는 피조물 일반의 기도가 아니라 '예술가의 기도'로서 예술가의 상상력의 샘이며, 예술적 행위이고, 예술가로서의 본질적 태도에 속한다. '도달점이 없는 끝없는 방향'이며, '동경의 불타는 평행선'이라는 릴케의 기도개념은 창조적 주체로서 예술가의 작업행위이면서, 동시에 그 작업행위의 승화가 도달하는 동경의 방향을 아우르는 개념이다.10)

---

9) 김재혁, 앞의 책, p.66에서 재인용.

10) 김재혁은 릴케의 기도에 관해, "그는 의식적인 창작 행위를 '작업'이라고 부른다. 반면에 '기도'란 명상으로서 어떤 신적인 존재와의 교류를 통해 마음속에 떠오른 영상이 의식적인 작업을 거치지 않고 그대로 작품화되는 것을 일컫는다. 릴케에게 있어서 기도는 예술적 창조 행위 자체를 지칭하는 것이면서 진정한 작품으로서의 성격까지도 지니며, 예술행위인 동시에 신과 교류

그러나 박용철의 <기원>은 창조적 '작업'의 단계에 이르지 못했
다. 의식적인 변용없이도 시가 되는 '기도'의 형상화도 아니며, 더욱
이 신과 교류하는 종교적 행위가 아니라, 신의 은혜를 받기 위한 종
교적 몸짓의 단계이다. 비록 어조는 '기도'의 어조로 <가을날>의 어
조를 닮아있을지라도, '들녘엔 바람을 풀어놓아 주소서', '마지막 과일
들이 무르익도록 명해 주소서', '마지막 단 맛이 스미게 하소서' 처럼
신의 창조성을 주문으로 현현한 릴케의 언술에는 미치지 못한다. '장
승같이 아침을 기다리게 하시옵소서'와 같은 마지막 시행에서 보듯이,
박용철은 시적 주체가 창조적 주체로서 세계를 인식해 보이거나, 신
과의 초월적 교류를 보이는 것이 아니다. 또 왜 신이 위대한지에 대
한 구체적 표상도 없이 전지전능한 존재로 인식돼온 관념적이고 관습
적인 신을 향해 오직 당신이 주는 아침을 '기다리겠다'는 피조물의
순응적 태도를 보인다.

'아침'이 상징하는 코스모스의 세계, 혹은 신성성의 시간대를 기다
리겠다는 태도로써, 지금 여기가 타락한 세계이며, 어둠의 시간대이므
로, 그리고 속물들과 어우러져 있으므로, 그를 벗어나기 위하여 '아
침'을 기다리며 신인 당신에게 용서와 자비를 구한다는 세속적 시간
대의 초상화를 말한다. 그러나 더 이상 타락의 주체가 되지 않기 위
하여 노력하는 주체가 되고자 한 기도가 아니라, 오직 당신의 전지전
능함을 기다린다는 수동적 태도는 일제강점기의 암울한 시대에서 비
롯된 정서반영이라고 볼 수는 있겠다. 박용철의 신은 릴케와 같은 사
랑의 방향으로 신이 아니라 사랑의 대상이며, <가을날>에서와 같이

하는 종교적 행위를 표현하는 시인 고유의 앞세우기"라고 한다(김재혁, 앞의
책, p.68). 이 글에 의하면 릴케가 '작업'과 '기도'의 개념을 분리하고 있지만,
릴케에게 있어서 '기도'란 이 양자를 아우르면서 동시에 종교적 행위로 나아
가는 보다 확장적 개념이다.

거룩한 시간과 세속의 시간을 인식한 시적 주체의 실존인식은 찾기 어렵다. 세속의 시간대에 속한 주체의 자의식 표출로서 '기도'라는 어조를 빌어서 세속탈출을 의도한 태도일 뿐이다. 릴케에게 기도는 예술가의 소명으로서 시간인식에 바탕한 실존적 시쓰기였다면, 박용철에게는 시간을 견디기 위한 방책으로서 기도의 시쓰기였다.

한국 현대시문학사에서 '기도'의 시적 단계는 박용철의 <기원>에서는 서정적 변용에 이르지 못하고, 김현승의 <가을의 기도>에 이르러 그 변용이 보다 완성된다.

3. 김현승의 〈가을의 기도〉와 릴케의 기도

가을에는
기도하게 하소서……
낙엽들이 지는 때를 기다려 내게 주신
겸허한 모국어로 나를 채우소서.

가을에는
사랑하게 하소서……

오직 한 사람을 택하게 하소서,
가장 아름다운 열매를 위하여 이 비옥한
시간을 가꾸게 하소서.

가을에는
호올로 있게 하소서……
나의 영혼,
굽이치는 바다와
백합의 골짜기를 지나,
마른 나뭇가지 위에 다다른 까마귀같이.　　　　　김현승, 〈가을의 기도〉 전문

　　박용철의 기도는 세속의 피조물이 신성한 세계로의 도래를 기원하는 말 그대로 기원이었다면, 김현승의 시에서 시간대는 세속의 시간이 퇴색하고 신성한 시간대로 점철된다. '가을에는 기도하게 하소서', '가을에는 사랑하게 하소서', '가을에는 호올로 있게 하소서' 등 신을 향한 기도문이 바로 시적 언술이 되는데, 가령 기도하는 주체이면서, 동시에 '기도하게 하소서'라는 중복의 언술도 시적 성취를 이룬다. 시를 배척했던 플라톤도 찬가는 서정시로 인정했듯이[11], 장르로서 기도는 역사시대 시 장르의 출발지로서 서정시의 근원적 장르로 보아 틀리지 않다. 물론 거룩함이 현실이었던 고대의 찬가와 비현실인 근대의 기도 사이에는 차이가 없을 수 없지만, 신성성과의 동화라는 차원에서 기도는 근대 서정적 주체에 의한 찬가의 변용이다.

　　이와 같은 서정적 성취도에 기여하는 객체는 '가을'이 중심 모티프인데, 어느 계절에나 무심히 기도하는 것이 아니라 '가을'이어야 한다. 또 시적 주체가 주도하여 '기도를 한다'는 것이 아니라 '기도하게 하소서'라고 시적 주체의 실존적 위상이 모두 신에게 주어져있다는 순응의 자세이다. 당신이 주신 가을이기 때문에 가을을 주셨듯이 기도도 주시기를 바란다는 기도는 가을의 어느 시점이든지 무관하게 '기도하게' 하라는 것이 아니다. 가을 중에서도 '낙엽들이 지는 때'여야 하며, 그 때를 기다렸다가 '내게 주신 겸허한 모국어로 나를 채우라'는, 즉 때를 기다리는 태도도 내가 주체적으로 할 수 있는 일이 아니라 당신에게 속한다는 찬가적 자세이다. '가장 아름다운 열매를 위하여 이 비옥한 시간'을 가꾸는 일도 내가 주체적으로 할 수 있는 일이 아니라 당신의 영역이라는 인식은, 실존적 극복이 주체에게 있는 것이 아니라 신의 구원에 의한다는 유신론의 반영이다.

---

11) 하인츠 슐라퍼(1992), 『시와 인식』, 문학과 지성사, p.69.

　　<가을의 기도>의 자연물은 가령 '굽이치는 바다와 백합의 골짜기', 그리고 '마른 나뭇가지 위에 다다른 까마귀'조차도 시인의 영혼을 비유한 기도문으로, 세속의 시간대를 지시하는 자연물이 아니라 탈속의 우주적 신성성을 함유한 객체이다. 특히 지금 여기의 시간대를 지시하는 것이 아니라 '오는 가을에 기도하게 하라'는 미래 지향의 시점을 내포하고 있어서 가을은 신의 세계를 상징한다. 가을과 기도가 융합되어 지향하는 지향점이 '겸허한 모국어로 나를 채우기' 위함에 있으며, '가장 아름다운 열매'를 위하여 있으므로, 이를 위하여 가을의 비옥한 시간을 가꾸어야 한다. 나의 영혼 역시 홀로 있어야 하는 까닭이라는 것은 곧 가을과 기도와 시인의 고독한 영혼에 의한 창조적 노력을 말하여 신의 존재성을 현시한다.

　　<가을날>의 가을은 김현승의 '비옥한 시간'에 비유되는 가을과는 달리 '낙엽이 흩날리는 날에는 가로수들 사이로/이리저리 불안스레 헤맬 것'이라 하여 '불안한 시간'으로 상정되어 있다. 위대한 신의 시간대는 가을보다는 오히려 '지난 여름'이다. 때문에 가는 여름을 보면서 릴케는 신의 위대함을 인지했고, 가는 여름을 향한 동경 및 신에게의 호소로서 1,2연을 채운다. '이틀만 더 남국의 날을 베푸시어, 마지막 단 맛이 스미게 하라'는 기도는 과일의 완성을 통해 신의 완성을 인식하는 행위와 같다. 시인의 고독한 작업 역시 신의 고독한 창조성에 비유한다. 예술가로서의 고독한 작업뿐만 아니라 일반적 인간의 작업행위 역시 신의 창조적 진행과 다르지 않음을 위하여 '지금 집이 없는 사람은 이제 집을 짓지 않습니다'고 명시한다. 신의 위대한 시간이 지난 여름까지였다면, 이제 가을의 때가 왔고, 지금 가을에 집이 없는 사람은 위대한 작업의 시간인 여름이 지났으므로, 이제 집을 지을 수 없는 것이다. 위대한 여름을 지나 계절의 완성은 가을에 이

루어지지만, 그리고 계절은 완성될 수 있지만, 신과 분리되고 자연과 분리된 인간의 세속태는 가을에도 완성될 수 없다. 때문에 '지금 혼자인 사람은 그렇게 오래 남아/깨어서 책을 읽고, 긴 편지를 쓸 것이며/이리저리 불안스레 헤맬 것'이라고, 완성의 동경을 향한 세속적 실존상과 예술가의 정체성 구현을 향한 세속적 자유를 표상한다.

김현승의 <가을의 기도>는 실존의 불안이 부재할 수 없지만, 그 불안은 신의 구원에 의해 해결되리라는 신념이 김현승의 실존의식이다. 릴케의 기도와 실존적 불안을 수용하여 '미래의 기도'로 서정적 완성을 실현한 것이다. 릴케 역시 시간의 진행은 신의 작업이기 때문에 신에게 속한 자연, 자연인을 말하지만, 궁극적으로는 근대적 시인의 고독과 자유로의 동경이라는 대립적 심리를 함께 하고 있다. 그러나 신을 향한 기도의 언술 뒤에는 고독한 방랑자의 자유로의 불안이 보다 중심에 놓이기 때문에, 릴케는 신에 의한 구원보다는 세속의 실존적 주체로서 불안의식과 대결하려는 극복의 주체를 선택한다.

그럼에도 김현승의 <가을의 기도>나 릴케의 <가을날>에는 종교적 인간상이 작업의 중심을 이루고 있으며, 자연 역시 세속의 세계로 세속화된 자연이 아니라 종교적 가치로 가득찬 거룩한 상징물로서 자연이다. 종교적 인간에게 세계는 신의 손으로 창조된 세계이기 때문에 거룩할 뿐만 아니라, 시인의 시선에 가시적 자연은 단지 자연물의 세계로 멈추는 것이 아니라 초월의 세계를 상징하는 매개물이다. 때문에 거룩함을 함유하며, 동경의 세계를 향한 구체적 대상으로 작용한다. 종교적 경험을 가진 사람에게 자연은 우주적 신성성으로 열려오며, 성스러운 존재시현의 대상으로 다가오는 것이다. 초월에로 향하는 출구가 있음으로써만 삶은 가능해진다[12]는 엘리아데의 지적처럼

---

12) 엘리아데, 앞의 책, p.30.

릴케에게 초월의 출구는 신성성의 세계와 더불어, 신성성을 닮은 예술가로서의 지향에 있었던 것으로 보인다. 종교적이며 비종교적인 이중성의 릴케의 자화상을 상징하는 <가을날>이다.

　따라서 김현승의 가을이 정지된 거룩한 시간으로서 가을이라면, 릴케의 가을은 지속적인 세속의 시간 및 역사적 시간과 거룩한 시간으로의 이중의 시간이다. 또 <가을날>의 1,2연을 구성한 신성성의 모티프가 사라지고, 3연에 나타난 방황하는 고독한 실존자의 세속태만이 시적 모티프를 차지한 작품은 다음 박남철의 <11 월>에서 구상된다.

4. 박남철의 〈11 월〉과 릴케의 가을

은행잎들이 차의 앞유리
에 수북이 쌓여 있어도
쓸어내지 않고 차를
몰아 은행잎들을 날리며
우체국에 가서

『문학사상』에 시고 두 편을 부치고
같은 내용의 시고 두 편을 원정이
에게도 한 부 부치고

집에 와서는 잤다 자다가 배가
너무 고파서 깨져도
소주와 맥주를 섞어 마시고는
다시 잤다.　　　　　　　　　　　박남철, 〈11 월〉 전문

　<11 월>은 자동차, 우체국, 잡지사, 원고, 소주, 맥주, 원정이 등

세속의 일상적 대상들이 가을의 모티프를 구성하고 있다. 자동차가 지시하는 현대적 세속상, 우체국과 잡지사와 원고가 지시하는 화자의 직업, 소주 맥주 잠 등이 의미하는 화자의 카오스적 심리 상태는 11월의 고독이미지를 대신한다. 더욱이 '은행잎들이 차의 앞유리에 수북이 쌓여 있어도 쓸어내지 않고 차를 몰아 우체국에 가고', 그리고 우체국에 다녀서 집에 왔을 때는 일상적인 하루의 취침을 위한 시간대는 아님에도, '자다가 배가 너무 고파서 깨지면 소주와 맥주를 섞어 마시고는 다시 잤다'는 행위는 철저히 탈신성화된 현대인의 고립적 세속태를 드러낸다.

탈신성화된 세속시대의 구성에도 불구하고 은행잎으로 매개된 자연은 세속의 자연이기 보다는, 비록 신성성의 초월적 자연은 아닐지라도, 세속의 자연중에서도 낭만적 자연물로서 11월의 이미지를 상징한다. 완성의 시간대도 지나가고 소멸의 시간대를 상징한 자동차위에 떨어진 은행잎이지만, 시적 변용에 의해 초월의 모티프를 장치한다. 자동차와 대립되는 은행잎은 도시적 질주의 일상과 대립하는데, 더욱이 쓸어내지도 않는 은행잎이기 때문에 그 대립효과가 극대화된다. 소주와 맥주를 섞어 마시고 잠을 자는 행위 역시 은행잎의 이미지와 마찬가지로 자동차의 속도성과 대립한다.

박남철은 우주적 초월의 세계와는 무관심한 일상적 거리의 시간대에 머문다. 그 시간은 탈신성화됨으로써 소멸로 이끌어가는 불확실하고 덧없는 허무의 지속으로 드러나는데, 소주와 맥주와 잠의 효과는 덧없는 허무의 지속을 소멸시키기 위한 순간의 매개체이다. 따라서 영원의 시간이 아니라 순간의 시간을 영위하는 세계와 단절되고 고립된 현대인의 초상화가 <11월>이다. 기도라는 간접적 매개행위를 통하거나, 가을의 창조적 시간을 매개하지도 않고, 지금 여기 덧없는 11

월의 경계선 상에서 빚어지는 일상과 시쓰는 행위 자체가 동일과 동
화의 서정이 해체된 혹은 탈신성화된 시인의 초상화로서 창조적 작업
행위, 곧 시적 변용을 대신한다. 실존적 불안을 잠속에 은폐시킨 시적
결과는 실존의 허무가 지속되게 하는 효과를 발하기도 한다.

　릴케의 <가을날>도 '낙엽이 흩날리는 가을날'이듯이 박남철의
<11 월> 역시 '낙엽이 흩날리는 가을날'이지만, 박남철은 릴케와는
달리 '차의 앞유리에 수북이 쌓여있는 은행잎들을 쓸어내지 않고 날
리며 차를 달리'는 호모 파버적(Homo Faber) 현대인의 초상화를 배경
으로 두고 있다. <11 월>의 배경은 종교적 혹은 비종교적 인간의 대
립양상조차 무의미한 비인간적 시대로서 호모 파버의 곧 기계인간시
대의 가을날이다. 기계인간 시대에 인간으로 남을 수 있는 조건제시
로도 보이는 <11 월>은 인간으로 남을 수 있는 조건이란 시를 쓰는
일과 디오니소스적 어둠에 침잠하는 것이다. <가을날>의 실존적 조
건이 '깨어서 책을 읽고, 긴 편지를 쓸 것'이라면, <11 월> 역시 시
를 쓰는 일로 비인간시대의 인간으로서의 실존적 조건을 부여한다는
점에서 유사하다. 그러나 <가을날>이 '낙엽이 흩날리는 날에는 가로
수들 사이로 이리저리 불안스레 헤맬 것'이라는 덧없지만 그 덧없음
의 극복을 위해 노력한다면, <11 월>은 낙엽이 흩날리는 날에 가로
수들 사이로 불안스레 헤매는 대신 잠의 어둠으로 불안의 심리를 은
폐시킨다. 뿐만 아니라 술13)이라는 디오니소스적 어둠속에서 은둔하
는, 즉 극복의 노력이 아니라 불안과 덧없음의 어둠에 침잠함으로써
외면하는 현상제시다.

　그러나 외면하는 시의 외현속에 내포된 시인의 의도는 다를 수 있

---

13) 술은 자연을 모방하며, 술은 개인에게서 긴 시간 동안이 아니라 짧은 순간
　　동안 예외를 창조한다(P.브르노(1997), 『천재와 광기』, 동문선, p.82).

으므로, 시의 외현과 내포가 다른 이중적인 역설의 태도가 비인간 시대에 실존적 인간조건을 형성하는 하나의 방법이며 시적 논리이기도 하다. 덧없음이라는 허무주의 표방은 진리에의 지상명령이 주는 확신에 대한 부정에서, 즉 이성주의에 의존하지 않는다는 사회의 반동적 태도이기도 하다. 그러나 허무감의 본질은 중심의 상실, 무와의 조우, 권태로부터의 탈출 불능, 도덕적 신념의 상실과 같은 현대의 시대적 상황에서 기인할 때 동시대의 문화적 구조로 인지하는 것이 더 타당할 것이다[14]. 니체도 니힐리즘을 적극적 니힐리즘과 소극적 니힐리즘[15]으로 구분하여 적극적 니힐리즘은 거대하고도 풍부한 에너지의 자원을 방출하며, 새로운 존재양식의 시계를 넓혀준다고 보고 있다. 따라서 중심의 상실, 도덕적 신념의 상실과 같은 시대적 위기가 곧 인간 내적 위기이므로, 그 내적 위기에서 비롯된 허무감을 시인은 창조적 가치[16]로 변용시킴으로써 삶의 불안과 위기의식을 극복하는 시의 양식을 생산한다고 볼 때, 박남철의 <11 월>에 이와 같은 의미부여를 할 수 있다.

카오스에서 창조된 코스모스가 존재양식의 위기를 맞아 코스모스가 아니라 또 다른 카오스의 시점임을 말하고도 있는 <11 월>은 서정의 여백이 존재했던 릴케의 시대와 서정이 해체된 박남철이 살고있는 시대의 차이를 말하기도 한다. 그리고 박남철은 릴케와는 달리 완성된 자로서의 시인, 꿈꾸는 자로서의 시인이기를 외면하고 세속적 자유, 디오니소스적 자유를 구가하는 혼돈의 시인이다. 그러나 시인이

---

14) 고드스블롬(1993), 『니힐리즘과 문화』, 문학과 지성사.
15) 니체는 소극적 니힐리즘은 권태와 체념을 낳고, 도처에 편재해 있는 무의미성으로부터 벗어날 수 있는 방도를 찾지 못하게 하며, 만성적인 환멸의 상태를 촉진시킬 뿐이라고 한다(고드스블롬, 앞의 책, p.36).
16) P. 브르노, 앞의 책.

라는 창조적 존재의 길은 낙엽 흩날리는 날에 가로수 길을 헤매는 릴
케의 <가을날>의 초상이거나, 디오니소스적 어둠에 침잠하는 박남철
의 <11 월>의 초상이거나 그 차이는 외적 차이일 뿐, 예술가로서의
새로운 존재양식 창출을 위한, 혹은 불안과 허무 극복을 위한 정체성
구현이라는 점으로 다를 수 없다.

5. 신과 가을의 시적 변용과 예술가의 정체성

릴케와 박용철과 김현승은 기도로, 박남철은 술과 잠으로, 또한 가
을을 매개하여 예술가의 길을 상징적으로 표상한다는 점에서 네 시인
은 서정시인이다. 기도는 종교적 인간의 성찰적 매개로서, 술과 잠은
비종교적 인간의 세속적 매개로서, 뿐만 아니라 기도는 거룩한 시간
의 거룩한 힘의 신뢰를 바탕으로 한다면, 술과 잠은 신성성에 대한
신뢰가 소멸한 불확실한 세속의 시간대를 표방한다. 그러나 예술가의
정체성 구현으로서 기도와 술과 잠이지만, 이는 동시에 이성주의와
대립되는 요소로서 네 시인의 시적 인식이 서로 영향관계에 있음을
의미한다. 또 우주적 신성성을 현현하는 자연 역시 신의 현시를 확인
해주는 가시물로써, 박용철을 제외한 세 시인의 시에서 신성한 매개
체 혹은 낭만적 매개체로 기여한다. 자연이 초시간적 탈세속의 보편
적 객체임을 증명하는 것이다. 자연물의 구체적 매개와 더불어 시간
현상 매개로서 가을날은 신의 완성을 상징하는 시간대이며, 예술가의
정체성 확인의 시점이고, 예술가로서의 완성을 향한 성찰의 시점임을
박용철을 제외한 세 편의 시는 말한다. 박용철의 기도는 시적 변용으
로서 기도가 아니며, 시간인식 역시 시적 변용의 시간이 아니라 존재
를 지배하는 시간이라는 객관적 시간개념 차원에 머문다.

가을은 시인의 창조적 변용을 위한 거룩한 시점이라는 측면에서

박용철을 제외한 세 시인의 가을의 시간인식이 다르지 않다. 그러나 릴케의 <가을날>의 가을은 거룩한 시간과 세속 시간의 기로에 서서 근대적 개인의 불안한 위상을 상징하는 가을이다. 박용철의 <기원>에는 가을의 시간대가 없으며 순수를 향한 세속적 존재의 지향태도일 뿐이다. 김현승은 <가을의 기도>에서 신성성과 창조성을 찬미하게 하는 가을의 거룩함을 온전히 종교적 존재의 위상으로 표상한다. 기도가 곧 시의 말이 되는 종교적 체험의 실행인 것이다. 반면 박남철은 <11월>에서 중심이 상실되고 도덕적 신념조차 상실된 탈서정적 동시대에 반동하여 디오니소스적 혼돈을 취하면서, 허무극복과 불안극복을 위한 디오니소스적 중력을 반동의 이면에 내포하고 있다. 비록 종교적 인간상은 소멸되고 탈인간적인 동시대성 앞에서도, 시인으로의 정체성을 위하여 박남철은 코스모스가 아니라 역설적으로 카오스를 시의 전면에 내세운다.

이처럼 우리를 내면세계로 이끄는 서정의 원천으로서 기도, 고독, 가을의 모티프가 박용철, 김현승, 박남철의 가을의 시를 릴케의 <가을날>과 무관하게 읽을 수 없게 한다. 박남철의 <11월>은 릴케와 무관한, 우선 기도의 시가 아니기 때문에, 시적 모티프라고 볼 수도 있지만, <가을날>의 3연의 이미지가 <11월>의 전체 모티프를 차지하고 있다. 때문에 오히려 박남철의 <11월>에 이르러 <가을날>의 근대적 모티프가 한국적 변용의 예술가적 정체성 구현에 가까워 보인다. 릴케의 가을날이 10월이 아니고 11월이라는 사실을 <가을날>의 3연에서 찾을 수 있듯이, 박남철 역시 김현승의 '비옥한 시간'으로서 10월의 가을이 아니라, '낙엽이 흩날리는 불안스러운 시간'으로서 11월의 가을 이미지에 고독한 자로서의 시인의 창조적 작업행위를 비유한다. 11월은 10월과 12월 사이에서 유와 무 사이, 혹은 가시와 비가

시의 사이, 혹은 빛과 어둠 사이의 시간대로서 지상과 천상 사이, 현실과 이상 사이, 현실과 동경 사이, 현실과 꿈 사이, 인간과 신 사이의 시간대로서, 즉 시공적으로 경계적 존재인 시인의 위상을 내포한 시간대인 것이다.

따라서 탈서정의 시대에 탄생한 <11 월>이 서정으로 읽히는 까닭은 가을이 주는 자연의 초월적·낭만적 이미지가 여전히 유효하다는 데 있으며, 가을의 고독이 홀로 기도하게 하는 성찰의 모티프라는 사실에 있다. 이는 곧 기도와 가을과 고독의 융합인 <가을날>의 보편적 정서가 초월적이고 근원적인 서정의 힘으로 계승되는 이유에 다름 아니다. 그러므로 인간 근원세계의 <가을날>의 정조는 탈신성과 탈서정의 포스트모더니즘 시대에도 시대성을 초월하여 배가된 의미로 지속 될 것으로 보인다.

찾 아 보 기

새미학술신서시리즈13

현대시의 자연과 모더니티

인쇄일 초판 1쇄   2003년 11월 29일
　　　　 2쇄   2015년 01월 23일
발행일 초판 1쇄   2003년 12월 15일
　　　　 2쇄   2015년 01월 25일

지은이 진 순 애
발행인 정 진 이
발행처 새미
등록일 1994.03.10, 제17-271호

서울시 강동구 성내동 447-11 현영빌딩 2층
Tel : 442-4623~4 Fax : 442-4625
www. kookhak. co. kr
E- mail : kookhak2001@hanmail.net
ISBN 978-89-5628-090-5 93800
가 격 13,000원

* 새미는 국학자료원의 자매회사입니다.
* 저자와의 협의 하에 인지는 생략합니다.